Julie Printzac

Julie Printzac est une traductrice et éditrice française. Après *La solitude des femmes qui courent* (JC Lattès, 2017), elle publie *Guetter l'aurore* en 2022 aux éditions Les Escales.

GUETTER L'AURORE

JULIE PRINTZAC

GUETTER L'AURORE

LES ESCALES
DOMAINE FRANÇAIS

ISBN : 978-2-266-32967-5
Dépôt légal : mars 2023

À Annie et Blanche,
À la mémoire de Fanny et Michel,
De Guittla et Yankel

Note de l'autrice

Ce livre est une fiction inspirée de faits réels. Bien que j'aie pris quelques libertés avec certains événements historiques, mon récit repose en grande partie sur les témoignages de nombreuses personnes, enfants et adolescents pendant la Seconde Guerre mondiale. Originaires de Saint-Girons ou Juifs qui s'y étaient réfugiés, tous ont bien voulu me raconter leur histoire, celle de leur famille, ainsi que celle des proches que la guerre leur a enlevés. Je les remercie du fond du cœur.

Voici ma voix

Voici ma voix
on l'écoute derrière les portes
les murailles
elle ne parle que pour les sourds
voici ma voix
comme le bruit de la mer dans les perles
ma voix pour chaque grain de sable
pour tous les doigts de la main
pour les soldats de plomb
voici ma voix
des larmes dans les yeux
ma voix noire blanche jaune
ma voix pour fixer le soleil
ma voix les yeux baissés
ma voix fièvre
ma voix hiver
ma voix silence

Gaston Massat

Prologue

Un cri déchire la nuit et la réveille en sursaut. La voix de Leah, sa mère, les appelle.

— Les enfants, debout, tout de suite ! On part. Maintenant !

Esther se redresse brusquement et jette des regards désorientés autour d'elle. Son cœur s'emballe. Elle bondit hors de son lit, affolée, incapable de se rappeler ce qu'elle doit faire. Dans ces moments de frayeur et d'angoisse, elle ne parvient plus à réfléchir ni à agir. Pourtant, tout ce qu'elle doit faire, c'est quitter sa maison, ce lieu qu'elle croyait son refuge. Dehors, le ciel noir enveloppe le paysage d'une obscurité oppressante. Le parc et ses grands arbres, la colline qui monte vers l'asile, tout s'efface sous un voile opaque. Les pas de sa mère se rapprochent, la porte s'ouvre à la volée.

— Vite, Esther, vite, ils arrivent !

Puis Leah se précipite dans la chambre des garçons.

Esther, tremblante, attrape une jupe, enfile un pull sur sa grosse chemise de nuit, passe à moitié ses chaussures et clopine jusqu'au seuil. Dans le couloir, sa mère est là, Simon dans les bras, accroché à son cou, son nounours

Oscar bien serré dans sa main. Daniel, blême, surgit derrière eux.

Alors qu'ils s'élancent dans l'escalier, ils entendent les bruits de moteur puis de pneus qui crissent sur le gravier. Trop tard. Ils sont là, les hommes en noir. Ils vont descendre de leurs voitures et venir les…

— À la cave, vite ! s'écrie Leah.

Ils pénètrent dans la pièce humide au moment où la porte d'entrée est fracturée.

— Daniel, le soupirail, ouvre ! le presse Leah.

Esther regarde son frère s'acharner sur le mécanisme rouillé tandis qu'au-dessus de leurs têtes résonnent les claquements des pas. Beaucoup de pas. Combien d'hommes sont venus pour les arrêter ? Sa mère l'arrache à sa stupeur.

— Esther, Daniel, glissez-vous par là…

Sans écouter la suite, elle imite son frère et passe par l'étroite sortie. Derrière elle, Leah hisse Simon qui gémit et hésite à lâcher ses bras. Esther l'encourage du regard et il se décide enfin.

Au même moment, dans la maison, des sons terrifiants lui parviennent. Bris de verre, meubles renversés, cris d'hommes soûls et en colère. Pourquoi sa mère n'est-elle pas encore sortie ? Sa tête et son buste émergent mais… on dirait qu'elle est coincée.

Esther fait un pas pour l'aider et Leah agite les mains frénétiquement en réponse.

— Dépêchez-vous ! Filez ! ordonne-t-elle.

Le regard implorant qu'elle lui lance est semblable à une prière : Esther doit sauver ses frères, elle doit se sauver. Elle contemple sa mère comme si elle la voyait pour la dernière fois. Elle hoche la tête et court se cacher dans le bosquet avec Simon, Daniel sur leurs talons.

I

Exils

1

Le taxi s'arrête dans une petite rue de Meudon, devant le portail de la maison de Jeanne, ma mère. C'est dans cette grande bâtisse blanche de deux étages aux volets bleus qu'elle a récemment accueilli Esther, ma grand-mère, qui perd doucement la tête et ne peut plus vivre seule. Et c'est ici que moi aussi je vais poser mes bagages quelque temps, après huit ans passés à Milan auprès de Marco.

Alors que je tire mes valises dans l'allée du jardin, la porte d'entrée s'ouvre brusquement.

— Deborah ! s'écrie ma mère en se précipitant vers moi pour m'embrasser. Tu as une petite mine. Entre vite, j'ai fait du feu. Maman t'attend dans sa chambre. Depuis ce matin elle n'a pas arrêté de me demander quand tu arrivais. Mais elle a beaucoup changé, tu sais.

— C'est ce que tu m'as dit.

— Je voulais juste te prévenir, ma Deborah, dit-elle en me regardant avec appréhension.

Je lui souris et grimpe l'escalier, impatiente d'aller embrasser ma grand-mère.

Esther, emmitouflée dans une longue robe de chambre myosotis, est assise dans sa grande causeuse en osier. Elle regarde par la fenêtre. Que peut-elle bien voir ? Il fait nuit et, malgré le lampadaire qui brille devant la grille, le jardin est plongé dans une demi-obscurité.

— Grand-mère ?

Elle se retourne. Ses yeux mornes s'animent soudain.

— Clara ! Clara, c'est toi ? Tu es revenue !

Sous le choc, je frissonne.

— Grand-mère, c'est moi, Deborah, ta petite-fille…

Esther se lève, hagarde et spectrale.

— Où est Clara ? me demande-t-elle en criant à moitié. Où est-elle ?

Elle se jette dans mes bras et, instinctivement, je la serre contre moi. Sous mes mains, je sens son ossature délicate qui m'évoque celle d'un oiseau. Comme elle a maigri…

— Grand-mère, qu'est-ce que tu as ? Qui est Clara ?

Elle me repousse et secoue la tête.

— Viens, dis-je en lui prenant le bras pour la ramener vers son fauteuil.

Esther me fixe d'un regard dément. Puis, se libérant de mon étreinte, elle retourne s'asseoir, et ses yeux se perdent de nouveau dans les ténèbres.

— Grand-mère ?

Pas de réponse. Elle ne bouge plus. J'attends, l'appelle encore. En vain.

— Je suis désolée, ma chérie, me dit Jeanne lorsque je redescends au salon. Elle qui se faisait une telle joie de te voir… Et tu la retrouves au moment d'une de ses crises. Elle est comme ça, maintenant.

— Qui est Clara ?

— Clara ? Jamais entendu parler d'elle. Oh, Deborah, je te l'ai dit, son esprit s'évade de plus en plus souvent.

— Pauvre Esther… Mais c'est étrange, quand même. Clara… Elle n'a pas pu inventer.

— Deborah, écoute-moi : Esther n'est plus Esther, elle souffre de démence sénile, tu comprends ? Je suis sa fille, et jamais, jamais, je ne l'ai entendue prononcer ce prénom de toute ma vie. Tu ne dois pas tenir compte de ce qu'elle te raconte, car rien de ce qu'elle dit n'est sensé.

Ma mère me prend la main et m'entraîne dans la salle à manger.

— Allez, viens, il est tard, on va dîner.

— Grand-mère ne mange pas avec nous ?

— Elle a pris son repas depuis longtemps. Tu sais, elle ne quitte presque plus sa chambre. J'irai la mettre au lit tout à l'heure.

— Comment fais-tu, seule avec elle ?

— Je ne suis pas complètement seule : une infirmière et une aide ménagère viennent tous les jours m'aider. Bon, alors, comment tu vas, toi ? demande-t-elle en me servant une part de tourte. Qu'est-ce qui se passe, avec Marco ?

J'éclate en sanglots.

Le lendemain, je me réveille dans la chambre qui était la mienne, adolescente, et me redresse dans mon petit lit ancien. La veille, après une bonne crise de larmes, je me suis endormie sans tirer les rideaux. La pâle clarté du soleil entre dans la pièce. Ma mère n'a rien changé à la décoration un peu désuète ni au mobilier. Ma commode anglaise en pitchpin aux gros boutons en céramique blanche trône toujours à côté du joli guéridon assorti, les murs ont cette teinte bleu pâle que j'avais choisie. Une légère odeur de bois et de lavande flotte dans l'air. J'ouvre grand la fenêtre et l'air froid du matin me saisit.

Ma mère et moi sommes venues vivre ici après la mort de mon père. J'avais douze ans lorsqu'il a été terrassé par une crise cardiaque. Quant à Esther, elle était l'unique membre de la famille qui nous restait : mon père s'était brouillé avec sa famille et, du côté de ma mère, nous n'avions plus qu'elle. Je n'ai pas connu mon grand-père, et leurs deux autres enfants vivaient déjà l'un au Canada et l'autre aux États-Unis. Depuis vingt ans, notre famille se résume à nous trois.

Parfois, je me dis que je suis plus proche d'Esther que de Jeanne. Ma grand-mère et moi avons un lien indéfinissable et si fort que, souvent, les mots sont inutiles entre nous. Je me suis demandé, parfois, si ma mère n'était pas jalouse de cette relation qui la laisse souvent en dehors. Mais aujourd'hui, tout est bouleversé. Esther s'éloigne de moi, ma grand-mère s'en va et je n'ai plus que ma mère.

Hier soir, l'étendue de mon chagrin a totalement déstabilisé Jeanne. Esther, elle, aurait su me rassurer, comme lorsque j'étais enfant.

Ma mère frappe à ma porte avant de l'entrouvrir. Elle m'observe d'un air inquiet.

— Deborah ? Ça va ?

Je hoche la tête.

— Viens. Ta grand-mère te réclame. Elle va bien ce matin, ne t'inquiète pas.

Encore pleine d'appréhension, je traverse le couloir pour entrer dans la chambre d'Esther. Elle est assise dans son lit, son regard est vif, ses joues roses, et elle me tend les bras.

— Petit-Oiseau, te voilà enfin !

Nous nous enlaçons longuement et une forte émotion me submerge. Je suis si heureuse et soulagée de retrouver celle que j'ai toujours connue, et non ce fantôme effrayant qui m'a accueillie la veille.

— Laisse-moi te regarder, dit-elle en s'écartant. Tu as coupé tes beaux cheveux noirs ? C'est dommage. Mais ça te va bien.

— Comment tu vas, grand-mère ?

— Oh, je me sens vieille et fatiguée, mais c'est normal, à mon âge. Ta mère est bien gentille de me prendre chez elle, hein, Jeanne ?

— Ne t'en fais pas pour ça, répond ma mère. Bon, je vous laisse vous retrouver, dit-elle avant de quitter la pièce.

— Mais, et toi, Petit-Oiseau, qu'est-ce qui t'arrive ? Pourquoi es-tu rentrée ?

— Marco et moi, on s'est séparés.

À peine ai-je prononcé son nom que ma gorge se serre. Ma grand-mère me prend la main.

— Explique-moi.

— Je l'ai quitté. Il a…

— Il t'a trompée ?

— C'est plus compliqué que ça.

J'étais venue étudier l'histoire de l'art à Milan quand j'ai rencontré Marco. Et j'ai décidé de rester. Pour lui. Nous voulions nous marier, mais ensuite, nos désirs ont divergé. Je ne suis pas pressée d'avoir des enfants.

Pour être honnête, je crois que je n'en veux pas. Ça m'effraie à un point que je ne maîtrise pas. Dire que je refuse de donner la vie à un enfant dans le monde qui est le nôtre est vrai, mais pas tout à fait sincère. Mon angoisse va au-delà de cette certitude, elle est profonde, ancrée en moi, indéchiffrable. Marco, lui, rêve d'une famille nombreuse. Il a fini par comprendre que si passé trente ans je ne m'inquiétais pas de ne pas en avoir, c'est que ça ne m'intéressait pas.

Ces derniers temps, j'ai tout fait pour éviter la discussion, mais cela nous rongeait de plus en plus. Jusqu'au jour où j'ai vu Marco avec une femme, dans un café. Leurs regards, leur attitude corporelle, tout m'a sauté aux yeux comme une évidence. J'étais brisée, mais au fond, je savais que ça arriverait un jour, et je ne pouvais pas lui en vouloir.

Marco m'a suppliée de ne pas partir, mais avions-nous le choix ?

Me voilà donc de retour à la case départ, chez ma mère, sans travail ni logement. Un peu dans la même situation que ma grand-mère, finalement.

— Eh bien ? Tu vas m'expliquer ou tu vas continuer à regarder dans le vide ? me demande Esther en me tirant de mes pensées.

— Marco est tombé amoureux de quelqu'un d'autre.

— Amoureux, tu es sûre ?

— Oui. Et c'est à cause de moi. Je… je n'arrive pas à me dire que je veux avoir des enfants.

— Mais pourquoi ?

— Je ne sais pas. Ça me panique, c'est tout.

Esther m'observe, songeuse. Puis son regard glisse vers la fenêtre, les secondes s'écoulent et je me demande, alarmée, si elle n'est pas repartie dans son monde.

— Grand-mère ?

Elle se retourne. Ses yeux ont la couleur de la Méditerranée, ce bleu marine limpide et cristallin dans lequel j'ai toujours adoré me perdre. Ils sont brillants, tout à coup. Est-ce qu'elle pleure ?

— Petit-Oiseau, de quoi as-tu peur ?

— Je ne sais pas. De tout.

Esther soupire. Elle s'apprête à parler, mais je ne veux pas que nous nous engagions dans cette conversation. Sur la petite table ronde placée au milieu de sa chambre et sur laquelle s'amoncellent ses fils de broderie, une minuscule valise en osier est posée, ouverte. Des photos et des enveloppes s'y entassent en désordre. Je me lève.

— Tiens, c'est quoi ?

— Ah, ça... Ce sont mes précieux souvenirs. Apporte-moi la valise, je vais te montrer.

Elle fouille à l'intérieur et retire plusieurs photos, celles où elle figure à des âges différents avec ses frères, Daniel, le cadet, et Simon, le petit dernier. Celui-ci, très brun, un peu rond, est souvent agrippé à Esther ou assis sur ses genoux. Daniel, lui, essaie toujours de prendre un air sérieux, mais une petite lueur malicieuse brille immanquablement dans ses yeux.

— Regarde, dit-elle en me tendant une photo, un portrait de moi !

— Tu es adorable.

Esther la retourne. Au dos, il est écrit : « Esther Brodsky, Bruxelles, 1939 ».

— J'avais douze ans. Comment tu me trouves ?

La fillette de la photo a de beaux yeux lumineux, un grand front, un petit menton pointu qui me rappelle celui de ma mère et deux longues tresses blondes.

— Et celle-là ! s'écrie-t-elle en riant. C'est moi et Daniel, quand on a appris à faire du vélo, sur une plage de Belgique.

Esther me tend une photo d'elle à bicyclette, son frère à ses côtés, vêtu d'un grand maillot de bain, une main posée fièrement sur le guidon. Tous deux sourient, leurs visages sont radieux.

— On était tellement heureux, dit-elle en soupirant. C'était juste avant la guerre. Avant que tout s'effondre. Et mon frère était si beau, tu vois ?

Je scrute le visage de Daniel. Ses grands yeux clairs sont ourlés de longs cils, ses traits sont fins et harmonieux : pommettes hautes, grand front balayé par une mèche de cheveux blonds. J'aurais tant aimé le connaître. D'après ce que je sais, il a été tué à la Libération, mais j'ignore tout des circonstances de sa mort. Ce sujet est si douloureux qu'Esther n'en parle jamais.

— Daniel et moi étions très proches, reprend ma grand-mère. Sa disparition, c'était comme si on m'avait enlevé une partie de moi, que je n'ai jamais retrouvée.

— Et Simon, il était comment ?

— Mon petit frère était adorable. Toujours les genoux écorchés et les cheveux en bataille. Il ressemblait à mon père, avec ses yeux noirs et sa peau mate. Il était tendre, drôle, et il pleurait pour un rien. Je me suis beaucoup occupée de lui quand il était petit. On avait huit ans de différence, tu imagines ! C'est moi qui lui ai cousu son nounours... Oscar. Il ne s'en séparait jamais.

— Et tu n'as pas envie de le revoir ?

Esther détourne le regard. Elle fouille distraitement dans la valise.

— Grand-mère, toi aussi tu étais ravissante, dis-je pour dissiper le malaise qui s'est installé. Tu étais en Belgique ?

— Oui. À cette époque, nous vivions à Bruxelles. Mais à la déclaration de la guerre, on est retournés à Paris chez mes grands-parents maternels, Yankel et Guittla.

— Ta mère s'appelait Leah, c'est bien ça ?

— Oui, Leah. Attends, que je te trouve une photo d'elle.

Et, sur un coup de tête, je lui demande :

— Et tu en as une de Clara, aussi ?

Ma grand-mère se fige et pâlit.

— Pardon, grand-mère, pardon ! Hier, tu as parlé d'elle, alors je me demandais si...

— Tiens, dit Esther, comme si je n'avais rien dit, voilà ma mère, et elle me tend un autre cliché. Elle me ressemble, tu ne trouves pas ? C'était dans notre maison de Saint-Girons, en 1942. Le château Saint-Jacques, on la surnommait.

— Vous n'étiez plus à Paris ?

— Heureusement que non ! Tu imagines, avec les nazis qui avaient envahi la ville, les gens qui crevaient de faim...

— Mais... Vous avez beaucoup déménagé, à cette époque ?

— Déménagé ? Ce n'est pas vraiment le terme. On a fui, Petit-Oiseau. On fuyait. Tout le temps… Pour sauver notre peau. Et même à Saint-Girons, où nous nous croyions enfin tranquilles… Eh bien, ça a recommencé.

2

— Les enfants, faites vos bagages, on s'en va.

La nouvelle tomba par un bel après-midi de l'été 1941. Depuis presque un an, la famille Brodsky vivait à Pamiers, en Ariège, avec les parents de Leah, Yankel et Guittla. Mihaïl, le père des enfants, avait trouvé une petite villa pour loger toute la famille. Dans cette jolie maison nommée *Mon Caprice*, tout près des montagnes, la vie avait repris, douce et tranquille. Daniel et Esther étaient retournés à l'école, ils s'étaient fait de nouveaux amis, et ils avaient fini par reprendre espoir. Car depuis la déclaration de la guerre et l'exode qui avait suivi, Pamiers était le lieu où ils avaient passé le plus de temps, et la coquette villa commençait à ressembler à leur foyer.

Mais tout cela venait brutalement de s'achever. Une fois encore, il fallait boucler les valises et s'enfuir.

Un mois auparavant, Mihaïl était rentré de tournée très inquiet. Faivel Steiner, l'un de ses clients, un pelletier réfugié lui aussi dans la région, lui avait parlé d'une nouvelle loi promulguée par Vichy : les familles juives de la zone libre avaient jusqu'à la fin juillet pour venir se faire recenser à la préfecture.

— Ils veulent tout connaître de nous, lui avait expliqué Faivel d'un air effrayé. Où on vit, qui et combien nous sommes, nos âges, nos professions, la valeur de notre mobilier, le montant de nos finances et de nos dettes… Tout !

— Mais pourquoi ?

— Pourquoi ? Pour tout nous confisquer, comme en Allemagne. Il faut quitter ce pays, Mihaïl, nous n'y sommes plus les bienvenus. Et d'ailleurs, comment tu vas faire pour continuer à vendre tes peaux ? Le métier de commerçant est interdit aux Juifs maintenant, tu es au courant ?

— Pour le moment, je me débrouille. Et de toute façon, où irons-nous avec nos femmes, nos enfants, nos anciens ?

— Nous, on part en Amérique tant qu'il est encore temps. Tu devrais faire pareil. Crois-moi.

— Mais j'ai tout, ici. Je l'aime, ce pays, il m'a tout donné.

— Et il te reprendra même ce que tu n'as pas.

Depuis, les Steiner avaient disparu, ainsi que d'autres familles, tandis que de nombreux Juifs étrangers, majoritairement des hommes, avaient été arrêtés et internés dans des camps de la région.

Dans la petite villa de Pamiers où vivaient les Brodsky, les adultes tentaient de faire bonne figure devant les enfants. Le recensement leur avait laissé un goût amer : la France les traitait dorénavant en personnes suspectes, comme des prisonniers en liberté surveillée.

Les mauvaises nouvelles n'arrivant jamais seules, Yankel et Guittla apprirent que Georges, leur fils cadet, mobilisé au front, avait été capturé par les soldats ennemis et croupissait dans un stalag en Allemagne. Mais au moins, il était vivant.

Enfin, à l'été 1941, une décision administrative frappa tous les Juifs exilés à Pamiers : ils devaient quitter la ville, chaque famille se voyant attribuer une destination, une assignation à résidence. Les Brodsky reçurent l'ordre de s'installer à Saint-Girons, une petite ville à une cinquantaine de kilomètres de là, au pied des Pyrénées.

Dès qu'il le put, Mihaïl prit le train pour aller chercher un logement sur place.

Saint-Girons était entouré de montagnes immenses, d'une hauteur telle qu'il n'en avait jamais vu, et dont certains sommets étaient recouverts par les neiges éternelles. Au-delà, Mihaïl le savait, se trouvait l'Espagne. Ébloui, il contempla le paysage et inspira profondément l'air pur.

Puis il alla trouver le chef de gare pour lui demander l'adresse d'un hébergement. Celui-ci lui indiqua le chemin de l'hôtel Duchêne. Mihaïl traversa la ville légèrement en côte, avec ses maisons anciennes et colorées et ses trottoirs étroits, emprunta un petit pont de pierre pour traverser le Salat, dont le grondement assourdissant l'enchanta. Il resta un instant à contempler l'eau qui bouillonnait sous ses pieds puis reprit sa marche sous le soleil chaud de l'été. Enfin, il déboucha dans une petite rue au bout de laquelle il aperçut l'établissement, une bâtisse cossue de deux étages.

Il fut reçu par M. Nantois, le patron, un homme grand et affable. Sans mentionner l'obligation préfectorale, il lui expliqua qu'il cherchait un logement pour lui et sa famille. L'hôtelier ne fit aucune remarque et lui promit de se renseigner.

Quelques jours plus tard, il lui annonça qu'il lui avait trouvé une maison, la seule et unique qui restait à louer.

— Vous verrez, ce n'est pas dans Saint-Girons même, mais à un kilomètre, à Saint-Lizier. C'est la même commune. Vos enfants viendront à l'école ici. Vous serez bien accueillis, ne vous inquiétez pas. Vous avez deux enfants en âge d'aller au collège, c'est ça ?

— Une fille et un garçon, oui. Le petit dernier rentrera cette année en primaire.

— Vos deux aînés iront au collège de garçons. Depuis le début de la guerre, il a ouvert pour les filles aussi. L'école primaire est tout à côté.

— Et la maison, comment est-elle ?

— Eh bien… Ne rêvez pas trop si je vous dis qu'on la surnomme le château Saint-Jacques. Elle appartient à un diplomate qui est actuellement en poste à Cuba. Elle est donc entièrement meublée. Un couple de fermiers vit sur la propriété, vous pourrez leur acheter à manger, même de la viande. Si vous avez besoin d'une bonne, il y a une jeune réfugiée espagnole qu'employait le propriétaire, et qui loge dans l'une des dépendances. Quant à la maison, elle comprend une dizaine de chambres. Voilà pour le lustre. En réalité, sachez qu'elle n'est pas chauffée. Pour l'eau, il n'y en a que dans la cuisine, mais elle n'est pas potable. Il faudra venir vous approvisionner à Saint-Girons. Nous avons de nombreuses pompes alimentées directement par les montagnes, l'eau d'ici est une pure merveille ! Sinon, nous avons des hivers rigoureux, avec beaucoup de neige.

— Oh, vous savez, ma femme, ses parents et moi, nous sommes habitués au froid, on vient de Russie ! Et nos enfants sont courageux, ils s'habitueront.

— Ici, vous serez en sécurité, déclara M. Nantois plus bas. N'hésitez pas à venir me voir, pour tout. Je vous aiderai. N'importe quand. N'oubliez pas.

*

— Tu as des nouvelles de Marco ? me demande Jeanne à brûle-pourpoint à la table du petit déjeuner.

Je sursaute. Ma mère est rarement aussi directe.

— Je m'inquiète pour toi, c'est tout, dit-elle en me voyant blêmir. Tu as l'air si malheureuse. L'état d'Esther te bouleverse, je sais, mais ce n'est pas tout, n'est-ce pas ?

— On s'appelle, parfois. Mais on finit toujours en larmes. C'est idiot, hein ?

— Vous vous aimez encore ?

— Oui, mais…

— Mais quoi ?

— C'est ma faute.

— Je sais. Tu ne veux pas d'enfants et lui, si. Tu penses vraiment que ça ne peut pas s'arranger d'une façon ou d'une autre ?

— C'est trop tard, il a quelqu'un d'autre.

— Je la plains, cette fille. Être avec un homme qui appelle son ex pour pleurer avec elle. Je ne donne pas un mois à leur relation. Sauf si elle est maso.

— Maman, je doute qu'il me téléphone en sa présence.

Jeanne pose sa main sur la mienne et soupire. Je me dégage un peu brusquement et saisis ma tasse de café pour me donner une contenance. J'ai du mal avec les gestes d'affection de Jeanne, justement parce que je n'y ressens pas l'amour simple et spontané que j'attends d'une mère. Elle n'a jamais été chaleureuse et naturelle, contrairement à Esther.

Nous reprenons notre repas en silence. Ce moment, j'ai l'impression de l'avoir vécu des milliers de fois durant mon adolescence : ma mère et moi plus seules que jamais, avec pour unique compagne notre tristesse.

— Au fait, qu'est-ce qu'il s'est passé entre grand-mère et Simon ? dis-je pour sortir de cet instant pesant. Ils ne se voient plus du tout ? Est-ce qu'ils se parlent, au moins ?

— Simon a changé de prénom. Il a un nom hébreu maintenant. Il est parti vivre en Israël au début des années 1960 et il est devenu très religieux. J'ai dû le voir une fois dans ma vie. Peu à peu, il s'est complètement fermé, il a rejeté tous ceux qui n'étaient pas pratiquants comme lui. Même sa sœur. Esther en a eu le cœur brisé.

— Mais qu'est-ce qui lui est arrivé ?

— Rien de spécial. Ça s'est fait progressivement. Maintenant, toute sa vie est guidée par la religion, et il a tiré un trait sur son passé.

— Esther l'adorait, c'est affreux ! Elle a été comme une petite maman pour lui.

— Je sais.

— Et Daniel, alors ? Qu'est-ce que tu sais de lui ?

— À part qu'elle l'adorait tout autant et qu'il est mort à la Libération ? Rien. Strictement rien. C'est bizarre, hein ? Et ce n'est pas faute d'avoir demandé. Mais j'ai vite compris que c'était un sujet tabou dans la famille. De toute façon, ta grand-mère n'a jamais voulu parler de ces années-là. Comme beaucoup de Juifs qui ont connu la guerre, d'ailleurs. Trop atroce. Indicible…

Ma mère a raison, je me sens démunie depuis que je suis chez elle. Outre le désastre de ma vie personnelle, j'ai du mal à accepter qu'Esther s'en aille, qu'elle me quitte ainsi, petit à petit. Je me rends compte que j'en sais si peu sur elle et sur ma famille. Pourtant, tout disparaîtra avec elle et d'immenses zones d'ombre demeureront. Alors il sera trop tard. S'il ne l'est pas déjà.

Pourtant, il y a tant de choses que j'aimerais qu'elle me raconte. La mort de Daniel, mon grand-oncle, ce beau gamin au sourire lumineux. Comment puis-je accepter de ne jamais savoir ce qui lui est arrivé ? Et puis cette mystérieuse Clara.

Le lendemain, lorsque l'infirmière vient faire sa visite, je lui demande si ma grand-mère lui aurait parlé de Daniel, ou si elle aurait mentionné le prénom de Clara.

— Ça ne me dit rien, me répond la jeune femme. Mais pour être honnête, je ne fais pas tellement attention à ce que me racontent mes patients. Je n'écoute que ce qui concerne leur santé. Leurs vieilles histoires qu'ils ressassent, moi, je ne m'en encombre pas !

— Vous êtes sûre que vous n'avez jamais entendu ces prénoms ?

— Je ne peux rien vous assurer, mais a priori, non. Vous, vous vous appelez Deborah, c'est ça ?

— Oui.

— Vous voyez, votre prénom, je m'en souviens. Votre grand-mère l'a souvent prononcé. Daniel, ou Clara… jamais, à mon avis. Mais continuez à lui poser des questions, il faut la faire parler, réfléchir, essayer de stimuler sa mémoire. C'est bon pour elle. Il ne faut pas la laisser livrée à elle-même, vous comprenez ? Sinon, nos petits vieux, ils deviennent des morts vivants. Je peux vous dire que j'en vois tous les jours et c'est bien triste. Elle est mignonne et gentille, votre grand-mère, ce serait dommage.

3

Aux premiers jours de septembre 1941, Mihaïl emmena sa famille à Saint-Girons. Il trouva un pick-up où il put charger leurs maigres effets et organisa le départ de Yankel et Guittla. Un chauffeur les emmènerait quelques jours plus tard, le temps de préparer la maison pour les accueillir.

Les Brodsky partirent à l'aube, Mihaïl et Leah dans la petite cabine à l'avant, les trois enfants à l'arrière, sur le plateau découvert. De temps en temps, Leah se retournait et les observait, assis au milieu des bagages, bringuebalés au gré de la route. Le vent caressait leurs joues et emmêlait leurs cheveux, le soleil éblouissant empourprait leurs visages. Simon, la tête calée contre l'épaule de sa sœur, sommeillait, son nounours sur les genoux. Il était trop petit pour s'inquiéter de ce nouveau départ, songea Leah. Mais que pouvaient bien penser les deux grands ? C'est une nouvelle aventure, lui avait répondu Daniel un peu plus tôt, lorsque, d'un ton qu'elle voulait léger, elle l'avait questionné. Mais son fils, du haut de ses douze ans, avait probablement voulu la tranquilliser. Daniel ne montrait jamais ses émotions. Esther, en revanche… Sa fille ne savait pas cacher ses angoisses.

Leah soupira.

— Tu vas te faire mal au cou à force de les surveiller ! dit Mihaïl, interrompant ses réflexions. Nos enfants ne vont pas se sauver ! Regarde plutôt autour de toi, tu as vu ce paysage magnifique ! fit-il en lui prenant la main.

Leah tourna les yeux vers lui.

— Je me fais du souci pour les enfants.

— Ne t'inquiète pas, ils se plairont à Saint-Girons.

— Oui, mais pour combien de temps ? Combien de temps resterons-nous là-bas avant que l'État français décide de nous chasser encore une fois ? Comment serons-nous reçus, nous, des étrangers, des Juifs, et citadins par-dessus le marché ?

De l'autre côté de la vitre, sur la plateforme du pick-up, Esther regardait défiler les champs moissonnés, les villages endormis et les arbres aux feuilles piquetées d'or. Elle avait tant apprécié son année passée à Pamiers. Pourtant, une fois encore, il avait fallu tout quitter.

À la déclaration de la guerre, ils avaient fui la Belgique où ils vivaient depuis 1934 pour se réfugier à Paris. Yankel et Guittla les avaient hébergés dans leur petit appartement du 11e arrondissement, rue du Grand-Prieuré. Le couple s'en servait également d'atelier de confection et de boutique, et toute la famille s'y était entassée comme elle l'avait pu. Lorsque l'invasion de Paris par les Allemands était devenue imminente, ils s'étaient dépêchés de suivre le grand mouvement d'exode qui avait saisi le pays : Angers d'abord, un petit village de Corrèze ensuite, puis Pamiers. Et à présent, sans qu'elle sache vraiment pourquoi, la famille repartait. Quand cette maudite guerre allait-elle prendre fin ?

Esther regarda Daniel. De sa voix mélodieuse, il interprétait une chanson de Mouloudji, les yeux plissés par l'éclat du soleil. Son frère semblait toujours heureux, il s'adaptait partout, se sentait à l'aise avec tout le monde. Elle se joignit à lui et reprit espoir. Leur nouvelle destination serait peut-être un vrai refuge, cette fois, un lieu où ils pourraient vivre et demeurer en paix...

Après quelques heures de route, Mihaïl s'arrêta sur le bord d'un chemin près d'une clairière pour piqueniquer. Au bas de l'étendue herbeuse coulait un ruisseau peu profond. Les enfants enlevèrent leurs chaussures, les garçons relevèrent leurs pantalons et tous trois allèrent tremper leurs pieds dans l'eau glacée. Esther tenait fermement la main de Simon qui poussait des cris de joie assourdissants.

— Fegele[1], fais attention à ton frère ! cria Leah.

— Ne t'inquiète pas, maman, je ne vais pas le lâcher, répliqua Esther. Sauf s'il m'arrose. Tu as compris, Simon ?

— Leah, détends-toi un peu, que veux-tu qu'il lui arrive dans dix centimètres d'eau ? la sermonna Mihaïl. Et fais donc un peu confiance à notre fille, poursuivit-il en passant le bras autour de ses épaules.

— Je sais. Je deviens craintive et ça ne me ressemble pas.

— Pour Simon, tu as peur de tout ! Écoute, Leah, on sera bien à Saint-Girons, j'en suis sûr. Le propriétaire

1. Prénom yiddish qui signifie également « petit oiseau ».

de l'hôtel où je suis descendu est un homme bon. Il m'a assuré qu'on pourrait toujours compter sur lui. Là-bas, il y a des gens qui sont prêts à nous aider.

— J'espère que tu as raison. Quand je vois nos petits, si jeunes, si vulnérables…

Elle prit une profonde inspiration avant d'appeler les enfants, qui vinrent les rejoindre pieds nus, boitillant sur les cailloux. Simon poussait de petits cris de douleur en s'accrochant à la jambe de sa sœur.

— C'est bon, mais arrête de crier, d'accord ? dit-elle en le soulevant du sol pour le porter.

Simon passa les bras autour du cou de sa sœur et déposa un baiser poisseux sur sa joue. Esther, attendrie, le serra plus fort. Comme Leah, elle ne résistait pas au charme du petit garçon, dont on ne savait jamais, d'une seconde à l'autre, s'il allait rire ou éclater en sanglots.

Le pique-nique vite avalé, tout le monde remonta en voiture. Une heure plus tard, alors que les enfants somnolaient, bercés par le ronronnement du moteur et le bruissement du vent, ce fut Daniel qui aperçut la première montagne.

— Esther, regarde ! cria-t-il.

Celle-ci suivit des yeux la direction que pointait son frère pour découvrir les cimes enneigées.

— On est arrivés ? demanda Simon en se redressant.

— Presque. Tu vois la montagne ? lui demanda Esther.

Mihaïl ralentit et jeta un œil à sa femme.

— C'est beau, hein ? lui dit-il.

— Oui. Mais j'ai l'impression d'être au bout du monde.

— Eh bien, comme ça, les Allemands ne viendront pas nous chercher !

Mihaïl quitta la route juste avant Saint-Girons pour prendre celle menant à Saint-Lizier. Le village bordait le Salat, avec ses maisons hautes, étroites et colorées construites le long des berges, puis il s'élevait à flanc de colline, jusqu'au sommet, où apparaissaient des constructions anciennes entourées de restes de fortifications.

— Mihaïl, qu'est-ce que c'est, ce grand bâtiment, tout là-haut ?

— C'est l'ancien palais des archevêques et la cathédrale. Mais aujourd'hui…

— Quoi ?

— C'est un asile de fous.

— Tant qu'ils restent dans leur palais ! répliqua Leah.

— Tu sais ce que racontent les gens du coin ?

— Non ?

— Il paraît que pendant longtemps on a laissé les fous en liberté, qu'ils ont fait des enfants dans le village, et que c'est pour ça que les Saint-Gironnais sont des originaux.

— Eh bien, ça promet ! répliqua Leah en riant.

La voiture traversa un pont de pierre. Mais au lieu de se diriger vers le centre, Mihaïl tourna à gauche et, après une centaine de mètres sur une petite route qui longeait la rivière, il s'arrêta devant une grille entourée de deux piliers en pierre.

— On est arrivés ! Madame Brodsky, bienvenue au château Saint-Jacques ! annonça-t-il.

Puis il descendit pour ouvrir la grille. En se retournant, il découvrit ses trois enfants, penchés par-dessus bord, qui l'observaient, intrigués.

— Asseyez-vous, on repart, leur dit-il.

— On n'est pas encore arrivés ? demanda Simon.

— Si, on est chez nous, mon petit gars. Je vais nous conduire jusque devant la porte.

Mihaïl remonta l'allée bordée d'arbres et perdue dans une nature foisonnante. Soudain, une grande bâtisse apparut. Esther poussa un cri d'étonnement.

— C'est ici qu'on va habiter ?

— On dirait un manoir de contes de fées, remarqua Daniel. Enfin, un peu délabré.

— C'est immense !

La maison, de style XIXe siècle, en brique rouge et moulures, s'élevait sur deux étages dont le second était sous les toits. Sur la façade légèrement décrépie, les enfants comptèrent quinze fenêtres en tout.

Une jeune femme petite, maigre et très brune descendit les marches du perron pour les accueillir.

— Leah, je te présente Maria, elle est employée par notre propriétaire pour entretenir la maison. Elle va rester avec nous pour t'aider. Cette maison est bien trop grande à entretenir seule.

Leah ne répondit rien. Comment Mihaïl allait-il faire pour payer une employée de maison alors qu'il devenait de plus en plus difficile pour lui de travailler ?

— Maria est espagnole, continua Mihaïl. Son mari a été tué pendant la guerre civile et elle est venue se réfugier ici.

— Oh, je suis désolée ! lança Leah, choquée.

La jeune femme hocha la tête d'un air triste, puis s'approcha des enfants à qui elle lança un bonjour, avant d'aider Simon à descendre.

— Dire que j'ai cru un instant que tu l'avais embauchée pour moi, murmura Leah en regardant tendrement Mihaïl.

Les trois enfants, déjà partis s'aventurer dans le parc, furent rappelés. Chacun prit sa valise et la famille pénétra dans la maison. L'entrée donnait sur le salon, tout en boiseries et portes à vitraux. De gros fauteuils en velours étaient disposés autour d'une table basse, quelques guéridons en bois sculpté sur lesquels étaient posées des lampes anciennes avaient été placés aux coins de la pièce. Mais ce qui impressionna Esther, ce fut l'énorme piano demi-queue ainsi que le gramophone et la pile de disques rangés à côté. Daniel posa sa valise et s'assit devant l'instrument, dont il fit retentir quelques notes, avant de rabaisser le couvercle sous le regard noir de son père.

À droite, la salle à manger avec sa grande table rectangulaire débouchait sur une incroyable bibliothèque. Esther ouvrit des yeux immenses en découvrant le meuble aux portes grillagées où s'alignaient une impressionnante quantité de livres.

— Venez, allons déposer nos affaires dans les chambres, ordonna Mihaïl. Nous serons tous au premier étage, le second n'est pas habitable.

La chambre d'Esther était située dans l'aile droite de la maison, au-dessus de la salle à manger. Deux fenêtres avaient vue sur le parc, une autre, en angle, sur les hauteurs de Saint-Lizier et son asile. Daniel et Simon se virent attribuer la chambre d'en face, donnant à l'arrière de la maison. Leurs parents s'installèrent dans l'autre aile. Daniel protesta : il était bien assez grand pour avoir sa propre chambre. Mais son père l'arrêta tout de suite. Sans chauffage, la maison était glacée l'hiver, mieux valait qu'il partage son lit avec son petit frère.

Il n'y avait pas de salle de bains dans la maison, seulement des cabinets de toilette où bassines et brocs faisaient office de lavabos et de baignoires.

— Je te l'avais dit, Leah, il n'y a ni eau courante ni chauffage dans les étages. L'eau, c'est dans la cuisine, mais elle n'est pas potable. Viens, je vais te montrer la cuisine.

La pièce, en demi-sous-sol, avait été sommairement aménagée sous la salle à manger. Si on pouvait y accéder par la maison, elle avait également sa sortie indépendante grâce à un petit escalier en pierre étroit. Leah y découvrit un large évier, un grand fourneau, une table et des chaises en bois. La pièce, même mal éclairée, lui parut tout de suite chaleureuse. Voilà un endroit où elle s'imaginait bien préparer des repas avec sa mère, et pourquoi pas, avec Maria si celle-ci le souhaitait. Avant cela, elle allait devoir trouver de nouveaux repères, savoir où se procurer de la nourriture, où aller chercher de l'eau potable. Et tout d'abord, même s'ils étaient à Saint-Lizier sur ordre de l'État, il leur faudrait s'enregistrer à la sous-préfecture de Saint-Girons, comme devaient le faire tous les Juifs du pays dès qu'ils emménageaient quelque part.

Guittla et Yankel les rejoignirent quelques jours plus tard, mais l'inconfort de la maison ainsi que l'envie de se retrouver tous les deux les incitèrent à se trouver un endroit à eux. L'hôtel de la Tour, à l'entrée de

Saint-Lizier, avait transformé ses chambres en appartements depuis le début de la guerre. C'est là que le couple emménagea, dans un minuscule logement qui surplombait le Salat. Une fois installés, ils écrivirent à Georges et lui communiquèrent leur nouvelle adresse, en espérant que leur courrier lui parviendrait et que leur fils pourrait à son tour donner des nouvelles.

4

Il restait un mois avant la rentrée scolaire et les enfants en profitèrent pour explorer les lieux. Daniel et Esther découvrirent une cabane, construite dans un arbre du jardin, dont ils prirent possession. Puis, avec les premières pluies, ils renoncèrent au parc et commencèrent à arpenter la maison. Ce fut Daniel qui entraîna Esther, et Simon qui les suivait partout, au dernier étage. Jusqu'à présent, l'idée de monter l'escalier obscur et d'entrer dans ces pièces où personne ne mettait jamais les pieds les effrayait un peu.

Ils grimpèrent, Daniel en tête, Esther tenant Simon par la main. Le palier débouchait sur deux portes. L'aile droite était condamnée, son accès verrouillé. Maria leur avait expliqué que le propriétaire y avait laissé des effets personnels et en avait interdit l'entrée. Restait la porte de gauche, que Daniel ouvrit lentement dans un grincement sinistre. Simon recula, prêt à s'enfuir, mais Esther le retint fermement.

— Allez, les garçons, on y va. Daniel, à toi l'honneur.

Celui-ci marqua un temps d'hésitation, et sa sœur le poussa gentiment dans le dos.

— C'est ton idée, alors entre !

Daniel s'engouffra dans la pénombre de la pièce, faisant craquer le plancher. Quand il eut parcouru la moitié de l'espace, il se retourna.

— Vous venez, maintenant, ou il faut que j'aille vous chercher ?

— Mais on voit rien, protesta Simon.

Esther le tira par la main et ils rejoignirent Daniel.

La pièce était vaste, poussiéreuse et encombrée de meubles, de cartons et de valises, dont les enfants ne distinguaient que les ombres. Quatre lucarnes, deux sur la façade et deux donnant sur l'arrière de la maison, étaient recouvertes de papier journal, filtrant de gris la lumière pâle. Daniel s'empressa de l'arracher. Le jour pénétra dans le grenier, dévoilant l'entièreté de la salle, qui leur parut immense.

— Ce sera notre endroit à nous, décréta Esther.

— Notre soupente, renchérit Daniel.

— C'est chez moi aussi, d'accord ? demanda Simon d'un air inquiet.

— Seulement si tu nous aides à tout nettoyer, répondit Daniel.

Après un ménage sommaire, ils dénichèrent une table en bois brun aux pieds piquetés de trous, des chaises dont la paille était abîmée par endroits et un fauteuil en velours bordeaux usé qu'ils disposèrent dans la pièce ; un vieux matelas, qu'ils recouvrirent de tissus décolorés, servit de canapé tandis qu'un tapis trouvé dans un coin fut déroulé sur le parquet rongé, ajoutant une touche de couleur passée au sol terne.

Les enfants, ravis, contemplèrent leur nouvel espace entièrement réaménagé.

— On va quand même demander à maman des coussins pour les chaises, sinon j'ai peur qu'on passe à travers, dit Esther.

— On va être bien, ici, ajouta Daniel en frottant son pantalon de golf recouvert de poussière.

Plus tard, de vieux vêtements découverts dans une valise et dégageant une forte odeur de renfermé leur servirent de déguisements. Sur une idée d'Esther, ils improvisèrent une petite pièce de théâtre, où Daniel jouait le rôle du méchant, Simon de la victime, et Esther de la sauveuse. Puis Simon se mit à pleurer et les rôles furent redistribués. Simon décida qu'il serait un magicien. Le soir, ils offrirent aux adultes une représentation assez chaotique qui fit rire Yankel aux larmes. Ce serait la première d'une longue série qui égaierait leurs longues soirées.

Un beau matin, Guittla et Yankel arrivèrent au château Saint-Jacques tout excités et heureux. Georges leur avait écrit ! La carte fit le tour de la famille : c'était une photo de lui avec un autre prisonnier. Tous deux étaient en uniforme, tête nue, et Guittla fit remarquer que si l'autre jeune homme paraissait triste et abattu, Georges gardait un air digne et vaillant. Il ne semblait pas amaigri, point le plus essentiel à ses yeux de mère. Au dos de la carte, il avait écrit au crayon à papier :

Affectueux baisers à tous.
Georges Chipervaser
42634-c
Stalag VIII A
Deutschland (Allemagne)

— C'est tout ce qu'il a mis ? demanda Esther, déçue.

— C'est une carte postale, il ne va pas raconter sa vie. Le plus important, c'est la photo. Elle nous prouve que Georges va bien, et c'est tout ce que je veux savoir, répondit Guittla.

— Et on a la confirmation qu'il reçoit nos lettres. Maintenant, on va pouvoir lui envoyer des colis, ajouta Yankel.

Leah demanda à sa mère de l'accompagner dans la cuisine. Elle était passée chez les Rouvière, les fermiers qui exploitaient la propriété, et auprès de qui elle se fournissait en œufs, viande et quelques légumes. À peine arrivée à Saint-Lizier, Leah était allée se présenter et leur avait demandé s'ils vendaient les produits de la ferme. Chaque fois qu'elle s'adressait à des inconnus pour une quelconque requête, elle craignait d'être mal reçue, voire insultée ou chassée. Mais, comme avec la plupart des habitants de la commune, tout s'était bien passé. Jean et Odette Rouvière étaient contents de voir le château de nouveau habité et, promis, ils fourniraient comme ils le pourraient la famille Brodsky. Leah avait senti son cœur s'emplir de gratitude.

La veille, elle avait acheté aux Rouvière un mouton entier. Face à son désarroi, Odette, goguenarde, lui avait appris à découper la bête.

— Regarde, maman, on a de quoi faire.

— Tu comptes t'entraîner pour ouvrir un restaurant ?

— Ce n'est qu'un petit mouton, et je me suis entendue avec Mme Rouvière pour le partager avec d'autres voisins. Comme elle me l'a dit, profitons de ce qu'on a, on ne sait pas ce que l'avenir nous réserve.

Au quotidien, le château Saint-Jacques comportait cependant quelques désagréments. L'absence d'eau courante, à l'exception de l'unique robinet de la cuisine, rendait la toilette pénible. Elle s'effectuait à l'eau froide dans les petits cabinets de toilette à l'étage. Une fois par semaine, Leah, aidée de Maria, faisait chauffer de l'eau dans une grande bassine pour un nettoyage plus approfondi. Pour celui de ses longs cheveux, Esther n'avait droit qu'au gros morceau de savon noir qui servait à tout le reste et à un peu de vinaigre pour les rincer. Les nuits aussi étaient parfois difficiles : les cris sinistres et terrifiants venus de l'asile, perceptibles depuis les chambres des enfants, retentissaient jusque très tard, et Esther, affolée, regardait chaque soir avec horreur les nombreuses souris qui, dès que les habitants étaient couchés, s'en donnaient à cœur joie et grimpaient le long des rideaux.

Leah, elle, souffrait de solitude et se sentait loin de tout. Elle aussi avait laissé derrière elle quelques amies à Pamiers et n'avait pas eu l'occasion de s'en faire de nouvelles à Saint-Girons. Aussi, lorsque Mihaïl avait rapporté un poste de radio, elle avait accueilli cette ouverture sur le monde avec une joie indicible.

Depuis, chaque soir après dîner, la famille écoutait religieusement Radio Londres avec Maria. Une fois le programme terminé, tandis que Daniel restait devant le poste pour écouter de la musique, Esther avait pris l'habitude de s'enfermer dans la bibliothèque. Là, elle feuilletait les livres au hasard, respirait les pages jaunies et les vieilles reliures en cuir. Puis elle choisissait un volume, s'installait dans un gros fauteuil et lisait.

En cette fin d'été de 1941, Esther découvrit les œuvres de Zola qu'elle lut avec une grande curiosité, parfois choquée, parfois troublée, souvent perplexe. Daniel, lui, entendit pour la première fois l'une des toutes nouvelles compositions de Django Reinhardt, *Nuages*, et ce fut une révélation. Est-ce son amour pour la musique qui entraîna sa passion pour le piano ? Lui qui n'avait jamais pris de cours s'amusa à jouer à l'oreille les mélodies entendues à la radio ou sur le gramophone. Son don ravissait Yankel, le violoniste de la famille.

Malgré cette apparence de normalité, la situation des Brodsky devenait inextricable. Recensés, surveillés, assignés à résidence, ils avaient perdu la liberté de se déplacer et de vivre où ils le souhaitaient. L'État, en décidant de l'endroit où ils devaient loger, montrait également sa volonté de les localiser à tout moment. De plus, la liste des métiers interdits aux Juifs ne cessait de s'allonger. Bientôt, il ne resta quasiment plus aucune profession autorisée.

Le soir, une fois les enfants couchés, Mihaïl et Leah parlaient durant des heures pour trouver des solutions. Là, devant son mari, Leah, qui faisait front toute la journée pour ne rien montrer à sa famille, éclatait en sanglots.

— Qu'est-ce qu'on va devenir ? On nous envoie au fin fond des Pyrénées, loin d'une ville où on pourrait encore se fondre dans la population et s'en sortir. Mais ici, on est fichés, on n'a plus rien…

— Leah, ne pleure pas. Depuis qu'on est dans le Sud, je me suis fait pas mal de connaissances, et la plupart acceptent toujours de travailler avec moi. Je vais continuer mon activité, repartir sur les routes, comme avant.

— Mais qui a encore assez d'argent pour acheter des fourrures ?

— Plus de gens que tu ne le penses. Les hivers sont rigoureux ici, on a besoin de manteaux chauds, de gants fourrés… Les pelletiers cherchent toujours à se fournir en peaux de moutons, de lapins et en sauvagines, et moi je connais tous les chasseurs, tous les fermiers de la région. Ils sont bien contents d'écouler leurs marchandises, et j'ai tissé de vrais liens avec eux. Ils me font confiance.

— Et avec les pelletiers, c'est aussi facile ? D'ailleurs, comment font-ils pour se procurer tous les produits nécessaires pour nettoyer et préparer les peaux ?

— Ils se débrouillent très bien, crois-moi. Et eux aussi me font confiance. Alors tu vois, j'ai de quoi travailler et nous nourrir décemment. Et si ça ne suffit pas, j'envisage de faire l'intermédiaire entre les pelletiers et les ateliers de confection. Qui sait ? Les tailleurs pourront me faire des prix pour de belles vestes en mouton retourné pour toute la famille !

— Tu crois que ça me rassure, ce que tu me racontes ? Tu défies la loi, c'est terriblement dangereux ! As-tu pensé que certains de tes clients pourraient te dénoncer ?

— On n'a pas le choix, Leah, je dois travailler. De toute façon, la plupart des pelletiers sont aussi des Yidds. On n'a rien à craindre de leur part, on est tous dans le même bateau. Je t'assure, arrête de t'inquiéter.

— Et toi, arrête de faire semblant que tout va bien. Je sais que tu ne dors pas, la nuit. Je t'entends remuer et soupirer pendant des heures. Combien de temps on va tenir comme ça ? Comment je vais pouvoir me faire à l'idée que tu risques la prison à chaque instant parce que tu travailles et que c'est interdit ?

— Écoute, je vais retourner voir ce monsieur, à la sous-préfecture de Saint-Girons, M. Deumier, celui qui nous a enregistrés à notre arrivée. Il ne m'a pas semblé hostile, alors je vais tenter ma chance et voir s'il peut faire quelque chose pour moi.

— Un serviteur de l'État ? Tu as perdu la tête ? Mihaïl, cet homme est un fonctionnaire de Vichy… Et ce M. Nantois, il t'avait dit qu'il nous aiderait, non ?

— Oui, et il le fera, j'en suis sûr. On va s'en sortir, Leah, tu verras.

5

Mihaïl obtint un rendez-vous avec M. Deumier, le secrétaire de la sous-préfecture. Ils eurent une conversation dans le bureau fermé, à l'abri des oreilles indiscrètes. Parmi les rares professions autorisées pour les Juifs demeurait celle de représentant de commerce, lui expliqua le fonctionnaire.

— Mais moi j'achète et je vends.

— Vous voulez travailler, n'est-ce pas ?

— Oui, bien sûr.

— Alors, afin de nourrir votre famille, vous avez décidé de changer de métier.

Mihaïl écarquilla les yeux. Il n'était pas sûr de comprendre.

— Et aujourd'hui, poursuivit M. Deumier, vous êtes venu me demander de modifier mes registres. Par conséquent, je vais vous enregistrer comme représentant de commerce.

Mihaïl, troublé, resta muet.

— Grâce à votre nouvel emploi autorisé, répéta M. Deumier en insistant sur le dernier mot, vous allez pouvoir arpenter les routes en toute légalité. Après… à vous de faire attention, parce que vous n'êtes pas censé avoir trop de marchandises. Vous me comprenez ?

Mihaïl n'en revenait pas. Ce fonctionnaire de l'État proposait de lui fournir un faux document pour lui permettre de travailler. Il l'observa un peu mieux. Louis Deumier avait à peu près son âge. Il était grand, de forte carrure, son visage impassible était doté d'une belle moustache, ses cheveux châtains étaient épais et bien coupés : il avait tout du Français discret et sans histoire. Pourtant, derrière son apparente simplicité, Mihaïl reconnut au fond de ses yeux bienveillants cette petite lueur fière et déterminée qu'il avait vue briller dans ceux de M. Nantois.

— Merci, monsieur, merci infiniment.

— Nous n'avons pas d'autre solution, monsieur Brodsky. N'oubliez pas que les Juifs qui ne peuvent plus s'assumer financièrement sont internés dans des camps de la région. Je tiens vraiment à vous éviter ça, à vous et à votre famille.

— C'est très généreux de votre part.

— Non. Je dirais simplement que cette situation me fait honte. Vous devez avoir le droit de travailler. Mais s'il vous plaît, soyez prudent et discret.

— Ne vous inquiétez pas, je sais depuis longtemps faire profil bas. C'est malheureusement ma seule chance pour m'en sortir.

— Et sachez que vous pouvez compter sur moi, dans la limite de ce qui est en mon pouvoir, bien sûr.

— Ma femme et moi, on serait heureux de vous inviter à déjeuner chez nous, dimanche, avec votre famille. Si ça ne vous pose pas de problème…

— Nous sommes encore libres d'aller déjeuner chez qui on veut, vous ne croyez pas ?

— Il t'a proposé de trafiquer ses registres ?

— Exactement, déclara Mihaïl, ravi, après avoir raconté à Leah sa visite à la sous-préfecture.

— Mais… Et si c'était un piège ?

— Leah ! Cet homme est sincère, il veut vraiment nous aider.

— Qu'est-ce que tu en sais ? Et s'il nous dénonçait ?

— Mais c'est lui qui a modifié les registres, pas moi. Tu vois bien qu'il se met en danger pour nous ?

Leah resta dubitative. Elle en avait assez vu et entendu, depuis le début de la guerre, pour se méfier de tout et de tout le monde.

— Et puis tu vas pouvoir juger par toi-même. J'ai invité les Deumier à déjeuner dimanche. Fais venir tes parents, comme ça Guittla, avec son œil acéré, te donnera son verdict, ajouta Mihaïl, goguenard.

Le dimanche suivant, les Deumier arrivèrent sur leurs bicyclettes au château Saint-Jacques, leur petite fille, Lucie, sur le porte-bagages de Louis. Guittla et Yankel avaient accepté de venir, et la journée étant particulièrement belle, les enfants avaient été chargés de porter la table dehors, devant la maison, sous le soleil encore chaud de l'automne.

Madeleine était une femme aussi discrète que son mari et assez réservée. Grande et très blonde, elle parut intimidée par la maison et la grande famille qui se pressait autour d'elle. Lucie, en revanche, âgée de six ans comme Simon, prit la main qu'il lui tendait et, après avoir demandé l'autorisation à sa mère d'un regard, le suivit au jardin. Simon était enchanté d'avoir enfin une compagne de jeux, même si, comme il l'avoua plus tard à Esther, c'était « une fille ».

Tandis que Guittla observait le couple Deumier à la dérobée, Leah, malgré ses doutes, se sentit heureuse de recevoir enfin du monde. Depuis l'exode, elle avait été privée de ces grandes tablées qu'elle aimait tant préparer, où elle pouvait exprimer ses talents de cuisinière. Et la simplicité de ses invités, la bonté qui semblait émaner d'eux la rallièrent à l'opinion de Mihaïl. Les Deumier étaient des gens bien. Son sentiment se confirma lorsqu'elle croisa les yeux de Guittla. Mère et fille se comprenaient toujours d'un regard.

Aussi les deux femmes mirent-elles tout en œuvre pour que Madeleine se sente à l'aise. Yankel intervint lui aussi pour essayer de la faire rire mais, avec son fort accent yiddish incompréhensible pour les non-initiés, il ne fit que l'embarrasser davantage. Heureusement, Guittla la fit parler de littérature, une passion commune aux trois femmes. Guittla la questionna sur ses auteurs préférés et tout le monde fut très surpris, lorsque Madeleine parla de Zola, d'entendre Esther se mêler à la conversation et donner son avis sur *La Faute de l'abbé Mouret*.

— Comment connais-tu ce roman, Esther ? demanda Leah, un peu gênée.

Elle croyait se souvenir que ce livre comportait quelques scènes assez crues et qu'il ne faisait pas particulièrement la part belle à l'Église.

— Je l'ai trouvé dans la bibliothèque de la maison.

Esther remarqua le nouvel échange de regards complices entre sa mère et sa grand-mère, et crut y déceler une lueur d'amusement et de perplexité.

— Fegele, lui dit Guittla, tu es un peu jeune pour lire Zola.

— J'ai quatorze ans, quand même ! Et j'ai bien aimé. Je n'ai pas tout compris, mais l'histoire m'a touchée.

— Vous semblez avoir une sacrée bibliothèque, intervint Madeleine.

— Voulez-vous la voir ? proposa Leah. Il m'a semblé qu'il n'y avait que des classiques.

— Avec plaisir. Vous savez qu'on a une très bonne librairie à Saint-Girons ? La librairie Au pied de la lettre, rue Villefranche. Elle est tenue par un homme incroyable, Gabriel Peyrat. Je suis sûre que vous allez adorer cet endroit. M. Peyrat a un choix de livres contemporains impressionnant.

— Enfin une bonne nouvelle ! s'exclama Leah en riant. Je vais y aller dès la semainc prochaine.

— Nous irons ensemble, je vous présenterai.

Madeleine hésita un instant avant de reprendre, en baissant la voix :

— Quand je parle de livres contemporains, je parle de livres étrangers et d'autres qui sont interdits par la censure. On lui en achète sous le manteau, mais bien sûr il faut être introduit auprès de lui et n'en parler qu'à des personnes en qui vous avez entièrement confiance.

— Merci de me mettre dans la confidence. Un libraire qui résiste à la censure, à Saint-Girons, j'ai hâte de le rencontrer ! répondit Leah, folle d'enthousiasme.

Après la visite de la bibliothèque, en compagnie d'Esther qui semblait connaître l'endroit par cœur, tout le monde passa à table. L'air était doux, une légère brise agitait les herbes hautes et les branches des arbres immenses du parc. Les Deumier racontèrent qu'ils avaient grandi dans une ville voisine, qu'ils se connaissaient depuis l'enfance et n'avaient jamais désiré quitter la région. Esther se prit à rêver qu'elle aussi vivrait là pour toujours, s'y marierait et y élèverait ses enfants.

À la fin du repas, Mihaïl demanda son avis à Louis sur la situation des Juifs en zone libre.

— Les lois qui vous frappent seront toutes appliquées, j'en ai bien peur. Et elles sont déjà en train de créer une situation aberrante. On vous interdit la majorité des professions, on confisque vos biens et ensuite on vous reproche de vivre en parasites. Tout ça me dépasse. Vous savez, j'ai un ami qui vit à Aulus-les-Bains, près d'ici. Il m'a dit qu'il y avait beaucoup de nouveaux arrivants assignés à résidence. Ils sont régulièrement convoqués au poste de police où ils doivent prouver qu'ils ont de quoi vivre. Alors les pauvres bougres qui n'ont plus rien se font prêter une poignée de billets par ceux, plus chanceux, qui en ont encore et ainsi, ils évitent les camps.

— C'est horrible.

— Et quelle est la position de la mairie de Saint-Girons ? demanda Yankel.

— Le maire et son conseil ont été démis de leurs fonctions et remplacés par la Délégation municipale de Vichy. Ces hommes sont tous des imbéciles dangereux.

— Pourtant, il y a Paul Landron, intervint Madeleine.

— Eh bien, ça ne me rassure pas, répliqua Louis.

— Qui est Paul Landron ? questionna Leah.

— C'est un notaire de la ville. Il a toujours affiché ses idées maurrassiennes. Aujourd'hui, il flirte avec le PPF mais il a une attitude ambiguë. Il faut se méfier de lui.

— Je ne suis pas tout à fait d'accord, dit Madeleine. Cet homme a des valeurs humanistes. Ce n'est pas un idiot ivre de pouvoir qui veut profiter de la situation. Voyez-vous, Leah, poursuivit Madeleine en se tournant vers elle, Paul fréquente assidûment la librairie de M. Peyrat. C'est un fin lettré. Si l'occasion se présente, je vous introduirai auprès de lui. Sait-on jamais ? Un jour, peut-être, vous pourriez avoir besoin de lui.

— Ma chère, tu lui prêtes bien des qualités et beaucoup d'influence. Je persiste à penser qu'avec lui il faut rester sur ses gardes.

— Mais à qui peut-on faire confiance, de nos jours ? déclara tristement Guittla.

— À personne, je le crains, répondit Louis Deumier. Et avec les conquêtes de l'armée allemande et la soumission du gouvernement de Pétain, l'avenir risque d'être difficile pour tout le monde.

Un lourd silence s'abattit sur l'assemblée. Le soleil brillait toujours, la nature était resplendissante, pourtant Mihaïl et Leah eurent l'impression que tout, autour d'eux, se teintait de gris et que l'horizon rétrécissait. Puis Maria sortit de la cuisine pour apporter le dessert, brisant cet instant oppressant.

— Je ne voulais pas vous inquiéter, reprit Louis, juste vous avertir. Il faut se préparer. De mon côté, je vous aiderai autant que je le pourrai. Nous sommes quelques-uns à chercher à nous organiser. Je vous tiendrai au courant.

— Merci, murmura Mihaïl.

— Vous viendrez la semaine prochaine chercher votre permis de circuler. Au moins vous pourrez continuer votre activité.

— Je suis comme tout le monde, je veux juste vivre dignement de mon travail, déclara Mihaïl.

— Je sais, répondit Louis. Je sais bien.

Quelques jours plus tard, grâce à l'aide de Louis, Mihaïl partit arpenter la région l'esprit plus libre. Il risquait cependant que des policiers zélés, lors de contrôles de routine, vérifient la marchandise transportée et s'interrogent sur sa valeur et sur sa quantité, les jugeant trop importantes pour un simple représentant. Mais quel choix avait-il ?

Alors que la rentrée des classes approchait et qu'il s'apprêtait à partir en tournée, Mihaïl trouva des vélos pour les enfants. Parfaits pour se rendre à l'école. Il fit venir Esther et s'adressa à elle, pour la première fois, comme à une adulte.

— Fegele, lui dit-il, tu es une grande fille, maintenant. Ta mère et moi, on sait qu'on peut compter sur toi. Je vais devoir m'absenter souvent pour travailler et ta mère va avoir beaucoup de choses à faire ici. J'ai une mission pour toi quand je ne serai pas là. Tu sais que Leah est incapable de monter sur un vélo ?

— Oh, ça oui ! répondit Esther en souriant au souvenir de Leah essayant d'apprendre avec eux lors de leur séjour à la mer, en Belgique.

Ces vacances semblaient dater d'une autre époque, et pourtant deux ans seulement s'étaient écoulés. Esther repensa à leur insouciance lorsqu'ils étaient rentrés à Bruxelles à la fin du mois d'août 1939. Elle avait fêté ses douze ans et puis… quelques jours plus tard, la guerre avait éclaté. Leur vie, leur monde s'étaient irrémédiablement brisés.

— Ta maman n'aura pas de voiture, vous n'aurez que les bicyclettes, poursuivit Mihaïl. Alors viens voir, je vais te montrer quelque chose.

Il entraîna Esther dans la remise, à l'arrière de la maison.

— Voilà vos trois vélos et une petite remorque. Je vais t'expliquer comment tu l'attacheras au tien. Quand vous aurez besoin d'eau, tu prendras la remorque, tu y chargeras la dame-jeanne qui est ici et tu iras à Saint-Girons, à la pompe la plus proche. Tu as compris ?

— Oui, papa.

— J'espère que Daniel sera bientôt assez fort pour le faire aussi, mais pour le moment, il est trop petit.

Esther ne dit rien, trop fière que son père la traite en adulte.

Alors qu'ils rentraient dans la maison, elle ne put s'empêcher de demander :

— Tu vas voyager loin, papa ?

— Fegele, ne t'inquiète pas, je serai dans la région et je ne m'absenterai jamais longtemps.

Esther hésita avant de poser l'autre question qui lui brûlait les lèvres.

— Et… est-ce qu'on va encore devoir partir ?

— Mais non, ça, c'est fini ! répliqua Mihaïl en riant. C'est l'administration française qui nous a envoyés ici, ils ne vont pas s'amuser à nous faire déménager tout le temps !

Esther était loin d'être convaincue mais préféra ne rien dire. Son père aussi avait besoin d'être rassuré et de croire que sa petite Fegele était toujours candide et innocente. Mais depuis des mois, un sentiment d'angoisse s'était niché au fond d'elle, une petite faille, sournoise et invisible, qui se creusait dans son cœur de toute jeune fille.

II

Clara

1

— Il y a vraiment trop de sales Juifs par ici.

Trois semaines après la rentrée, Esther discutait dans la cour de récréation avec ses camarades de classe dont Paulette, sa nouvelle amie, lorsque Fernand Petit, un garçon brutal qui cherchait toujours la bagarre, s'était approché d'une élève de troisième tout juste arrivée au collège. Encouragé par ses copains, un sourire provocant aux lèvres, il s'était posté face à elle, avait violemment tiré sur l'une de ses nattes avant de l'insulter.

Esther, bouleversée, eut l'impression que le monde se figeait autour d'elle. Elle regarda Fernand se tourner d'un air fier vers sa bande pour mesurer son effet. Ses amis riaient et l'encourageaient en criant tandis que les autres élèves, alertés par leur vacarme, se rapprochaient, formant bientôt un cercle autour de lui et de la nouvelle. Celle-ci, remarqua Esther, avait une tête de plus que Fernand. Brune, nerveuse et mince, coiffée comme elle de deux longues nattes, elle avait un visage d'une beauté étrange : des yeux curieusement étirés et une peau diaphane qui lui donnaient un air oriental. Mais à cet instant, ses joues s'empourpraient dangereusement.

Esther ne vit pas le coup partir : la fille gifla Fernand.

Stupéfait, il porta la main à son visage. Il s'apprêtait à riposter quand un sifflet retentit et qu'un surveillant l'empoigna par le col.

— Fernand Petit, encore toi ! Tu veux te battre avec une fille, maintenant, tu n'as pas honte ?

Fernand se débattit, mais le surveillant l'agrippa fermement. Bouche bée, ses camarades n'avaient pas bougé. C'est alors qu'arriva Franck, le frère aîné. Il fendit la foule de curieux et s'immobilisa, les mains sur les hanches. Plus grand et plus costaud que son frère, il arborait comme lui une coupe militaire. Si Fernand était blond-roux, Franck était très brun, avec le teint rose et les yeux sombres. Esther le trouva aussi arrogant que son frère, et bien plus effrayant.

— Qu'est-ce qu'il a encore fait, celui-là ? demanda-t-il, narquois.

— Il allait frapper cette demoiselle. Allez, laissez-nous passer. Les deux bagarreurs, vous êtes collés, déclara le surveillant avec autorité.

— Alors, frérot, tu t'en prends à la petite youpine ? Ce serait dommage de l'abîmer, celle-là, ajouta-t-il en la détaillant.

Ne prêtant aucune attention aux paroles de Franck, le surveillant conduisit les deux collégiens à l'intérieur de l'école et l'attroupement se dissipa.

— Cette fille est cinglée, déclara l'une des camarades d'Esther et de Paulette. Elle va se faire massacrer par ces salopards de frères Petit, ou par leurs copains. Elle cherche vraiment les ennuis.

— C'est Fernand qui a commencé, quand même, remarqua Esther.

— Qu'est-ce que tu veux que ça change ? Elle lui a donné une baffe !

— Moi je trouve qu'elle a un sacré courage, intervint Paulette. Cette fille me plaît.

Durant le reste de l'après-midi, Esther ne cessa de penser à la scène. Ce n'était pas la bravoure inconsciente de la jeune fille qui la troublait, mais le fait que Fernand l'ait traitée de sale Juive. Ce qui la mettait en colère, aussi, c'était que Daniel, dans la même classe que Fernand, avait pris l'habitude de traîner avec lui et sa bande. Et Fernand ayant un an de plus que lui, car il avait redoublé, exerçait une certaine influence sur Daniel. Qu'est-ce que son frère, si brillant, si fin, pouvait bien trouver à cette brute ? se questionnait-elle, au désespoir. Dommage qu'il n'ait pas été là quand Fernand avait agressé cette fille, il aurait enfin compris.

Le soir, à la table du dîner, elle raconta tout à ses parents, en ajoutant à l'intention de son frère :

— Tu vois de quoi est capable ton copain ? Et en plus, il n'aime pas les Juifs. Je me demande vraiment ce que tu fiches avec lui.

Daniel rougit sans répondre et Esther continua sur sa lancée.

— Vous nous aviez dit qu'à Saint-Girons on ne risquait rien, que les gens étaient gentils et ne s'en prendraient pas à nous. Mais c'est faux. Ici, c'est comme partout.

Esther sentit monter des larmes de rage et de frustration.

— Esther, s'il te plaît, calme-toi, lui intima Leah. On n'a pas dit qu'on était arrivés au paradis. Mais la plupart des gens nous ont très bien accueillis, et plusieurs personnes nous sont d'une grande aide. Ça n'empêche pas qu'il y ait des imbéciles. Il y en aura toujours qui s'en prendront aux Juifs, même ici, tu le sais bien.

— Et tu dis que cette fille est nouvelle ? intervint Mihaïl. D'où vient-elle ? Tu le sais ?

— Non, je ne lui ai pas parlé.

— Va la voir, lui conseilla Leah. On essaiera de rencontrer ses parents.

Les jours suivants, cependant, Esther n'osa pas l'aborder. Et curieusement, Fernand garda aussi ses distances. Lui et son petit groupe avaient leur coin habituel au fond de la cour, où ils discutaient, riaient fort ou se provoquaient dans des combats destinés à se valoriser auprès des filles plutôt qu'à se faire mal. Esther, horrifiée, regardait son frère qui paraissait si fier de partager leurs jeux. Son acceptation dans la bande, soupçonnait-elle, devait être due à ses facilités en classe, probablement très utiles aux autres.

Plus d'une semaine après l'incident de la gifle, Esther eut enfin l'occasion de parler à la jeune fille. Elle l'aperçut dans le réfectoire et vint s'asseoir à côté d'elle. Elle l'observa à la dérobée, jusqu'à ce qu'elle se retourne brusquement.

— Quoi ? Qu'est-ce qu'y a ?

— Rien, pardon, balbutia Esther, rougissante.

— Alors arrête de me regarder comme ça.

— Je voulais juste te dire… La claque que tu as donnée à Fernand… C'était impressionnant. Personne n'oserait faire ce que tu as fait. En plus, il y a son grand frère.

— Je sais. On s'est croisés. C'est réglé.

— Ah bon ?

— Ah bon quoi ? Tu cherches des ragots à raconter à tes copines ?

Vexée, Esther se détourna et ne lui adressa plus la parole.

Le samedi soir, à table, son père lui demanda si elle avait pu en savoir plus sur la famille juive qui avait emménagé à Saint-Girons.

— Non, papa. Cette fille n'est pas du tout sympathique. Elle est très agressive.

— Tu lui as dit que tu étais yidd ? questionna Leah.

— Je n'ai pas envie de lui parler, elle est horrible. Je n'allais sûrement pas lui raconter ma vie.

— Demain, je passe chez M. Nantois, intervint Mihaïl, je suis sûr qu'il sait d'où ils viennent et où ils habitent.

— Oh non, papa, on n'a pas besoin de les connaître. On n'est pas obligés de connaître tous les Juifs de la ville, si ?

— On était les seuls jusqu'à présent. Et si, on a besoin de se connaître, il faut s'entraider, échanger toutes les informations dont on peut disposer.

Quelques jours plus tard, Mihaïl annonça être passé chez l'hôtelier. Ce dernier lui avait indiqué l'adresse de M. et Mme Weiss, arrivés depuis peu avec leurs deux filles, et qui avaient séjourné à l'hôtel avant de trouver un logement.

— Ils viennent de Paris. Le père et la fille aînée travaillent ici, à l'usine de papier de La Moulasse.

— Donne-moi leur adresse, je passerai chez eux, proposa Leah. Je vais à la librairie cette semaine, j'y ferai un saut après.

Esther suivit la conversation d'un air renfrogné. Cette fille l'avait humiliée, elle avait pris sa tentative amicale pour de la curiosité mal placée. Pourquoi ses parents voulaient-ils toujours devenir les amis de tout le monde et recevoir la terre entière chez eux ?

Deux jours plus tard, Leah passa chez Madeleine Deumier et toutes deux se rendirent à la librairie Au pied de la lettre.

— Madame Deumier, madame Brodsky, mes clientes préférées ! s'exclama le libraire.

Leah vint lui serrer la main. Elle appréciait particulièrement Gabriel Peyrat qui, en plus d'être un libraire assez courageux pour résister à Vichy, était doté d'une personnalité charismatique. Âgé d'une trentaine d'années, originaire de Saint-Girons, il avait fait de sa librairie un lieu d'échange pour la jeunesse de la ville. Il n'était pas rare, certains soirs, de pousser la porte et de tomber en plein débat littéraire. Leah adorait écouter les jeunes gens s'enflammer sur les auteurs des Lumières comme sur les écrivains contemporains. Parfois, en retrait au fond de la librairie minuscule et surpeuplée, il lui était arrivé d'intervenir et de se mêler aux discussions. Madeleine, elle, beaucoup plus discrète, écoutait avec délice les débatteurs.

Grâce à son amie, Leah avait accès à l'arrière-boutique du libraire, où il cachait à ses risques et périls un fonds impressionnant de romans anglo-saxons acquis avant la guerre et de revues clandestines comme *Les Lettres françaises*. Aux yeux de Leah, dévoreuse de livres et curieuse de tout, ces ouvrages représentaient un réel trésor. Sans compter que cette fenêtre sur un monde désormais interdit la réjouissait. Ainsi, elle s'était lancée à la découverte d'écrivains comme Steinbeck, Faulkner ou Dashiell Hammett.

Ce jour-là, sur les conseils du libraire, Madeleine acheta un livre de Dos Passos et Leah, un de Sinclair Lewis. Elles discutaient avec Peyrat, leurs exemplaires bien cachés au fond de leurs cabas, lorsque quelqu'un entra dans la librairie. Leah se retourna. L'homme était imposant, vêtu d'un élégant costume clair et d'un chapeau qu'il retira.

— Mesdames, monsieur, les salua-t-il.

— Monsieur Landron ! l'accueillit le libraire. Décidément, tous mes bons clients se sont donné le mot, aujourd'hui.

— Madeleine ! s'exclama Paul Landron. Quel plaisir de vous voir.

Ainsi c'était lui, l'homme qui avait adhéré au gouvernement collaborationniste et pris le contrôle de la ville avec le maire, pensa Leah. Elle serra un peu plus fort son sac contre elle, soudain anxieuse. Madeleine comme le libraire ne paraissaient nullement inquiets, mais peut-être jouaient-ils parfaitement la comédie. Leah observa discrètement le nouveau venu. Il avait l'air raffiné, avec ses traits réguliers et austères, sa moustache drue, son regard profond. Sûrement l'un de ces grands bourgeois fortunés issus de vieilles familles françaises, traditionnelles et catholiques.

Elle fut tirée de ses réflexions par son amie, qui lui toucha le bras.

— Paul, laissez-moi vous présenter Leah Brodsky. Elle est arrivée chez nous depuis quelques mois avec sa famille.

Leah, son visage fin, son nez droit, ses pommettes hautes, ses yeux bleu pâle et ses cheveux blond cendré relevés en un chignon souple, n'avait rien de la caricature de la femme juive dont s'abreuvaient les journaux antisémites. Est-ce pour cette raison, se demanda-t-elle, que Paul Landron avait sursauté en entendant son nom ? Il lui tendit la main d'un air affable en la scrutant avec curiosité.

— Ah, je vois que vous avez déjà fait des achats, remarqua-t-il en désignant son cabas. J'espère que Gabriel ne vous a pas recommandé des livres trop subversifs ?

Leah se sentit rougir et ne put s'empêcher de baisser la tête.

— Ah, mais ce n'est pas mon genre ! s'insurgea le libraire en riant. Leah est comme vous, elle a des goûts très classiques. Aucune chance de la corrompre.

— C'est vrai, vous aimez nos grands auteurs français ?

— Oui, mais pour moi la littérature classique ne se borne pas à la France, ne put-elle s'empêcher de répondre.

— Vous voyez, Paul, notre amie est plus audacieuse et cultivée que vous, elle pourra vous donner des conseils puisque vous refusez les miens, ajouta Peyrat, narquois.

Landron se tourna de nouveau vers Leah.

— Avec plaisir, alors. Car, contrairement à ce qu'affirme Gabriel, je suis un homme curieux et ouvert.

Embarrassée par le regard scrutateur de Landron et par leur conversation délicate, Leah se rappela avec soulagement qu'elle avait à faire et annonça qu'elle devait prendre congé.

— À bientôt, madame Brodsky, et ravi de compter une nouvelle femme de lettres dans notre petite ville, lui dit Landron tandis qu'elle franchissait le seuil de la librairie.

Leah remonta la rue Villefranche avant de se perdre dans les petites rues. Gabriel Peyrat avait fait preuve d'une sacrée témérité ! On aurait dit qu'il jouait avec Landron. Même Madeleine ne semblait pas gênée par la situation, alors que son sac cachait aussi un livre censuré.

Comme c'était étrange d'échanger avec cet homme distingué, visiblement intelligent, mais qui la détestait sans doute à cause de ses origines. Pourtant, n'avait-il pas dit qu'il était ravi de la rencontrer ? Jamais son destin de fille d'immigrés juifs ne lui avait permis de fréquenter le milieu social auquel il appartenait. Leah n'était-elle pas aussi éduquée que lui ? Aussi civilisée ? Elle fut tirée de ses pensées par les cris d'un enfant qui pleurait dans les jupes de sa mère. Leah regarda autour d'elle. Durant un instant, elle ne sut plus où elle était. Se ressaisissant, elle retrouva son chemin et poursuivit sa route. Elle atteignit le centre-ville et prit la rue Saint-Valier, une petite rue étroite et sombre qui menait à l'église du même nom. Elle s'arrêta devant le numéro 45, un immeuble banal de couleur ocre haut de trois étages, grimpa l'escalier jusqu'en haut et frappa à la porte de gauche.

Le battant s'entrebâilla et une femme de petite taille, très brune, apparut. Leah se présenta et la femme ouvrit la porte.

— Entrez, lui dit-elle en passant spontanément au yiddish.

Louba Weiss conduisit Leah dans un petit salon obscur et surchargé. Une banquette recouverte d'un plaid, deux gros fauteuils dépareillés, une étagère couverte de bibelots formaient un décor poussiéreux et triste. En s'asseyant, Leah découvrit un vieux poêle à bois, ce qui l'enchanta. Au moins, ici, elle aurait chaud !

Louba lui offrit un thé. Elles parlèrent longuement, de leurs pays d'origine et de l'exil qui les avait conduits jusqu'à Saint-Girons. Leah apprit que Louba et son mari Jacques étaient roumains, qu'ils vivaient en France depuis longtemps et qu'ils avaient obtenu leur naturalisation. Ils avaient trouvé ce meublé grâce à M. Nantois et se savaient chanceux d'avoir deux chambres et une vraie salle de bains. Leah s'empressa de le lui confirmer.

Avant de partir, elle invita toute la famille à venir déjeuner chez eux le dimanche suivant.

— Merci, Leah, j'en parlerai à mon mari.

— Passez un mot à votre fille, pour nous donner votre réponse. Elle le remettra à la mienne, elles sont au collège ensemble. Ma fille s'appelle Esther.

Esther, qui avait découvert un épais carnet à dessin tout neuf et des fusains dans la bibliothèque, s'était depuis peu passionnée pour cette activité. Elle était en train de griffonner un portrait lorsque Leah rentra.

— Mais elle ne me connaît pas, maman ! s'emporta la jeune fille quand sa mère lui eut expliqué sa mission. Elle ne sait même pas comment je m'appelle.

— Eh bien, va donc le lui dire demain. Explique-lui que tu attends son mot.

— Elle va encore me parler de travers. Ils ne voudront jamais venir, leur fille ne va raconter que des horreurs sur moi.

— Esther, arrête de te prendre pour le centre du monde. J'ai rencontré sa mère, elle m'a offert le thé, c'est une histoire d'adultes, maintenant. Alors contente-toi de passer le message. Tu as compris ? Allez, ne fais pas cette tête, j'ai rapporté un livre très intéressant de chez M. Peyrat. Va voir s'il te plaît.

— Merci, mais je préfère ceux de la maison, répliqua Esther avant d'aller se réfugier dans sa chambre.

Leah resta un instant dans la pièce. Esther en avait pris possession et s'y enfermait souvent à double tour, ce qui avait le don de l'agacer. Mais sa fille, visiblement, avait besoin de son espace, sans ses deux frères qui la sollicitaient sans cesse. Ses yeux se posèrent sur son carnet, oublié sur le bureau. Leah le feuilleta, curieuse de voir le dernier croquis que dessinait Esther lorsqu'elle était entrée. Elle découvrit le visage incroyablement vivant et expressif d'une jeune fille qui dégageait une colère immense. Elle était coiffée de deux longues nattes mais ne ressemblait pas du tout à Esther.

Deux jours plus tard, dans la cour du collège, Esther, qui avait tout fait pour éviter de croiser la jeune Weiss, fut très surprise de la voir se diriger vers elle. Arrivée à sa hauteur, celle-ci fouilla dans la poche de sa jupe et en tira une enveloppe.

— C'est toi, Esther Brodsky ?

— Oui.

— Tiens, c'est pour ta mère, de la part de la mienne, dit-elle, puis sans rien ajouter elle s'éloigna.

Après quelques pas, elle s'immobilisa un instant pour jeter un regard à Esther par-dessus son épaule.

— Je crois qu'on va se revoir bientôt. Au fait, moi c'est Clara.

Esther ne broncha pas. Elle fourra la lettre dans sa poche et se surprit à sourire à son tour. Clara, répéta-t-elle intérieurement. Cette fille avait vraiment du tempérament.

2

Esther est en forme, aujourd'hui. Après sa sieste, je l'installe avec moi dans la salle à manger, où nous prenons possession de la grande table ovale. Ma grand-mère, qui a depuis longtemps arrêté de peindre, ce qui l'obligeait à rester debout et la fatiguait trop, s'est mise au pastel et à la broderie. Aujourd'hui, elle me demande de lui descendre sa boîte où s'entremêlent une quantité incroyable de fils de toutes les couleurs. Elle sort ses bobines et les étale sur la table en tentant de les classer par teintes. Les broderies d'Esther ressemblent à des peintures abstraites d'une géométrie particulière. C'est assez surprenant et très beau. Je me demande d'où elle tire une pareille imagination.

Je m'assois en face d'elle avec mon ordinateur. Un de mes anciens collègues de Milan m'a trouvé un travail de traduction pour une maison d'édition universitaire : une série d'articles d'un historien de l'art qui formeront un recueil. Je ne vais pas gagner une fortune, mais je pourrai participer aux frais, et puis ça m'occupe l'esprit. Cet exercice, que je découvre, me plaît. J'ai l'impression de me glisser dans les pas d'un inconnu, dont je suis lentement, minutieusement la pensée, l'écriture et la voix. C'est un peu la même démarche que ma grand-mère, qui parcourt de son fil le coup de crayon esquissé sur son tissu.

Je l'observe, penchée au-dessus de son ouvrage, tellement absorbée qu'elle semble ne rien voir d'autre et ne rien entendre autour d'elle.

— Grand-mère ?

Pas de réponse. Je hausse le ton :

— Grand-mère ?

Esther lève la tête.

— Oui, Petit-Oiseau ?

— Je me disais… J'aurais pu te le demander depuis longtemps mais… Comment c'était, pendant la guerre ? Comment toi et ta famille vous arriviez à supporter toute cette horreur, le danger, tout ça ?

Esther semble réfléchir un instant. Puis elle pose son aiguille et me regarde.

— Tu vois, à cette époque, j'étais une très jeune fille. Moi et les autres adolescents, on ne se rendait pas compte. On était plus mûrs que vous physiquement, mais pas intellectuellement ou même émotionnellement. On n'avait pas la télé, on n'écoutait que la radio. Et nos parents ne nous disaient rien. Pas comme aujourd'hui où on croit qu'on doit tout expliquer à ses enfants. Non, ils nous protégeaient autant qu'ils le pouvaient. Et à Saint-Girons, on n'a jamais manqué de rien. Presque toute la France mourait de faim, mais là-bas, dans la région, chacun arrivait à se débrouiller. Les gens du coin avaient leurs bêtes, leur potager, ils faisaient leurs jambons, leurs pâtés… Je me souviens que j'allais acheter un gros pain noir à la boulangerie du village. Il n'y avait que celui-là, mais il était délicieux.

— Tu n'as jamais eu peur ?

— Oh si. Au début, tout allait bien. Quand on s'est installés à Saint-Girons, c'était la zone libre, il n'y avait pas un seul soldat allemand. La vie était compliquée pour mes parents, mais nous, les enfants, on avait une vie libre, heureuse, une vie d'enfants de nos âges. Avec mes copines, on voulait juste rêver et s'amuser, on voulait aller danser, tomber amoureuses. C'est à cette époque que j'ai rencontré mon premier amour.

— Et l'antisémitisme ?

— Il y avait bien quelques imbéciles, mais on n'a jamais rien subi dans notre entourage. C'est plus tard, quand les nazis sont arrivés, quand la Milice et la Gestapo sont apparues, alors là, oui, c'était du sérieux, et j'ai vraiment eu peur. Très peur. C'est drôle, les Français crevaient de faim, et moi je crevais de peur. Tout le temps.

— Tu es retournée là-bas, après la guerre ?

— Une seule fois, oui. Mais c'était dur. Il y avait ceux qui étaient partis, ceux qui avaient disparu… Je ne souhaite à aucune génération de revivre ça.

Je me rends compte que c'est la première fois depuis des semaines que j'ai une conversation aussi longue avec ma grand-mère.

— Tu veux te reposer ?

— Non, j'ai envie de broder encore un peu.

Je replonge le nez dans mon ordinateur et ne vois plus le temps passer.

Soudain, j'entends ma grand-mère émettre un son, entre le rire et le soupir. Je lève les yeux. Elle regarde dans le vide, mais au lieu d'afficher son habituel air perdu et lointain, elle sourit comme si elle songeait à quelque chose de très amusant. Est-elle retournée encore une fois dans son monde ?

— Grand-mère ?

— Je repensais à notre conversation, dit-elle.

Je me suis trompée ! Elle est bien là, avec moi.

— Et alors ?

— À Saint-Girons, la majorité des gens ne nous faisait pas sentir qu'on était différents, qu'on était des Juifs d'origine étrangère. En réalité, on n'était même pas religieux, on vivait comme eux. On mangeait du porc ! Surtout en temps de guerre, on n'allait pas se priver de la viande qu'on trouvait le plus facilement dans la région. Et le plus drôle, c'est que l'un de mes plus beaux souvenirs, c'est d'avoir assisté à une messe de Noël !

— Tu es allée à la messe ?

— Oh, pas que moi ! J'étais avec ma mère et mes frères. Je ne crois pas que mon père ait été avec nous, ce soir-là ; on ne le voyait pas souvent, à cette époque. On ne savait jamais où il était. Il débarquait tout d'un coup avec sa voiture remplie de fourrures qu'il entreposait dans une pièce vide du château, puis il rechargeait le tout quelques jours plus tard et disparaissait de nouveau. Parfois, quand il revenait, il rapportait des roqueforts entiers ! On les partageait avec les grands-parents et les amis. Où il allait acheter tout ça, je n'en sais rien. Mes grands-parents non plus ne sont pas venus à cette messe de Noël. Va savoir s'ils étaient au courant ou si ma mère ne leur avait rien dit. Ils étaient pieux, ils auraient été horrifiés. Toujours est-il que je me souviens encore de ce moment comme si c'était hier. J'étais tellement émue, bouleversée même, par toute cette beauté. Je n'étais jamais entrée dans une synagogue et c'était la première fois que je me rendais dans un lieu sacré. Je me rappelle les chants que j'avais trouvés envoûtants, le parfum d'encens, toutes les bougies, cette foule de gens réunis, l'émotion. L'église vibrait, c'était magnifique.

— Pourquoi y êtes-vous allés ?

— Aucune idée, mais j'ai adoré ! C'était sûrement une idée de ma mère. Elle était tellement surprenante en ce temps-là, répond Esther dont le visage exprime la joie et la tendresse. Je pense qu'elle voulait prouver aux habitants qu'on partageait leurs valeurs, qu'on était comme eux, au fond. Ce soir-là, il y avait tous les habitants de la ville. Nos amis les Deumier, bien sûr, cette famille qui nous a sauvé la vie bien des fois… Et puis cet homme, ce monsieur de la mairie qui venait parfois chez nous. Un notaire, je crois. Ma mère voulait absolument qu'on soit amis avec lui et ça rendait ma grand-mère folle furieuse !

Esther sourit à l'évocation de ce souvenir. Une foule d'émotions passent dans son regard, comme si elle revivait chaque instant de la scène.

La porte d'entrée claque et Jeanne apparaît. Elle a sa tête des mauvais jours, les traits crispés et las. Je me sens comme lorsque j'étais enfant, après la mort de mon père, quand ma mère multipliait les heures de travail pour qu'on puisse s'en sortir. Elle venait me chercher chez Esther après ses interminables journées et apparaissait sur le seuil, tendue, agacée parce que je n'étais jamais prête assez vite pour partir. Plus tard, ça ne s'est pas arrangé : elle a monté sa propre agence artistique et s'y est entièrement dédiée. Qu'il est étrange de retrouver une situation si proche, aujourd'hui : ma mère est de nouveau la femme active qui dirige tout le monde, et ma grand-mère et moi sommes là, fragiles et infantilisées, à l'attendre.

— Bonsoir, maman. Tu rentres tôt ce soir.

— Viens m'aider, s'il te plaît, Deborah, j'ai des cartons dans la voiture.

Je la suis à l'extérieur.

— Comment s'est passée la journée d'Esther ?

— Bien. Elle a beaucoup brodé et elle m'a parlé tout à fait normalement pendant très longtemps.

Ma mère me regarde, et je lis dans ses yeux un certain désarroi qui me prend par surprise.

— Tu sais, parfois je n'en peux plus de me retrouver avec une telle responsabilité. Il y a des jours où j'ai envie de placer Esther dans une maison pour arrêter de m'inquiéter. Quand tu partiras, soit je prends quelqu'un à plein temps auprès d'elle, soit je la mets dans une institution. L'idée de la laisser seule dans la journée entre deux visites de l'infirmière et de l'aide ménagère m'angoisse trop. Et si elle sortait ? Si elle faisait une bêtise, je ne sais pas, moi… si elle mettait le feu ?

— Tu ne devrais pas t'inquiéter comme ça, elle ne quitte pratiquement pas sa chambre…

— Comme ce soir, par exemple ?

Je baisse la tête, embarrassée.

— Il suffit d'une fois, tu le sais bien, poursuit-elle. Allez, Deborah, prends ce carton et monte-le dans mon bureau, s'il te plaît. Pas la peine d'épiloguer sur ta grand-mère. Au fond, c'est mon problème, pas le tien.

— Bien sûr que si. Je suis là, maintenant, tu peux compter sur moi et…

— Remets ta vie en ordre, on verra ensuite.

La conversation est close. Jeanne n'a pas changé : elle veut tout prendre en charge toute seule. Et cette manie de jouer les femmes fortes, celle qui porte toute la famille… Si seulement elle acceptait mon aide, au lieu de me traiter comme une enfant !

•

À la table de la salle à manger, Esther est toujours assise, tête baissée. Pourtant, il commence à faire sombre et je me demande comment elle arrive à voir sa broderie. Je m'approche d'elle. Ses mains ne bougent plus, elles sont posées à plat sur son ouvrage. Ses yeux sont clos. Elle dort. Ma mère me rejoint et la tire doucement du sommeil. Esther frémit, ses paupières clignent avant de se soulever.

— Maman ? l'appelle Jeanne.

Ma grand-mère sourit et murmure des paroles inaudibles.

— Viens, on te ramène dans ta chambre. Deborah, prends-la par un bras, je la soulève de l'autre.

Nous guidons doucement Esther jusqu'en haut et l'asseyons dans son grand fauteuil devant la fenêtre. Lorsque je tire les rideaux, elle me fait signe d'arrêter. Je ne sais pas ce qu'elle voit à travers les vitres lorsqu'il fait noir, mais elle aime passer des heures à scruter l'obscurité. Ombres mouvantes, fantômes du passé, le monde imaginaire de ma grand-mère recèle des trésors et des mystères insondables.

3

Les Weiss vinrent déjeuner le dimanche suivant au château Saint-Jacques.

Ce furent Leah et Guittla qui préparèrent le repas, secondées par Esther. Celle-ci aimait surtout traîner dans la cuisine, humer les parfums des plats, savourer un reste de pâte ou plonger une cuillère dans une casserole qui mijotait. Mais ce qu'elle adorait plus que tout, dans ces moments presque intimes entre femmes, au milieu de la pièce enfumée en demi-sous-sol de leur maison, c'était entendre sa mère et sa grand-mère se remémorer leurs souvenirs lointains, dans la mystérieuse et romanesque Russie de Guittla, ou dans le Paris du début du siècle où Leah avait grandi.

Ce jour-là, pour recevoir dignement les Weiss, Leah et Guittla tinrent à se surpasser.

— Je suis sûre que Louba Weiss est une excellente cuisinière. On ne doit pas passer pour des débutantes, déclara Guittla.

— Mais, grand-mère, tu es très douée !

— Merci, Fegele, répondit-elle en décrochant de son clou le hachoir à viande. Tu sais, moi, je n'ai pas eu de mère pour m'apprendre à cuisiner. Et en plus, dans ma jeunesse, je n'avais pas vraiment le temps de me mettre aux fourneaux.

— Pourquoi ?

— Parce que j'étais l'aînée des enfants et que ma mère était morte en couches quand j'étais petite. Mon père était métayer… on avait une grande exploitation… Bon, assez radoté, je t'ai déjà raconté tout ça des centaines de fois, déclara Guittla en levant les yeux vers sa petite-fille.

Esther se perdit dans leur couleur bleue qu'elle trouvait la plus belle du monde ; elle lui évoquait celle du ciel d'été, lorsqu'il faisait très chaud.

— Raconte-moi encore, grand-mère, fit Esther qui ne se lassait jamais de ces récits.

Guittla lui sourit avec affection.

— On cultivait le blé et le maïs. Il y avait beaucoup de travail, alors mon père avait besoin de moi pour tenir la maison et les comptes. Tu imagines que j'avais autre chose à faire que rester à la cuisine.

— Et tes frères, ils ne pouvaient pas t'aider ?

— Ils n'étaient que des enfants. Mon père les avait eus avec sa seconde épouse, bien après ma naissance.

— Dis donc, elle n'était pas très amusante, ta vie…

— Oh, mais si, j'aimais bien m'occuper de tout ça, dit Guittla. Et chez nous, on ne s'ennuyait jamais. Mon père cachait des nihilistes à la maison. En échange de l'hébergement, ils me donnaient des cours. Ils m'ont tout enseigné !

— Des nihilistes ? C'est quoi ?

— Maman, intervint Leah, ne bourre pas le crâne d'Esther avec ça !

— Oui, oui. Enfin…

Guittla poussa un profond soupir, déposa des morceaux de poulet dans le hachoir avant de poursuivre :

— Et puis on avait des chevaux. Je les montais à cru, je partais au galop pendant des heures… Je me sentais tellement libre, dit-elle en tournant la manivelle de son ustensile.

Elle jeta un œil à la pendule.

— Oh, le temps passe. Leah, tu t'es occupée des oignons et du persil ?

Celle-ci hocha la tête.

— Parfait. Je te laisse faire les boulettes.

Elle fit couler l'unique robinet de la maison et se lava longuement les mains.

— Esther, s'il te plaît, va chercher les pommes pour la tarte et épluche-les, je vais étaler la pâte.

— Et grand-père, alors, tu l'as rencontré comment ? lui demanda-t-elle quelques minutes plus tard.

Guittla repoussa du poignet une mèche rebelle qui tombait sur son front.

— Fegele, c'est une trop longue histoire et tu poses trop de questions ! Alors ne reste pas là à discuter et à me fixer avec tes jolis yeux rêveurs. Regarde, mon chignon se défait et j'ai les mains pleines de farine.

Esther s'approcha de Guittla, retira quelques épingles et, avec un soin révérencieux, remit la chevelure en place. Tandis qu'elle s'appliquait, elle respira le parfum de sa grand-mère, mélange de beurre et de poudre, ainsi que cette légère odeur citronnée qui lui était propre. Pas découragée pour autant, Esther se tourna vers sa mère :

— Et toi, maman, comment tu as connu papa ?

— Un peu à cause de Lili, ma meilleure amie.

Leah avait fini de préparer les boulettes et découpait à présent des crudités en rondelles parfaites et les plaçait avec un soin tout artistique sur le grand plat. La disposition et les couleurs évoquaient une fleur géante.

— Raconte !

— Finis d'abord d'éplucher les pommes. J'étais au bal avec Lili, celui qui était organisé pour les jeunes Juifs de Russie. Il y avait un très beau jeune homme qui m'a invitée à danser, et je suis complètement tombée sous le charme.

— C'était papa !

Leah émit un petit rire embarrassé avant de poursuivre :

— Non, c'était le futur mari de Lili. Parce que après il a invité Lili, et ils ne se sont plus jamais quittés.

— Ils se sont mariés ?

— Exactement. Alors ce jour-là, j'étais très jalouse et très fâchée, et au bout d'un moment, je me suis dit : « Puisque c'est comme ça, le prochain imbécile qui m'invite à danser, je l'épouse ! »

— Et ?

— Et c'était ton père.

— Oh ! s'écria Esther, déçue. Ce n'est pas du tout romantique…

— Mais c'est drôle, remarqua Guittla. Et ta mère a eu de la chance d'être tombée sur ton père !

Les deux femmes se regardèrent et éclatèrent de rire. Esther sourit, plus pour leur faire plaisir que par conviction.

Lorsque les Weiss garèrent leur Peugeot 402 derrière la voiture de Mihaïl, la famille Brodsky au grand complet ainsi que Guittla et Yankel les accueillirent.

Jacques Weiss descendit le premier de voiture avant d'ouvrir la portière à sa femme. Comme son épouse, Jacques était petit et très brun. Mais si Louba était assez discrète, Jacques était extrêmement jovial et exubérant. En quelques phrases, il mit tout le monde à l'aise et fit rire l'assemblée.

Du coin de l'œil, Esther observait Clara, dont le regard vif et curieux inspectait les lieux. Malgré son épaisse robe en lainage vert grossier, la silhouette de la jeune fille restait élancée. Esther, qui se trouvait trop de formes et en souffrait, envia les courbes gracieuses de Clara, sa poitrine ronde, sa taille fine. C'est alors qu'elle croisa les yeux noirs de la jeune fille, qui lui firent l'effet d'une brûlure. Clara la toisait, un sourire moqueur sur ses lèvres charnues.

Esther, gênée, se tourna vers Francine, sa sœur aînée. Elle semblait presque adulte, avec ses lunettes rondes à monture métallique et son air réservé. Francine avait la même taille que Clara, elle était brune aux yeux sombres comme elle. Mais ses traits étaient doux, sa voix posée, et elle n'avait pas le regard furieux de sa sœur ni celui, anxieux, de sa mère. Esther la trouva jolie mais quelconque, comparée à Clara.

Jacques eut quelques difficultés à gravir les marches pour entrer dans la maison. Il raconta qu'il était allé se battre en 1940 et avait été blessé. Yankel le félicita. Lui-même s'était engagé dans l'armée en 1914.

— Je voulais remercier la France pour son hospitalité, mais malheureusement, j'ai été rapidement réformé.

Déjà, à l'époque, j'étais trop maigre, je flottais dans mon uniforme de soldat dont j'étais pourtant si fier, et, surtout, mes poumons étaient abîmés. C'est le métier qui veut ça, tous ces produits et ces poils qu'on respire. Mihaïl a de la chance, ça ne lui fait rien. Et vous, vous faites quoi, ici ?

— Avant la guerre, je travaillais déjà pour l'usine de La Moulasse.

— Celle qui est tout près de chez nous ? demanda Guittla.

— Oui, madame, c'est bien celle-là. Je leur fournissais les matières premières pour leur papier à cigarettes. Alors, quand on a eu nos petits soucis à Paris, le directeur m'a proposé un travail sur place.

— Ils ont aussi embauché notre grande fille, dit Louba.

Tout le monde se tourna vers Francine, qui rougit légèrement.

— Allez, Francine, explique ce que tu fais, l'encouragea son père.

— Je suis aide-chimiste.

— Ma fille est trop modeste, expliqua Louba. Elle faisait ses études de pharmacie, mais avec le numerus clausus pour les Juifs, elle a été forcée d'arrêter. Plus le droit d'étudier.

— Et donc vous faites de la chimie ? questionna Leah.

— Oui, je sais ce que vous pensez, dit Jacques. Ce métier ne nous est plus autorisé. Mais à l'usine, le patron nous soutient. On se fait le plus discret possible et on espère que ça passera. Et puis tout le monde ne sait pas que la plupart des professions nous sont interdites.

— C'est bien pour ça qu'ils nous prennent pour des oisifs profiteurs. Ma femme et moi, nous avons perdu notre commerce de confection, dit Yankel d'une voix triste, et il saisit la main de Guittla. Des années de travail, une clientèle fidèle, une vie paisible dans notre belle capitale. Ah, Paris !

— Arrête un peu, Yankel, tu vas faire pleurer tout le monde ! s'écria Guittla. Allez, venez manger, vous devez mourir de faim.

Les Weiss furent comblés par le repas. Louba s'extasia sur les boulettes de poulet que Maria servit, accompagnées de polenta. Puis Jacques félicita les cuisinières en dégustant la tarte aux pommes qui lui rappelait tant celle de sa chère maman, là-bas en Roumanie.

Après le repas, les enfants disparurent dans le parc tandis que les adultes s'installaient au salon pour prendre l'ersatz de café, au goût de chicorée et de pois chiches grillés. Francine, qui avait presque dix-huit ans, resta avec ses parents.

Loin des oreilles des plus jeunes, les conversations sérieuses reprirent. On échangea sur tout ce qu'on pouvait savoir sur le sort des Juifs de France et d'Europe. On parla des camps de rétention qui s'étaient multipliés en zone sud, notamment celui du Vernet où avaient été envoyés nombre de pères de famille que les Brodsky avaient connus à Pamiers.

— Là-bas, expliqua Mihaïl, il y a des gens qu'on laisse mourir de faim et de maladie, et croyez-moi, ceux qui restent emprisonnés sont condamnés à mort.

— Ces maudits nazis, maugréa Jacques.

— Détrompez-vous, intervint Mihaïl. Ces camps sont dirigés par les Français. C'est la police nationale qui vient arrêter les Juifs étrangers. On n'a jamais vu un Allemand dans le coin. Normal, on est en zone libre, alors on est régis par la loi française. Et ces camps existaient avant la guerre. D'après un de mes amis qui a été emprisonné plusieurs mois au Vernet, avant les Juifs, on y internait des prisonniers de droit commun et d'anciens combattants des Brigades internationales, et il paraît qu'ils étaient bien mieux lotis que les nôtres.

— Mais vous, comment avez-vous fait pour arriver jusqu'ici ? demanda Leah en s'adressant à Louba. Si j'ai bien compris, vous êtes à Saint-Girons depuis peu. C'est quasiment impossible de passer la ligne de démarcation, maintenant.

— Je suis venu en premier, expliqua Jacques. Ensuite j'ai organisé le voyage de ma famille. Mais avant ça, on a eu une sacrée frousse, hein, Louba ?

— Mon mari était déjà parti quand la police a débarqué chez nous. On nous avait dénoncés. Pas en tant que Juifs, non, en tant que communistes, nous, de bons socialistes ! Les policiers ont fouillé tout notre appartement, et ils ont trouvé le livre de Gide, *Retour de l'URSS*. Et là, ça y était, ils avaient leur preuve.

— Ce livre n'est pas du tout procommuniste ! intervint Guittla. Au contraire !

— Je ne vous le fais pas dire. Mais le policier a vu le titre, et ça lui a suffi. Quel ignorant ! Ensuite, j'ai été convoquée à la préfecture.

— J'ai dit à maman qu'on ne devait pas y aller, qu'il fallait se sauver, mais elle m'a répondu : « On n'a rien à cacher », raconta Francine. Je ne pouvais pas la laisser y aller seule, alors on est parties toutes les deux. Franchement, vu les bruits qui courent sur ce qui se passe dans les préfectures, je n'étais pas sûre de revenir.

— Moi je savais qu'ils n'avaient rien contre nous. Et qu'est-ce qu'ils auraient bien pu faire à une femme et à une jeune fille françaises ? Ils nous ont rendu le livre et on est rentrées chez nous. Tout simplement. Mais c'était le signe qu'il était temps de partir. Mon mari nous avait confiées aux bons soins du fils de son associé italien, qui était chargé de nous aider à le rejoindre en zone sud. Ce jeune homme nous a emmenées en voiture tout près de la ligne de démarcation. Et un soir, il nous a conduites à un rendez-vous qu'il avait organisé avec un passeur. On a eu tellement peur. Et tout ça pour rien : on a attendu des heures, mais le bonhomme n'est jamais venu.

— Par contre, il avait déjà touché pas mal d'argent, ajouta Jacques.

— Le jeune Italien est parti nous trouver un chauffeur de taxi qui a accepté de nous emmener, expliqua Louba. En attendant, on est allées dormir à l'hôtel. J'ai inscrit n'importe quoi sur les fiches, j'ai mis le nom de ma boulangère ! raconta-t-elle en riant. On a quitté l'hôtel à 4 heures du matin et on a rejoint le chauffeur de taxi. Lui et le jeune homme nous ont expliqué qu'on avait deux solutions pour traverser.

— Soit on faisait quinze kilomètres de marche pour passer dans un endroit moins exposé, soit on restait sur la route et on passait sous les lignes du poste allemand, poursuivit Francine. Mais maman a eu peur que sa petite Clara n'arrive pas à parcourir toute cette distance à pied, dit-elle en souriant, un peu moqueuse. Je crois pourtant que ma sœur, qui a été scoute, est la plus résistante de nous toutes, hein, maman ?

Louba balaya d'un geste de la main la réflexion de sa fille et continua :

— On a eu une de ces frousses en passant sous cette barrière…

— Si un soldat était sorti de sa baraque pour un besoin pressant juste à ce moment-là… remarqua Francine, redevenue grave.

— Enfin, maintenant, on est là. Heureusement, il y avait un fermier qui nous attendait de l'autre côté. Il nous a conduites à la gare de Dax et on a pu prendre le train pour Saint-Gaudens.

— J'ai été drôlement soulagé de les voir arriver, dit Jacques. Ensuite, on est restés à l'hôtel Duchêne jusqu'à ce qu'on trouve notre petit logement.

— Vous vous en êtes sacrément bien sortis, conclut Mihaïl.

Tandis que les parents poursuivaient leur conversation, Esther faisait visiter la maison à Clara, qui voulait tout voir de cet « endroit incroyable ». Daniel, qui semblait subjugué par la jeune fille, les suivait, malgré les réflexions insistantes de sa sœur qui aurait aimé se retrouver seule avec elle. Durant tout le déjeuner, elle s'était demandé si Clara était toujours aussi agressive qu'à l'école, et elle était déterminée à le découvrir. Lorsqu'ils arrivèrent dans la soupente, Clara poussa un cri d'admiration.

— C'est magnifique !

— C'est notre endroit à nous, on a tout nettoyé et tout installé nous-mêmes, déclara fièrement Daniel.

— Et c'est quoi, tout ça ? demanda-t-elle en se dirigeant tout au fond de la pièce, là où les enfants avaient entassé les vieilles malles et les cartons qui traînaient.

— Le bazar qui restait, répondit Esther.

— Vous avez regardé ce qu'il y a dedans ?

— Un peu. On a pris des vêtements pour se déguiser. Mais le reste, c'est que des trucs sales pleins de poussière.

— Il y a peut-être des trésors cachés. Ça vaut la peine de jeter un œil, dit Clara et, rejetant en arrière ses deux longues nattes brunes, elle s'agenouilla et commença à fouiller. Vous venez m'aider ?

Daniel se joignit à elle tandis qu'Esther, réticente, demeura à sa place. C'était *sa* soupente, Clara n'allait tout de même pas décider à sa place.

Comme si elle l'entendait penser, cette dernière cessa ses recherches et tourna la tête vers elle.

— Alors, tu viens ?

Esther regarda son frère, qui sortait des magazines d'une boîte, Clara, qui la fixait, insistante, tous deux les joues rougies par le froid qui régnait dans la pièce, de légers sourires aux lèvres, et elle céda. Ils inspectèrent chaque malle, chaque carton, chaque objet.

— Il y a de la peinture ici, annonça Daniel. Et là, de gros pinceaux.

— Fais voir, dit Esther.

Deux grands pots qui semblaient intacts étaient posés sur du papier journal.

— Il y a du bleu et du blanc, remarqua Esther. Qu'est-ce qu'on pourrait bien en faire ?

— Tu veux repeindre ta chambre ? proposa Clara.

— Non, je sais ! On va décorer les murs de notre soupente. En bleu, avec des nuages blancs ! s'écria Esther.

— On commence quand ? demanda Daniel, qui essayait déjà de soulever le couvercle du pot de peinture bleue.

— Pourquoi tu m'as parlé sur ce ton, l'autre jour au collège ? lança Esther sans prévenir.

Clara ne sembla nullement prise au dépourvu par la question. Elle répondit sans hésitation.

— Comme tu as vu, j'ai eu des petits ennuis depuis que je suis ici. À Paris, c'était pire. Il y a des filles qui ont été de vraies garces avec moi. Depuis, je me méfie de tout le monde. Et puis je ne savais pas que tu étais juive. D'ailleurs, on est quasiment les seuls, dans cette ville. Quand tu es venue me parler, je croyais que tu me cherchais des histoires. Désolée.

— Je comprends. Mais ici, tu sais, les gens sont plutôt gentils, hein, Daniel ?

— Oui, c'est vrai.

— À part ton copain Fernand, ajouta Esther.

— Ah oui ? C'est un ami à toi ? demanda Clara.

— Eh bien, tu ne réponds pas, Daniel ?

— Oh, ne l'embête pas avec ça. Fernand n'est pas méchant, il est juste idiot. Et il essaie d'imiter son grand frère. C'est Franck dont il faut se méfier. Ce type est dangereux. Les frères Petit sont mes voisins, ils habitent en dessous de chez nous avec leur mère. L'autre jour, Franck m'a bousculée exprès dans l'escalier. Pour me tripoter au passage, tu vois ?

Esther se sentit rougir.

— Qu'est-ce que tu as fait ? demanda Daniel.

— Je lui ai hurlé dessus.

— Et alors ?

— Il a éclaté de rire, ça lui était complètement égal. Mais visiblement Fernand, qui était avec lui, l'a très mal pris, il vénère son frère. C'est pour ça qu'il est venu m'insulter, au collège. Je m'en fiche, de lui, c'est qu'un petit qui méritait une bonne correction.

— Mais Franck est bien plus âgé que nous, tu devrais faire attention.

— Il n'arrête pas de me provoquer, dit Clara, et son visage se durcit. Quand je rentre ou que je sors de chez moi, je vérifie toujours qu'il n'est pas dans l'escalier. Parce qu'à chaque fois que je le croise, il me colle contre le mur, avec ses mains baladeuses, ou il essaie de me faire tomber.

— Tu en as parlé à ton père, j'espère ? demanda Esther, outrée.

— Non, je ne veux pas l'ennuyer avec ça et je ne veux pas que ça se sache. Je préfère me débrouiller toute seule.

4

Le lendemain, au collège, Esther proposa à Paulette et à leur petit groupe d'amies de leur présenter Clara.

— Elle va vous plaire, j'en suis sûre !

— Tu en penses quoi, Paulette ? demanda une grande fille brune nommée Lucienne. Moi je ne sais pas trop, je la trouve prétentieuse.

— Vous voulez savoir ce que je pense ?

— Eh bien, dis-nous.

Paulette, dont les yeux malicieux s'étaient illuminés, lança plus bas, sur le ton de la confidence :

— Clara, elle est dans la classe de Roger Darbas, vous voyez qui c'est ?

— Évidemment ! Le beau gars pour qui tu en pinces ! répondit une autre.

Les jeunes filles se mirent à rire.

— Ils sont copains, poursuivit Paulette, imperturbable. Alors grâce à Clara, je pourrai me rapprocher de Roger !

— Je vais la chercher tout de suite ! annonça Esther.

Elle trouva Clara avec quelques élèves de sa classe, un peu à l'écart, écoutant la conversation plutôt qu'y participant.

— Viens avec moi, dit-elle en lui prenant la main.

Elle la conduisit jusqu'à ses camarades et fit les présentations. Paulette n'attendit pas longtemps avant de lui parler de Roger, ce qui fit sourire Clara. Le courant passait bien entre ses deux amies, songea Esther, ravie. Elles étaient si différentes. Paulette, très blonde, petite et ronde, les joues rebondies, le nez en trompette et l'œil perçant, était vive, intelligente et curieuse de tout. Elle aimait la vie et ça se voyait. Clara, elle, semblait si ardente, on aurait dit qu'un feu intérieur la consumait. Et pourtant, toutes les deux se parlaient déjà comme de vieilles connaissances.

Ce jour-là, Esther comprit que Clara, en lui accordant sa confiance, venait d'accomplir un grand pas. Les humiliations et les trahisons subies à Paris l'avaient marquée, contrairement à Esther qui, avec sa blondeur et son visage angélique, était toujours passée pour une gentille catholique. Elle se sentit fière d'avoir apprivoisé cette fille, de l'avoir introduite auprès d'un cercle d'amies dont elle était sûre de la sincérité.

Au cours des mois suivants, Esther invita régulièrement Clara chez elle. Souvent, après l'école du samedi matin, elles se rendaient ensemble au château et Clara demeurait chez les Brodsky jusqu'au dimanche en fin de journée. Parfois, les après-midi, Daniel montait le phonographe dans la soupente et tous les trois dansaient à se faire tourner la tête. Ou, dans le salon, Daniel se mettait au piano et ils chantaient à tue-tête de vieilles chansons populaires. Simon s'asseyait sur le canapé, Oscar collé contre sa joue, le pouce dans la bouche, et il les écoutait, ou plutôt les dévorait du regard, les yeux écarquillés, fasciné par ces trois grands qu'il trouvait si beaux.

Le soir, les deux amies qui partageaient la chambre d'Esther discutaient jusque tard dans la nuit, enfouies sous des couches de couvertures et d'édredons, les moines, ces petites briques chauffées, sous leurs pieds. Elles se plaisaient à imaginer leur avenir, après la guerre, ou lisaient en douce de vieux exemplaires de *Match* qu'Esther avait dégotés dans la bibliothèque. Si elles étaient bouleversées par les photos de la guerre d'Espagne, Esther les trouvait moins choquantes que celles de Joséphine Baker à moitié nue, ce qui provoquait l'hilarité de Clara. Elles se moquaient de Hitler et de sa petite moustache noire et s'enthousiasmaient devant les clichés d'aviateurs comme Lindbergh ou Amelia Earhart. Esther raconta à Clara comment, en 1937, la disparition de la jeune Américaine l'avait bouleversée, même si son idole restait la Française Hélène Boucher.

— J'ai pleuré, pleuré, je ne pouvais plus m'arrêter, comme si j'avais perdu quelqu'un de ma famille. Ça ne t'est jamais arrivé, à toi ?

— De pleurer pendant des jours pour quelqu'un que je ne connais pas ?

Clara éclata de rire.

— Franchement, non. Tu es bizarre, Esther.

— Je ne suis pas bizarre, je suis sensible, répondit celle-ci, vexée.

— Alors il va falloir que tu t'endurcisses. Tu es trop gentille, trop douce.

— En quoi peut-on être *trop* gentille ? Par contre, toi, tu n'es pas commode, tu sais.

— Ça me permet d'affronter la vie.

— Clara, tu es tellement en colère tout le temps…

— Et toi, tellement innocente. On n'a qu'un an de différence, mais parfois j'ai l'impression d'avoir dix ans de plus que toi.

— Tu me prends pour une gamine ? Ce n'est pas plutôt parce que moi, je suis raisonnable, et toi, un peu trop rebelle ?

Dans la chambre éclairée par la seule lumière du ciel étoilé, Clara se tourna vers Esther et scruta son visage.

— C'est ça que j'aime, chez toi : tu es tout le contraire de moi. Tu crois toujours que tout va s'arranger. Moi, depuis que j'ai vu ma sœur rentrer de la faculté en larmes parce qu'elle n'avait plus le droit d'y retourner, je ne crois plus en rien. Elle était douée, Francine, elle aimait ses études, elle avait tout prévu : passer son diplôme, ouvrir sa pharmacie plus tard, quand elle en aurait eu les moyens… Et brusquement on lui annonce qu'elle n'a plus le droit d'étudier et on la chasse comme une pestiférée. On lui vole son avenir. Et pourquoi ? Parce qu'elle est née juive.

— Un jour, tu verras, tout redeviendra comme avant, déclara Esther.

— Voilà, c'est bien ce que je disais, tu es d'un optimisme déroutant, rétorqua Clara en soupirant. Mais où étais-tu, ces dernières années ? Dans quel monde tu vis ? Tu es au courant de ce que vivent les Juifs étrangers en France, et les autres, en Europe ?

Esther, blessée, baissa la tête. Pourtant, elle répondit :

— Oui, le monde est atrocement cruel, oui, on est en guerre, mais si on ne croit en rien, si on n'a aucun espoir, à quoi bon continuer ?

Clara resta un moment silencieuse.

— D'accord, Esther Brodsky, tu as raison, finit-elle par admettre. Et puis je n'ai pas envie de déprimer, ce soir. Ni de briser tes rêves, poursuivit-elle avec malice. Regarde, c'est la pleine lune, on voit toutes les étoiles, le ciel est splendide. Viens, on se lève.

Bravant leur peur des souris, les deux jeunes filles, enveloppées dans leurs édredons, s'approchèrent de la fenêtre donnant sur le grand parc. À la lueur de la nuit, elles se tinrent longuement debout, Clara, la tête posée sur l'épaule d'Esther, leurs yeux scrutant l'immensité.

Un dimanche, malgré le froid saisissant, les deux amies, sur l'insistance de Daniel, décidèrent enfin de peindre en bleu ciel les murs de la soupente. Juchés sur des tabourets et l'unique escabeau de la maison, les trois adolescents se relayèrent, les mains passées dans de vieux gants, les bonnets couvrant leurs têtes, manteaux et écharpes les protégeant tant bien que mal de l'air glacial. Alors qu'Esther était en train de tracer le contour d'un nuage blanc, Simon passa la tête par l'embrasure de la porte.

— Je peux le faire, moi aussi ? demanda-t-il.

— Laisse-nous, Monmon, tu es trop petit, répondit Daniel.

— Ne lui dis pas ça, il va pleurer ! lança Clara en se retenant de rire.

Esther s'interrompit et tourna la tête vers son petit frère.

— Mon Simon, si tu restes ici, tu vas te salir et maman va te gronder. File dans le jardin et rapporte-moi une boule de neige, d'accord ?

— D'accord !

Le petit garçon disparut, son pas lourd résonnant dans l'escalier qu'il descendait en trombe.

— Vous êtes méchants avec lui, il n'a que six ans, quand même, remarqua Esther.

— Mais pourquoi il a toujours la larme à l'œil et la morve au nez, ce petit ? demanda Clara.

Daniel éclata de rire.

Mais cette fois-là, Simon n'avait pas du tout envie de pleurer. Au fond, il préférait rester dehors et jouer avec le chien des Rouvière. Car depuis le mois de novembre, il neigeait. Ébloui par le manteau blanc recouvrant le paysage, il arpentait le parc en courant et en criant, suivi par l'animal qui lui répondait en jappant. Jamais de sa courte vie il n'avait vu tomber tant de flocons.

Il ne rejoignit les trois autres que lorsque sa mère l'appela pour venir boire le lait chaud et manger le pain d'épices qu'elle avait préparés. Alors qu'Esther était déjà à table, il déposa sur son assiette une belle boule de neige bien ronde et lui sourit fièrement, malgré l'espace causé par ses deux dents de devant tombées depuis peu.

— Pour toi, Esther.

Daniel et Clara échangèrent un regard avant de rire de nouveau.

Pour célébrer la nouvelle année, Esther et Clara décidèrent d'organiser une petite fête dans la soupente. Paulette fut bien sûr conviée, ainsi que Roger et quelques autres camarades de la classe d'Esther. Leah fit des gâteaux et Daniel proposa de s'occuper de la musique. Les deux filles montèrent le goûter dans leur repaire, Daniel, le phonographe. Il sélectionna des disques de jazz, dont ceux de Duke Ellington, le préféré de sa sœur, ainsi que de la chanson française : Charles Trenet, Maurice Chevalier ou encore, pour faire plaisir à Clara, Édith Piaf.

Lorsque les jeunes invités débarquèrent, ils furent émerveillés par la grande pièce aux murs bleu ciel, décorée de lampions en papier coloré que les deux amies avaient découpés et peints. Les fenêtres avaient été camouflées par des rideaux épais que Maria leur avait cousus.

Pour l'occasion, Paulette avait tenu à mettre sa plus jolie robe, d'un beau bleu azur assorti à ses yeux, avec de la dentelle aux manches et au col, que lui avait confectionnée sa grand-mère. Elle fut déçue, en arrivant dans la soupente, de devoir garder son manteau tant le froid était saisissant. Leah entra avec de grands pichets de boissons chaudes, suivie par Simon, les bras chargés de couvertures. En montant la dernière marche, alors qu'il embrassait d'un regard émerveillé la pièce doucement éclairée et les jeunes gens qui emplissaient l'espace, il se prit les pieds dans une couverture et s'étala de tout son long. Esther se précipita pour le relever avant que, vexé, il ne se mette à pleurer.

— Fegele, je te laisse ton petit frère, il m'a promis de rester tranquille, expliqua Leah.

— Oh, maman, je ne peux pas m'occuper de lui aujourd'hui.

— J'ai mes jouets, je serai très sage.

— T'en fais pas, il sera mon assistant pour la musique, intervint Daniel. Tu viens, Monmon ?

— C'est bien la première fois que Daniel se montre gentil avec lui, qu'est-ce qu'il a ?

— Esther ! Daniel est toujours gentil avec Simon.

— Bien sûr, maman, fit-elle en soupirant.

Pendant ce temps, les invités s'entassaient et chahutaient sur les vieux matelas qui faisaient office de canapés, ils se disputaient les couvertures et se jetaient les coussins à la figure. Puis Clara proposa des jeux. Esther désigna des équipes, se débrouillant pour que Paulette se retrouve avec Roger. Une heure plus tard, tandis qu'ils jouaient aux charades, Daniel fit signe à Simon qui s'ennuyait, et tous deux s'approchèrent du gramophone.

— Un peu de swing pour se réchauffer ? lança Daniel.

Tous les joueurs se levèrent et les plus frileux se débarrassèrent des couvertures dans lesquelles ils s'étaient emmitouflés. Clara se laissa entraîner par un garçon de sa classe, un adolescent vêtu de son costume du dimanche. Très grand et maigre, il semblait ne pas savoir quoi faire de ses longs membres et de son corps dégingandé. Il saisit néanmoins Clara par la taille et la fit danser avec tant de maladresse qu'ils partirent tous deux d'un fou rire. Malgré son piètre cavalier, Clara restait incroyablement gracieuse, et si parfois les autres filles la regardaient avec envie, elles n'étaient pas en reste : toutes trouvèrent un cavalier. Seule exception, Lucienne, l'amie de classe de Paulette et d'Esther, assise sur une chaise en paille un peu branlante, l'air maussade.

— Qu'est-ce que tu as ? lui demanda Esther, qui venait d'enchaîner deux danses avec Maurice, le fils du boulanger. Ça ne va pas ?

— Aucun garçon ne va m'inviter, ils m'arrivent tous sous la poitrine. Je suis trop grande.

— Alors on y va, je serai ton cavalier !

— Tu es folle ! Pas deux filles ensemble !

— On s'en fiche, viens, on va bien rigoler, dit-elle en la tirant par le bras pour la forcer à se lever.

— Tu ne sais pas du tout danser, Esther.

— Oh, tu n'es pas marrante !

Une fois ou deux dans l'après-midi, Leah passa la tête dans l'embrasure de la porte pour s'assurer que tout allait bien et que les jeunes gens se comportaient correctement. Derrière les vitres, le ciel s'obscurcissait, les flocons de neige tombant en rafales s'écrasaient contre les carreaux, et les arbres du parc, immenses silhouettes noires, balançaient leurs branches nues dans un ballet menaçant. Dehors, le monde était glacial et angoissant. Dehors, la guerre faisait rage, les familles inquiètes se repliaient sur elles-mêmes dans l'attente d'une catastrophe plus violente encore que la défaite. L'espace de cet après-midi-là, bien à l'abri dans la soupente, dans ce coin de ciel bleu où ne régnaient plus que la joie et l'insouciance, les jeunes adolescents dansèrent.

Plus tard, essoufflés et réchauffés, ils dévorèrent les gâteaux de Leah et se désaltérèrent. Quelques couples s'étaient formés, et Paulette semblait avoir conquis Roger. Depuis leur première danse, ils ne s'étaient plus quittés. La joie de Paulette était si communicative, songea Esther en les regardant, sa vitalité rayonnait sur son entourage.

L'après-midi touchait à sa fin lorsque Daniel, qui prenait son rôle très au sérieux et n'avait pas quitté le gramophone un seul instant, changea de musique pour un air plus langoureux. Paulette se coula naturellement entre les bras de Roger, comme si leurs deux corps se connaissaient depuis toujours.

Lucienne finit elle aussi par trouver un cavalier, un garçon pataud dont les cheveux en épis chatouillaient le menton de la jeune fille. Esther lui fit un clin d'œil, et elle lui sourit.

Épuisée par son après-midi mais heureuse, Esther se reposait sur le vieux canapé. 1942 commençait sous les meilleurs auspices, songea-t-elle : son père lui avait assuré qu'ils resteraient à Saint-Girons, cette ville merveilleuse où elle vivait enfin une vie de fille de son âge, avec ses amies, ses flirts, ses rêves… Elle observa Clara, qui avait rejoint Daniel et riait avec lui ; elle lui ébouriffait les cheveux, et lui faisait mine de se débattre. Comme elle les aimait, ces deux-là. Elle ne souffrait même plus de la complicité qui s'était immédiatement instaurée entre eux et qui l'exaspérait, au début. Daniel et Clara se moquaient souvent de son manque d'humour et se plaisaient à inventer des blagues qu'elle ne comprenait pas toujours. Aux premiers jours de son amitié avec Clara, elle avait parfois retenu des larmes de dépit. Puis, peu à peu, elle en avait pris son parti. Jalouse, oui, elle l'était encore, mais au fond Clara était devenue comme une sœur pour elle. Elle pouvait bien la partager avec son frère adoré.

Leah la tira de ses réflexions en réapparaissant sur le seuil. Elle annonça qu'il était temps pour chacun de rentrer. En partant, Paulette, folle de joie, glissa à l'oreille d'Esther que Roger l'avait invitée à le retrouver le jeudi suivant.

5

Après les vacances de Noël, le retour sur le chemin de l'école fut difficile. Esther, peu habituée à la rudesse de la montagne, souffrit beaucoup des trajets sur son vélo. Simon, à qui Mihaïl en avait aussi fourni un, ne l'avait utilisé que le jour de la rentrée des classes. Ensuite, il avait refusé de remonter dessus, décrétant qu'il était trop petit et la route trop ardue. Depuis, Esther l'emmenait et le ramenait chaque jour sur son porte-bagages. Mais avec l'hiver, porter Simon devenait bien trop dur. Souvent, dans les côtes verglacées, elle le faisait descendre et tous deux marchaient tandis qu'elle poussait sa bicyclette. Ou, toujours à pied, elle installait son petit frère sur la selle et faisait avancer son vélo tant bien que mal. Malgré les gants, les deux paires de chaussettes et les gros godillots, les enfants subissaient la morsure du froid. Simon ne cessait de se plaindre que ses doigts et ses orteils brûlaient.

Au collège, la professeure d'anglais d'Esther l'ignorait ostensiblement et ce, depuis les premiers jours. Pire, elle lui donnait l'impression d'être invisible. Esther pouvait appeler, lever la main, rédiger un devoir, il ne se passait rien. L'enseignante ne l'interrogeait jamais, ne lui rendait aucun de ses contrôles. Leah finit par interroger Esther sur l'absence de notes en anglais. Ce que lui raconta sa fille lui serra le cœur. Elle prit rendez-vous avec sa professeure.

Elle fut reçue par une grande femme brune et sèche qui jeta sur elle un regard que Leah commençait à bien connaître.

— Votre fille est insolente, lui dit-elle. Elle a une façon de me fixer qui est intolérable.

Quand Leah rapporta ses propos à Esther, celle-ci fondit en larmes.

— Ce n'est pas vrai, maman ! Je me suis mise au premier rang pour bien écouter, je suis le plus attentive possible. Je ne suis pas insolente !

— Très bien. Je te crois. Je vais te retirer de ce cours et te mettre en allemand.

Le principal du collège, M. Lebreton, lui expliqua qu'aucun professeur n'enseignait cette langue dans l'établissement, mais qu'en accord avec lui un certain M. Papernot donnait des cours chez lui.

— Parmi ses élèves, il compte Mlle Weiss, l'amie de votre fille.

Leah vint se renseigner auprès de Louba qui le lui confirma. Puis, baissant la voix, elle lui dit :

— Si tu veux mon avis, il s'appelle plus Papernik que Papernot. Mais ce n'est pas moi qui vais aller le répéter.

Leah vint lui rendre visite. L'enseignant, qui avait un léger accent germanique, habitait un petit appartement sinistre dans une rue du centre de Saint-Girons. Il accepta volontiers de donner des cours à Esther.

Lorsqu'elle prit congé, ils se serrèrent la main, et Leah reconnut au fond de ses yeux cette petite lueur triste et nostalgique qu'elle avait vue si souvent dans ceux d'hommes et de femmes qui, comme ses parents, avaient été réduits à l'exil.

— Au revoir, madame Brodsky, lui dit-il.

Alors que M. Papernot prononçait ces quelques mots, Leah eut l'impression qu'un dialogue muet s'échangeait entre eux, Leah lui adressant un signal de reconnaissance ainsi qu'une promesse, celle de garder son secret ; l'homme lui répondant par un regard intense, mélange de soulagement et de gratitude.

Vers la fin du mois de janvier, Odette Rouvière vint frapper à la porte des Brodsky et demanda à voir Mihaïl et Leah.

— Si vous voulez être de vrais Saint-Gironnais, déclara-t-elle, vous devez venir chez nous à la fête du cochon. Il y aura Maria et tous les voisins. On serait très contents de vous avoir aussi. Pas besoin d'être là quand on tuera notre bête, mais venez pour le repas ! Pour nous, c'est une période très particulière. On cuisine pendant des journées entières.

— Qu'est-ce que vous allez préparer ? demanda Leah.

— Le jambon pour l'année prochaine, des boudins, des pâtés, des saucisses… tout ce que notre cochon va nous donner. Et ceux qui sont invités peuvent donner un coup de main. Alors, vous viendrez ? On va décrocher le jambon de l'an dernier pour le goûter. Et il y aura du millas pour les enfants.

Leah et Mihaïl échangèrent un regard ravi.

— Bien sûr, avec joie ! Merci, madame Rouvière, répondit Mihaïl.

— Et c'est quoi, le millas ? s'enquit Leah.

— Vous verrez. Alors on vous attend ! répliqua Odette, tout sourires. Et surtout, emmenez les enfants !

Le jour de la fête, Esther vint avec Clara. Toute la famille Brodsky ainsi que Maria s'engouffrèrent dans la vaste cuisine des Rouvière débordante de monde, de cris joyeux et de rires. Chacun s'affairait, mais déjà de puissants fumets embaumaient l'air, l'odeur de viande mijotée se mêlant à un doux parfum sucré. Lampes et lanternes éclairaient la pièce, tandis que dans l'âtre de la grande cheminée un bon feu ajoutait une lueur orangée et chauffait l'atmosphère un peu étouffante. On aurait dit que tout Saint-Lizier s'était donné rendez-vous ce soir-là dans la cuisine des Rouvière. Dans la réserve, à l'arrière de la salle, jambons et saucisses tout juste préparés avaient été suspendus au plafond.

Mihaïl et Leah serrèrent la main de tous les convives, puis chacun se trouva une place sur les bancs en bois entourant la table. Maria s'installa un peu plus loin avec ses amis, parmi lesquels d'autres réfugiés espagnols. Jean Rouvière, aidé par un gars costaud, retira du feu le gros chaudron en cuivre qui cuisait dans la cheminée et le posa au milieu de la table.

— Les enfants ! s'écria Odette. Vous connaissez le millas ?

— Non, madame, répondit Simon en brandissant sa cuillère.

La fermière souleva le couvercle et leur servit une pâte orange fumante.

— Mangez-moi ça, c'est délicieux avec les saucisses. Madame Brodsky, pour répondre à votre question de tantôt, c'est comme ce que vous appelez votre polenta : c'est de la farine de maïs cuite dans la graisse du cochon.

Leah se retint de rire. Qu'auraient donc pensé ses parents de ce repas, eux qui étaient si pieux et ne mangeaient jamais de cochon ? Guittla et Yankel ne devraient jamais connaître le menu de leur déjeuner, se promit-elle.

Le repas dura des heures et s'acheva par des chansons. Les Français commencèrent, puis ce fut le tour des Espagnols, et ceux qui ne comprirent pas les paroles devinèrent qu'il s'agissait de chants révolutionnaires appelant à la résistance contre les fascistes. Ensuite, Maria et quelques femmes interprétèrent une ballade d'une tristesse qui fit verser des larmes aux plus sensibles, si bien que, pour chasser la mélancolie de l'auditoire, des hommes entonnèrent des chansons paillardes. Peu après, la joie régnait de nouveau dans la salle surchauffée.

Enfin, les enfants furent autorisés à quitter la table après le dessert, une version sucrée et parfumée du millas, cuit dans du lait et du sucre. Ils remercièrent les Rouvière avant de prendre congé.

Dehors, après la chaleur d'étuve qui régnait dans la ferme, le froid glacial les saisit. Esther et Clara sentaient le vent s'engouffrer sous leurs manteaux et sous leurs robes et engourdir leurs jambes nues.

— Clara, donne-moi ton bras, demanda Esther en frissonnant.

Daniel se posta de l'autre côté de Clara et fit de même, pendant que Simon glissait sa petite main dans celle, libre, de sa sœur. Têtes baissées, leurs corps collés les uns aux autres, ils marchèrent à grands pas dans la neige, Esther tirant Simon qui sautillait pour suivre le rythme.

— Il fait toujours aussi froid en janvier, vous croyez ? demanda Clara.

— Sûrement. Ici on est à la montagne, non ? répondit Daniel.

— Et dire qu'à la maison on n'aura que la cheminée pour nous réchauffer..., gémit Esther.

— On n'a qu'à chanter pour se donner du courage, fit Daniel.

— *Boum !* proposa Simon qui entonna aussitôt la chanson de Charles Trenet.

Les filles puis Daniel se joignirent à lui. À chaque refrain, ils hurlaient « boum » et leurs pieds endoloris par le froid frappaient à toute force le sol enneigé. Dès qu'ils aperçurent la grille du château, ils se mirent à courir en se tenant par la main jusqu'à la grande demeure, vide et sinistre. Dans le salon, Esther et Daniel ranimèrent les cendres pour faire un feu.

Mihaïl et Leah, eux, passèrent le reste de l'après-midi chez les Rouvière, oubliant durant quelques heures l'avenir sombre et les incertitudes qui ne faisaient que croître.

Depuis peu, des faits inquiétants leur étaient parvenus. On commençait à parler de rafles en zone occupée, ainsi que d'exécutions d'otages perpétrées par les Allemands. En décembre, plus de sept cents Juifs avaient été arrêtés à Paris : intellectuels, membres de professions libérales, anciens combattants, ils étaient tous français. On racontait qu'ils allaient être envoyés vers l'est et condamnés aux travaux forcés. Le même mois, d'autres avaient été fusillés au mont Valérien avec des communistes. Les Allemands avaient annoncé qu'à chaque attentat commis contre leurs soldats, ils répondraient par des représailles visant les responsables, c'est-à-dire, selon eux, les Juifs et les communistes. Plus de quatre-vingt-dix personnes avaient donc été assassinées le 15 décembre.

La veille de la fête chez les Rouvière, après le déjeuner, alors que les enfants avaient quitté la salle à manger, Leah avait demandé à son mari s'il ne fallait pas repartir, s'éloigner davantage du péril nazi et, pourquoi pas, tenter d'aller jusqu'en Amérique.

— On ne connaît personne là-bas, lui avait répondu Mihaïl. Et c'est trop tard, de toute façon, les frontières sont fermées. Émigrer est quasiment impossible. Comment rejoindre l'Amérique avec ces sous-marins allemands qui torpillent tout ce qui bouge ? L'Atlantique est devenu un champ de bataille. Non, Leah, on ne peut plus partir.

— Mais est-ce qu'on est encore en sécurité ici ? Tu vois bien que les Allemands progressent partout. Toute l'Europe de l'Est et du Nord est occupée. L'URSS a réussi à freiner l'avancée allemande, mais jusqu'à quand ? Et tu crois vraiment que les nazis vont laisser Pétain gouverner tout seul cette moitié de pays ? Si demain ils veulent envahir la zone libre, ils n'auront aucune difficulté à le faire.

— On n'a plus le choix, Leah, on est coincés ici. On n'a plus qu'à espérer.

Dans la bibliothèque qui jouxtait la pièce, Esther n'avait plus osé bouger ni respirer, et les lignes du livre qu'elle était en train de lire s'étaient brouillées sous ses yeux. Alors Saint-Lizier n'était pas un refuge, mais un piège qui pouvait se refermer à tout moment, selon la décision de ce petit homme ridicule à l'affreuse moustache ? « Coincés », avait dit son père. Plutôt piégés comme des rats, songea Esther.

6

Leah furetait comme à son habitude dans la librairie de Gabriel Peyrat lorsque Paul Landron entra.

— Madame Brodsky, comment allez-vous ? demanda-t-il en saisissant sa main qu'il garda longuement entre les siennes.

Leah rougit. Tandis qu'elle bafouillait une réponse, Paul Landron la scruta d'un œil curieux.

— Alors, vous avez trouvé quelque chose d'intéressant, aujourd'hui ?

— Je cherche un roman pour ma fille, qui ne veut rien lire qui ait été écrit après 1900.

— C'est dommage, nous avons des écrivains français contemporains excellents.

— Ne l'écoutez pas, Leah, je vous ai déjà prévenue : il est de très mauvais conseil et n'aime que les auteurs poussiéreux.

— Pas du tout !

— Et avec des idées tout aussi poussiéreuses, pas vrai, mon cher ?

À cet instant, la porte s'ouvrit sur Madeleine, venue retrouver son amie. Depuis le seuil, elle les observa tour à tour : Gabriel avait cette expression moqueuse qu'il affichait souvent dans ses débats avec Paul. Leah, les joues rosies, paraissait intimidée, tandis que Paul, égal à lui-même, souriait avec toute l'assurance qui le caractérisait.

— Décidément, Paul, nous n'arrêtons pas de nous croiser ! Il n'y a pas trop de travail à l'office ou à la mairie, on dirait ?

— Les affaires sont calmes, en effet. C'est pour cela que je peux m'investir auprès du maire. D'ailleurs, madame Brodsky, si vous avez des démarches à y faire, venez me voir.

— Je vous remercie.

— Bien, nous y allons. Messieurs.

Les deux femmes ressortirent et marchèrent bras dessus, bras dessous jusque chez Madeleine, où elles avaient prévu de prendre le thé.

— De quoi parliez-vous, quand je suis arrivée ? Tu avais l'air un peu embarrassée ?

— Non, non, pas du tout… On parlait de livres, bien sûr. Gabriel semble ne pas apprécier les goûts littéraires de M. Landron.

— Normal, il s'intéresse à tous ces écrivains d'extrême droite.

— Ah bon ?

— Paul est très, très vieille France, si tu vois ce que je veux dire. C'est curieux. Politiquement, il est plutôt réactionnaire, mais je ne peux pas m'empêcher de penser qu'il a un bon fond.

— Il est marié ? Il a des enfants ?

— Non, il vit seul. Louis est persuadé qu'il a plein de maîtresses, mais moi je pense que c'est un vieux garçon, répondit Madeleine en riant. Et on ne sait jamais, il pourrait vous être utile, poursuivit-elle en reprenant son sérieux.

— Tu crois ? Ton mari pense visiblement le contraire, et l'extrême droite française est clairement antisémite.

— Je suis sûre que Louis se trompe. Il est trop manichéen. Nous vivons une période si trouble… Quoi qu'il en soit, Paul a l'air de t'apprécier, et je suis sûre qu'il apprécierait tout autant Mihaïl. Ses idées conservatrices tiennent davantage à son éducation qu'à ses convictions.

— Je l'inviterai à se joindre à nous, un dimanche, qu'en penses-tu ?

— Parles-en à Mihaïl. Mais je pense que c'est une bonne idée.

— Louis acceptera-t-il de partager un repas avec lui ?

— J'en fais mon affaire !

*

Aujourd'hui, Jeanne est à la maison et c'est exceptionnel. Ma mère ne s'arrête jamais, elle est incapable de se détendre ou de rester oisive.

Une fois Esther couchée pour sa sieste, elle et moi déjeunons dans la cuisine. Ma mère paraît épuisée.

— Maman, il y a quelque chose qui te tracasse ?

— Pas spécialement, pourquoi ?

— Je ne sais pas, tu as l'air…

— Crevée, oui, c'est vrai.

— Qu'est-ce qui se passe ?

Elle soupire.

— Rien, t'inquiète, ça va aller.

— Mais non, ça ne va pas aller ! Arrête de me parler comme si j'étais encore une petite fille !

Jeanne, surprise, me dévisage. Comme elle ne dit rien, je continue :

— C'est à cause d'Esther, hein ?

Elle hoche la tête.

— Maman, tu ne peux pas tout porter toute seule. Je suis là, maintenant. Laisse-moi t'aider.

— Deborah, je…

Et là, je lui coupe la parole. J'en ai assez de sa manie de me tenir à distance, de m'exclure des responsabilités familiales.

— Je veux m'occuper d'Esther avec toi, c'est ma grand-mère, c'est aussi mon problème.

Jeanne reste muette. Visiblement, elle ne sait plus quoi répondre.

— Tu sais, maman, c'est bizarre : tu n'arrives pas à me parler, à me dire ce que tu as sur le cœur. Eh bien, regarde, Esther : toutes ces années, elle s'est laissé ronger par ses secrets. Et aujourd'hui, son passé la rattrape.

— Quel rapport avec moi ?

— Tu lui ressembles, maman. Murée dans ton silence, ne demandant jamais de l'aide à personne, et surtout pas à moi. Mais ça ne marche pas, tu ne vois pas ? Parce que rien ne disparaît, tout remonte, et Esther en est la preuve. Daniel, Clara… Il est sûrement arrivé des choses terribles, et Esther a peut-être eu sa part de responsabilité. En tout cas, elle porte un fardeau. Et aujourd'hui encore, alors même qu'elle perd la tête, elle en souffre atrocement.

— Tu ne crois pas que tu exagères un peu ?

— Écoute, tu ne trouves pas qu'il y a trop de non-dits dans cette famille ? Qu'on en pâtit toutes, et surtout grand-mère ?

— Je ne sais pas. J'ai toujours pensé que ce qui appartenait au passé – tout ce qui était trop douloureux – devait rester dans le passé. À quoi bon remuer tout ça ? Surtout si Esther préférait se taire. C'était son droit, c'était sa vie. Aujourd'hui, je me rends compte que pour toi, c'est différent.

— C'est notre histoire familiale, on a besoin de savoir. Nous aussi, malgré ce que tu crois, on en paye le prix.

*

Un samedi après-midi, Esther partit rendre visite à Clara. En ce jour de février, le ciel était bleu et la température descendue sous la barre de zéro degré. Elle enfourcha son vélo et pédala à vive allure. En quelques mois, grâce à ses fréquents allers et retours, elle était devenue bien plus forte et résistante au froid. Sans Simon sur le porte-bagages, elle fit le trajet d'une traite.

Une silhouette se tenait dans l'embrasure du 45, rue Saint-Valier. Franck Petit. Couvert seulement d'un pull malgré le froid, les mains enfoncées dans les poches, cigarette au bec, il observa Esther qui descendait de vélo. Mal à l'aise, celle-ci frémit intérieurement à l'idée de devoir passer devant lui pour entrer. D'un pas mal assuré, elle avança vers la porte. Franck, un sourire moqueur sur les lèvres, ne bougea pas, lui bloquant le passage.

— Je peux passer, s'il vous plaît ? demanda Esther d'une voix qu'elle voulait ferme et qui tremblait légèrement.

— Tu viens voir ta petite copine youpine, c'est ça ?

Esther ne répondit pas.

— Dis donc, c'est pas poli de pas répondre. Alors, tu vas chez les Juifs du troisième ?

— Oui, murmura Esther.

— Et tu crois pas qu'il y en a assez comme ça, là-haut ? lança-t-il.

— Vous pouvez me laisser passer ?

— Pour qui tu te prends, sale gamine ?

Et, comme son frère l'avait fait avec Clara, il attrapa une natte dans l'une de ses grosses mains. Mais de l'autre, il laissa ses doigts glisser sur sa joue, qu'il caressa.

Esther recula brusquement et poussa un petit cri de douleur lorsque sa natte, toujours prisonnière, tira atrocement sur son crâne.

— Allez, rentre, c'est bien parce que t'es mignonne.

La traînant par les cheveux, il l'attira contre lui, son visage si près du sien qu'elle sentit son souffle sur sa peau et crut qu'il allait l'embrasser. Elle se figea, effrayée. Mais alors que leurs lèvres se touchaient presque, il la poussa brutalement à l'intérieur. Esther s'affala au pied de l'escalier, se releva et grimpa les marches, les jambes flageolantes.

— Fais gaffe quand même, la petite youpine, bientôt on va venir s'occuper de vous, les parasites.

Lorsque Clara ouvrit la porte, Esther éclata en sanglots. Son amie l'entraîna dans sa chambre.

— Qu'est-ce que tu as ? Qu'est-ce qu'il y a ?

Entre deux hoquets, Esther parvint à s'expliquer. Clara explosa de rage.

— Maintenant, il s'en prend à mes amies ! Quel salaud !

— Il me fait peur, ce type.

— T'inquiète pas, il finira bien par passer à autre chose.

— Tu n'as pas encore parlé de lui à tes parents ?

— Que veux-tu que je leur dise ?

— Ce qu'il te fait subir, ce qu'il m'a fait ! Ses menaces contre nous tous !

— Oublie ça, s'il te plaît.

— Mais il est dangereux !

— Grandis un peu ! Tu ne vois pas que nos parents en ont assez sur les épaules, avec cette guerre. Et que veux-tu qu'ils y fassent ? Tu crois peut-être que mon père va faire peur à ce dégénéré ?

Clara regarda Esther droit dans les yeux et le rire qu'elle émit était un mélange de mépris et de colère.

— Tu es inconsciente, répondit Esther. Tu ne peux pas te battre toute seule contre tout.

— Et toi, tu penses vraiment qu'aller te plaindre à papa maman, c'est la solution ? Arrête de croire qu'ils pourront toujours te sauver. Nos parents sont dépassés par cette guerre, ils ont la trouille, tu ne le vois donc pas ? Tu n'es vraiment qu'une petite fille.

Le silence s'installa entre elles, et l'on n'entendit plus que les reniflements d'Esther.

Le soir, de retour chez elle, Esther traça furieusement un portrait de Franck, qui se transforma peu à peu en bête hideuse. Puis, prise de rage, elle gribouilla violemment son dessin jusqu'à ce que son fusain se brise. Elle froissa la feuille, en fit une boule et la jeta dans la cheminée, avant de verser de nouvelles larmes d'humiliation.

Un dimanche après-midi, les deux amies se tenaient devant la fenêtre entrouverte de la chambre d'Esther donnant sur l'entrée de la maison. Elles observaient les adultes se dire au revoir en bas des marches. Ce jour-là, en plus de la famille Deumier, les Brodsky avaient convié Paul Landron. Le déjeuner ne s'était pas trop mal passé, si ce n'est que Louis n'avait pas fait d'effort pour parler à Paul, et que Guittla n'avait pas masqué sa réserve à son égard. Une fois que les silhouettes des invités eurent disparu au bout de l'allée de la propriété, les deux jeunes filles entendirent Guittla s'adresser à sa fille.

— Je n'aime pas ce monsieur. Il est obséquieux et il n'est pas franc. Louis a raison, il faut s'en méfier.

— Il a été charmant, tu vois le mal partout. Tout ça parce qu'il n'est pas yidd.

— J'ai confiance dans les Deumier, et ils ne sont pas juifs, que je sache. Et la façon dont il te regarde ne me plaît pas.

— Je ne vois vraiment pas de quoi tu parles.

— Ah oui ? Pourtant, en face de lui, tu te comportes comme une adolescente, asséna Guittla, puis elle fit volte-face et rentra dans la maison, laissant Leah seule et embarrassée.

Dissimulées derrière les rideaux, Esther et Clara riaient. Du moins Clara riait, tandis qu'Esther, mal à l'aise, tentait de donner le change.

— Ta grand-mère est vraiment unique ! dit Clara à voix basse. Mes parents la surnomment la *Mensch*.

— Et les miens, la Colonelle.

7

À la fin du mois de février, alors que la nature donnait les premiers signes de renouveau, Mihaïl annonça à sa famille qu'ils partaient passer le samedi après-midi et le dimanche à Salies, une petite ville voisine.

— Vous verrez, c'est très joli. On ira directement en train, c'est sur la ligne qui va à Boussens. Leah, demande à tes parents de nous accompagner, ça leur changera les idées. C'est une ville thermale, elle est au bord du Salat, comme ici. Et il y a une importante communauté yidd, des gens charmants que j'ai rencontrés au cours de mes dernières livraisons. Eux aussi sont assignés à résidence.

Guittla et Yankel furent heureux d'être du voyage et de sortir un peu du village. La famille Brodsky partit le samedi dès la fin des classes et arriva en gare de Salies avant 13 heures. Mihaïl les guida à travers les petites rues et s'arrêta devant une maison à la façade blanche, étroite et haute de trois étages. Il sonna.

Une femme brune souriante, d'une quarantaine d'années, vêtue d'une belle robe bleue soyeuse, leur ouvrit la porte et s'écria :

— Vous êtes venus au grand complet, c'est formidable !

— Je vous présente Golda Katzkoff, déclara Mihaïl en se tournant vers sa femme et ses beaux-parents.

Golda s'avança pour leur serrer la main avant d'étreindre chaque enfant. Quand elle prit Esther dans ses bras, celle-ci respira son parfum capiteux et l'odeur de naphtaline qui se dégageaient de ses vêtements, puis sentit la broche en diamants de Golda frotter contre le tissu de son manteau.

— Bienvenue chez nous. Entrez, entrez vite ! Robert, mon fils aîné, nous donne un petit concert.

Dans le salon où Golda les fit pénétrer, des personnes de tous âges étaient rassemblées autour d'un piano. Au clavier, un grand jeune homme, les yeux à moitié clos, jouait un morceau déchirant. Esther, touchée par la musique, éprouva brutalement une profonde tristesse. Robert avait vingt ans, apprit-elle peu après. Pâle, un visage long et étroit, il portait les cheveux longs comme les zazous dont elle avait vu les photos dans *Match*.

Il acheva son morceau, salué par un chœur d'applaudissements. Un immense sourire éclaira alors ses traits, effaçant en un instant son air inspiré et mélancolique.

— Quel était ce morceau ? demanda Leah à Golda. C'était tellement beau.

— Enfin, ma fille, c'est la *Mélodie hongroise* de Schubert, intervint Yankel. Tu ne reconnais pas ?

— Non, papa.

— Mes amis, annonça Golda en haussant le ton, voici la famille Brodsky, qui nous vient de Saint-Girons.

Toutes les têtes se tournèrent vers eux, mais déjà Mendel, le mari de Golda, un homme corpulent de petite taille, se précipitait vers Mihaïl pour lui faire une chaleureuse accolade. Ce dernier lui présenta sa famille.

Esther regarda autour d'elle. Le salon était petit et étroit, et pourtant elle eut l'impression qu'il contenait une foule incroyable d'objets et de gens. Le piano, pour commencer, occupait un espace important. Tout était en bois brun : table, guéridons, buffet au plateau couvert de cadres et de bibelots, ainsi qu'une horloge au balancier en cuivre. Au mur, un grand tableau austère représentant un vieil homme au regard sévère. Sur le parquet sombre, un tapis au dessin géométrique rouge et noir.

Esther leva soudain les yeux : sa mère était en train de lui parler.

— Eh bien, Fegele, encore en train de rêver, tu ne salues pas nos hôtes ?

Golda la prit par le bras.

— Esther, voici ma fille Dora.

La jeune fille, grande, brune, les yeux d'un bleu presque marine et la mine grave, probablement âgée de quelques années de plus qu'Esther, l'intimida. Elle parvint à peine à lui souffler un bonjour.

Puis vint le tour de Marius, le troisième enfant des Katzkoff. Les cheveux roux, des yeux verts magnifiques, il prit la main d'Esther et la secoua avec exagération, et elle ne sut s'il était sérieux ou s'il s'amusait, jusqu'à ce qu'il lui sourie.

Outre la famille Katzkoff, il y avait ce jour-là dans leur petit salon un couple et deux petits garçons qu'Esther prit pour une famille. Elle se sentit fascinée par le charisme de l'homme et de la femme et leur trouva des allures d'acteurs de cinéma. L'homme, qui s'appelait Kliatchko et s'exprimait avec un fort accent étranger, était habillé d'un costume trois-pièces beige un peu usé mais élégant. Il se tenait debout, appuyé contre le bras du large canapé en velours pourpre qui faisait face au piano. Assise à côté de lui sur le canapé, celle qu'Esther avait prise pour sa femme semblait trôner, telle une princesse orientale. Riva était turque. Son visage triangulaire au teint mat était d'une harmonie fleurant la perfection. Esther en eut presque le souffle coupé. Riva se leva pour venir les saluer, elle riait, agitait les mains et parlait fort.

— Les garçons ! s'écria-t-elle à l'intention des deux enfants, venez dire bonjour, allez ! Excusez-les, ils sont très timides, dit-elle d'une voix charmeuse et gutturale.

Plus tard, ils s'entassèrent dans la petite salle à manger lambrissée, pressés les uns contre les autres autour de la table un peu étroite pour la grande assemblée qu'ils formaient.

— Pardonnez-moi pour la vaisselle vieillotte et ébréchée, Leah, lui glissa Gol'da à l'oreille, c'est tout ce que nous avons trouvé en arrivant dans cette maison meublée, et je vous avoue que nous nous sommes débrouillés avec ce que nous avions.

— Oh, vous savez, nous sommes dans la maison d'un diplomate : les apparences sont sauves, la vaisselle est belle, mais vous verriez l'état de la maison !

Et comme nous, songea Esther qui les écoutait discrètement, ils ont dû partir avec une petite valise de vêtements, rien de plus.

Comme si elle avait entendu ses réflexions, Golda poursuivit :

— Vous aussi, vous avez tout laissé au garde-meubles ?

— Oui, on avait déjà déposé nos meubles avant d'aller à Bruxelles, on n'a eu qu'à ajouter ceux de mes parents.

— Nous, on vient d'Auxerre. La société à qui on a confié nos affaires en catastrophe a l'air honnête. Mais nous pensions…

Golda marqua une pause. Sa joie semblait s'être dissipée.

— Que ce ne serait que pour quelques mois, n'est-ce pas ? intervint Guittla.

— Oui. Exactement. J'espère qu'après la guerre on retrouvera tout intact.

— Bien sûr ! affirma Leah pour tranquilliser Golda. Au fond, elle n'y croyait pas trop. Vu la façon dont on traitait les Juifs, pourquoi réserver un meilleur sort à leurs biens ?

Le repas fut bruyant et, malgré les restrictions, généreux. Un bouillon de poule fut servi, suivi par la viande et les légumes du bouillon. Esther observa Guittla, qui avait tant aimé recevoir à sa table et dont le sourire mélancolique la toucha. Elle savait exactement ce que ressentait sa grand-mère adorée à cet instant. Elle eut envie de se lever pour la serrer dans ses bras.

Mais Dora, sa voisine de droite, lui posait des questions sur sa vie à Saint-Girons et Esther, en retour, voulut en savoir plus sur la jeune fille. Elle apprit qu'elle avait tout juste dix-huit ans. Qu'elle avait fini l'école et que, en raison des nouvelles lois de Vichy, elle n'avait plus rien à faire que rester à la maison.

— Arrête de nous déprimer avec tes histoires tristes, intervint Marius, assis à la gauche d'Esther. Dis-moi, Esther, tu as un amoureux, à Saint-Girons ?

Écarlate et épouvantée, elle le regarda en écarquillant les yeux. Marius éclata de rire, suivi par Daniel.

Au cours du repas, Esther en apprit davantage sur le beau couple que formaient Riva et Kliatchko. À commencer par le fait qu'ils n'étaient pas ensemble. Riva était veuve. Elle avait quitté Paris avec ses deux petits garçons, Charles et Pierre, à la déclaration de la guerre. Connaissant les Katzkoff, elle avait décidé de les rejoindre à Salies. Elle vivait dans un petit appartement non loin de chez eux. Kliatchko, quant à lui, était également veuf. Ce Juif russe avait été colonel dans l'Armée rouge. Contraint de fuir son pays, il errait désormais en France comme tous les Juifs étrangers. Il était passé en zone libre depuis peu et craignait l'internement dans un camp. Il habitait à Salies pour le moment mais songeait à passer en Espagne pour rallier les armées alliées et se battre contre les nazis.

Après le déjeuner, les adultes retournèrent au salon. Des amis de Marius et de Robert arrivèrent et les jeunes gens, y compris Daniel et Esther, montèrent à l'étage, tandis que Simon restait en bas avec les fils de Riva. Sous les toits de la maison, un autre salon rappela aux enfants Brodsky leur soupente. Un phonographe fut mis en marche, laissant échapper une musique de jazz qui attira immédiatement Daniel. Il passa l'après-midi à fouiller dans la collection de disques des fils Katzkoff. Esther, en revanche, paralysée par la timidité, s'installa dans un coin, espérant ne pas se faire remarquer. Peine perdue : Marius vint s'affaler à côté d'elle et étudia son visage embarrassé.

— Ne t'inquiète pas comme ça ! Ici, tout le monde fait de beaux discours sur tout et n'importe quoi, mais on fait semblant. En fait, on ne sait rien. On discute, on oublie qu'on est en guerre, on essaie simplement de vivre comme des jeunes, tu comprends ?

— Oui, répondit-elle en rougissant.

Marius n'était pas beau, se dit Esther, il avait une grande mèche de cheveux roux qui lui barrait le front, une bouche charnue qui s'étirait sans cesse en un large sourire, découvrant des dents blanches un peu grandes. Mais ses traits étaient débordants d'énergie, ses yeux verts très expressifs, et il était si ouvert et amical qu'Esther finit par se détendre. Elle avait aussi la curieuse impression de connaître Marius depuis toujours.

En fin de journée, Leah les appela pour qu'ils rentrent à leur hôtel. L'après-midi, songea Esther, était passé trop vite.

Le lendemain vers 15 heures, les Brodsky revinrent chez les Katzkoff. Cette fois, ce fut en comité plus restreint. Outre les deux familles, seul un ami de Robert, Lucien Reznik, un Juif français, se joignit à eux. Leah, impressionnée par la culture des deux garçons, les écouta débattre sur l'art et la littérature juive.

— Et que pensez-vous des écrivains contemporains ? leur demanda-t-elle. Vous en lisez ?

— Oui, répondit Robert, j'en lis, mais je préfère ceux du XIXe siècle. Lucien, lui, est un grand amateur des surréalistes.

Ces échanges donnèrent à Leah une idée qu'elle exposa un peu plus tard à Golda :

— Robert et Lucien ont une façon de parler de littérature qui est passionnante. J'aimerais qu'ils viennent chez nous pour m'aider à animer un salon littéraire.

Ce serait devant un cercle d'amis choisis. Y verriez-vous un inconvénient ?

— Il faut leur poser la question !

— La prochaine fois que vous viendrez nous rendre visite, si Lucien est d'accord, vous pourriez l'emmener avec vous. De mon côté, j'inviterai quelques personnes qui seront ravies de discuter avec eux.

— C'est une belle idée, Leah. Nos grands sont malheureux. Ils s'ennuient, ils sont privés de tout. Robert voulait passer l'agrégation de français, mais comme vous le savez, ça ne lui servira à rien puisqu'il n'aura pas le droit d'enseigner. Lucien a le même problème, il veut être journaliste. À moins que les lois ne changent, nos enfants ne pourront jamais travailler. Ils se battent pour continuer leurs études, car je crois qu'autrement ils seraient désespérés. Mais j'ai peur qu'un jour ils n'aient plus le droit d'entrer dans une université.

— Je ne leur offrirai qu'un petit salon littéraire où des gens curieux viendront les écouter et débattre avec eux. Ce n'est pas grand-chose mais…

— Si, Leah, détrompez-vous, ça leur fera beaucoup de bien. Ils sont tellement humiliés, n'est-ce pas ? Nos enfants sont nés ici mais on les considère comme des étrangers, des parias, on les a bannis de la société. Quelle sera la prochaine étape, dites-le-moi ? La prison ?

Surprise par cette sortie inattendue, Leah observa Golda sans savoir quoi répondre. Cette femme joviale était semblable à elle : devant les enfants, elle se comportait comme si la vie de leur communauté n'avait pas été bouleversée ; elle souriait, se montrait chaleureuse envers tout le monde et pourtant, Leah en était certaine, loin des regards, la nuit venue, elle aussi devait s'effondrer dans les bras de son mari.

En vérité, songea-t-elle, chaque mère juive, chaque père juif jouait la même comédie : il fallait présenter à ses enfants un visage neutre, voire optimiste, leur faire croire que tout allait bien, que leur existence était la plus normale possible. Protéger les enfants de l'angoisse, de la peur, de l'exclusion, réussir à les nourrir, à les loger, c'était leur combat quotidien. Mais retrouveraient-ils un jour leur vie d'avant ?

Lucien et Robert accueillirent la proposition de Leah avec enthousiasme, la moindre distraction étant la bienvenue. Tout fut donc organisé : les Katzkoff accompagnés de Lucien viendraient un samedi de mars au château Saint-Jacques ; Leah inviterait des connaissances des Deumier, férus de littérature, à les rejoindre l'après-midi ; tout le monde serait rassemblé dans le salon, où les deux jeunes gens lanceraient des sujets qu'ils auraient préparés. Chacun poserait des questions et débattrait. Enfin, Leah offrirait une collation pour clore la réunion.

Dans le train qui les ramenait chez eux, Guittla, assise à côté de Leah, entama avec elle une conversation en yiddish. Esther, qui ne le parlait pas, comprit plus ou moins leur échange. Elle savait que les adultes avaient tendance à utiliser cette langue lorsqu'ils n'avaient pas envie que les enfants s'en mêlent.

— Quelle idée as-tu derrière la tête, ma fille ? commença Guittla.

— Aucune, maman. On s'ennuie un peu à Saint-Lizier, tu n'es pas d'accord ? Et parmi les personnes que je vais inviter, beaucoup sont passionnées par l'art et la littérature. Ce sont des gens très bien ! Tu sais, le sénateur, et M. Dupuis, l'ancien officier que tu aimes bien, M. Papernot… Et M. Landron.

— M. Landron ? Enfin, Leah, tu sais ce que je pense de cet individu. Et il est plutôt attiré par Maurras et Péguy que par Aragon ou Franz Kafka !

— Justement. Il est assez intelligent pour accepter d'écouter un autre discours.

— Ma fille, tu es folle ! Tu veux convertir un antisémite à…

— Il a accepté de venir déjeuner chez nous, alors je ne suis pas sûre qu'il le soit, ou au moins qu'il ne puisse pas changer d'avis. C'est une tradition, chez ces gens-là, de nous mépriser, mais c'est parce qu'ils ne nous connaissent pas. Je veux essayer de lui ouvrir les yeux. Je veux qu'il comprenne que nous sommes des gens convenables, que nous valons autant que lui, que nous sommes comme lui, tout simplement.

— Excuse-moi, mais je ne me sens pas du tout comme lui.

— Tu joues sur les mots, maman. Nous sommes tous des êtres humains, non ?

— Alors c'est pour ça ? Tu crois que tu vas changer le regard de cet homme sur les Juifs ? Et pourquoi lui, en particulier ?

— Et pourquoi pas ? Et puis d'abord, j'ai toujours rêvé de tenir un salon littéraire, c'est le moment de le faire. Regarde notre belle maison, elle est parfaite !

— Guittla, laisse ta fille tranquille, intervint Yankel, elle sait où elle va. Et puis elle a le droit de se faire un peu plaisir, tu ne crois pas ?

8

À la fin du mois de mars, Leah organisa son premier rendez-vous littéraire. Mihaïl, qui avait achevé une longue tournée sur les routes, avait rapporté des denrées difficilement trouvables à Saint-Girons. La famille Katzkoff et Lucien débarquèrent en fin de matinée à la gare, où les attendaient Leah, Daniel et Esther. Après le déjeuner, tout le monde fut mis à contribution pour aménager le salon et préparer un goûter fastueux. Pour les enfants, Leah, aidée de Maria, avait confectionné du pain d'épice et de la limonade. Les adultes se verraient servir des biscuits maison et, pour ceux qui le souhaitaient, une petite eau-de-vie que Leah s'était procurée chez les Rouvière. Sous la direction de Leah, les chaises de la salle à manger furent transportées dans le salon et disposées en une sorte de demi-cercle autour du canapé, afin que chacun puisse s'asseoir et échanger.

Les invités avaient tous répondu à l'appel, même le notaire. Les Deumier arrivèrent avant les autres sur leurs vélos, comme à l'accoutumée. Madeleine était la plus enthousiaste de tous. Elle ne cessait de féliciter

Leah pour son idée de génie, tout en piochant dans le beau plat de biscuits qu'elle trouvait irrésistibles. Leah était soulagée d'avoir une alliée face à Guittla, qui trônait au milieu du salon en affichant sa tête des mauvais jours.

— Elle est fâchée contre moi parce que j'ai invité Paul Landron : elle pense qu'il est antisémite, expliqua-t-elle à son amie.

— Il vient chez vous aujourd'hui. Il soutient le gouvernement de Vichy, mais pas l'occupant. On peut peut-être encore sauver quelque chose chez lui.

— Jusqu'à ce que vous vous rendiez compte qu'un antisémite reste un antisémite, asséna Guittla, renfrognée.

Henri Papernot arriva ensuite et se montra impressionné par la demeure des Brodsky et par l'agitation qui y régnait. Yankel l'installa dans le salon et lui fit la conversation, tandis que Maria finissait de dresser le buffet dans la salle à manger voisine.

Peu après, Paul Landron fit son entrée. Il ne se départit pas de son sourire poli lorsque Guittla marmonna un bonjour hostile, félicita Leah pour son initiative et serra chaleureusement la main des Katzkoff et des autres convives. Quand les derniers amis des Deumier furent arrivés, chacun prit place au salon.

Robert fut le premier à proposer un sujet sur *Guerre et Paix*. Au bout d'un moment, le débat dériva sur la situation actuelle du front de l'Est. Leah, inquiète, jeta des coups d'œil vers Paul Landron qui écoutait sans intervenir, puis, se tournant vers Robert, elle lui demanda :

— Assez parlé de la guerre, je pense que nous avons notre comptant en ce moment. Robert, pourriez-vous nous donner une petite introduction sur l'autre chef-d'œuvre de Tolstoï, *Anna Karénine* ?

Puis on changea d'époque avec Lucien qui, avant de lancer une nouvelle discussion sur les surréalistes, présenta à grands traits leur mouvement. Il le fit avec le bagout et l'énergie qui lui étaient si particuliers, ce qui déplut à Paul Landron. Celui-ci prit un ton docte pour affirmer que, malgré ses arguments, il ne changerait pas d'avis sur ces pseudo-artistes sans talent, animés d'idées anarchistes et communistes.

— N'oubliez pas, ajouta-t-il, que les livres de certains d'entre eux sont interdits. Je pense à Louis Aragon, par exemple, conclut-il en posant un regard glacial sur Lucien.

— Mais laissez donc les jeunes respirer un peu ! intervint M. Dupuis. Vous ne rêviez pas de liberté, à leur âge ? Vous n'aviez pas envie d'être un peu subversif ? La guerre, la censure… pauvre jeunesse. Qu'est-ce qu'il lui reste ?

— Et puis Louis Aragon ne fait plus partie des surréalistes, dit Lucien. Moi je ne vous parle que création, littérature, poésie…

Il fut coupé par Landron, qui lui-même fut coupé par l'ancien officier, puis tout le monde s'en mêla, les voix montèrent. Leah observait ses hôtes, légèrement mal à l'aise. Son regard croisa celui de sa mère qui, au contraire, semblait ravie. Depuis son appartement parisien rue du Grand-Prieuré, lorsqu'elle recevait artistes et autres réfugiés d'Europe avant la guerre, Guittla ne s'était jamais autant amusée.

Mihaïl, inquiet par la tournure politique que prenait le débat, interrompit les invités pour demander le silence et proposer une pause.

— Nous avons une délicieuse eau-de-vie locale, ça vous dit ?

Tandis que les adultes discutaient, Esther et Daniel avaient emmené Marius et Clara, invitée pour l'occasion, dans la soupente. Ils furent rejoints par Simon et Lucie. Esther était heureuse de montrer son repaire à Marius. En sa présence, elle trouva la pièce encore plus lumineuse. Daniel mit le phonographe en marche, Esther sortit un jeu de cartes et distribua des couvertures dont chacun s'enveloppa. Alors qu'ils passaient l'après-midi à jouer, allongés sur les matelas jetés par terre, elle observait le jeune homme à la dérobée, se détournant dès que celui-ci levait les yeux vers elle. Après avoir répété ce manège un bon nombre de fois, elle s'enhardit. Leurs regards se croisèrent et ne se lâchèrent plus.

Malgré le volume assez fort, des éclats de voix montant du salon parvenaient aux enfants. Mais, bien à l'abri dans leur refuge aux murs et au plafond aux couleurs du ciel d'été, ils n'y prêtèrent aucune attention.

Le soir, dans la chambre des filles, couchées côte à côte dans le noir, Esther ne tarissait pas d'éloge sur Marius.

— Tu ne trouves pas qu'il est intelligent ? Et tellement drôle ! Et tu as vu ses yeux verts ? Ils sont magnifiques, dit-elle en joignant les mains dans son lit.

— Tu es amoureuse de lui !

— N'importe quoi ! C'est un ami, c'est tout.

— Un ami qui a des yeux magnifiques ? Allez, avoue ! lança Clara en riant.

— Tu dis vraiment n'importe quoi. Bon, on dort maintenant ?

— Si ça te vexe, c'est que c'est vrai !

Esther jeta son oreiller sur la tête de Clara.

— Non mais dis-moi, poursuivit Clara, tu es vraiment aussi innocente que ça ? Au point de ne pas t'en rendre compte ? Ou tu te fiches de moi ?

— J'en sais rien. Peut-être qu'il me plaît, au fond.

— Ah, quand même, tu me rassures !

— Et toi, tu es amoureuse de quelqu'un ?

— Je te l'aurais dit, moi. Mais non. Les garçons de mon âge ne m'intéressent pas. Trop immatures.

— Tu préfères les terminales ?

— C'est pareil.

— Clara, tu es bizarre. Tu n'es pas comme les autres filles.

— Toi non plus ! Tu es unique en ton genre, fit Clara en gloussant.

Les jours suivants, elle ne cessa de taquiner Esther, qui dut bien admettre, mais pour elle seule, qu'elle pensait sans arrêt à Marius. Elle demanda à sa mère s'ils comptaient retourner bientôt à Salies.

— Ton père et moi nous sommes dit que nous irions y passer le mois d'août, pour changer d'air.

— Mais… on n'y va pas avant ?

— On verra, Fegele, on verra.

— C'est dommage, j'aime beaucoup cette famille… Et ton salon littéraire ? Tu devrais recommencer, c'était bien.

— Tu n'as même pas écouté ! Je pourrais demander à Robert de nous parler de Zola, que tu sembles tant apprécier, comme ça tu auras peut-être envie de rester, répliqua Leah, moqueuse.

Le désir d'Esther fut rapidement exaucé. Au cours des vacances de Pâques, Leah emmena ses enfants passer quelques jours chez les Katzkoff. Il fit un temps radieux. Le matin, les enfants traînaient, lisaient dans le jardin ; l'après-midi, ils organisaient des jeux, se déguisaient, inventaient des saynètes qu'ils présentaient aux plus grands le soir. Parfois, Daniel et Robert s'installaient au piano et improvisaient des airs inspirés de leurs jazzmen préférés. Puis Robert passait au moins deux heures par jour tout seul au piano.

— Lui et Dora ont pris des cours depuis l'enfance, confia Golda à Leah. Mais bien sûr on ne peut plus se permettre de leur en payer. C'est Dora qui donne des cours, maintenant. Robert, lui, continue d'apprendre tout seul. En ce moment, il a décidé d'étudier tout le répertoire pour piano de Schubert.

— Il est doué, ton fils. Dès qu'il joue, j'ai des frissons et les larmes aux yeux, avoua Leah.

Lors de la plus belle journée des vacances, les deux femmes emmenèrent Marius et les enfants Brodsky pique-niquer au bord du Salat. Ils s'installèrent dans l'herbe, sous les arbres. Les mères enlevèrent leurs chaussures, les enfants se mirent en maillot et tous descendirent vers la rivière. Elle était glaciale. Leah et Golda qui se tenaient la main pour s'encourager, relevant leur robe de l'autre, poussèrent des cris au contact de l'eau sur leurs pieds. Puis Simon trébucha sur un caillou et tomba dans la rivière, dont il sortit en hurlant. Leah le fit remonter sur la rive pour le calmer.

Daniel, Marius et Esther restèrent seuls pour se baigner. Ils pataugèrent un moment, puis Esther s'approcha de Marius et, tout naturellement, s'appuya contre son épaule, heureuse de sentir la chaleur de son corps qui contrastait avec l'eau glacée qui montait à mi-cuisse. Daniel fut le premier à plonger. Quand il remonta à la surface, il éclaboussa les deux autres et une bataille commença, jusqu'à ce qu'Esther puis enfin Marius plongent à leur tour.

Un quart d'heure plus tard, leurs mères vinrent les appeler en brandissant leurs serviettes.

— Vous allez attraper froid, ça suffit maintenant ! cria Golda.

Lorsque Esther s'enveloppa dans le drap de bain, ses cheveux dénoués et gorgés d'eau ruisselaient dans son dos et sur sa poitrine, sa peau était piquetée de chair de poule. Elle se tourna vers Marius, qui l'observait en se frictionnant la tête.

Après le déjeuner, Esther, Daniel et Marius partirent marcher à l'ombre des grands arbres qui s'étiraient le long de la rive. Esther accepta la main que Marius glissa dans la sienne, une main ferme et rassurante.

Au milieu des vacances, Leah demanda à Marius, qui était un crack en mathématiques, s'il pouvait donner des leçons à sa fille, car elle rencontrait de sérieuses difficultés dans cette matière. Esther eut du mal à cacher sa joie. Sa mère, sans le savoir, lui offrait un cadeau splendide : passer un moment seule avec Marius. Jamais cours de maths ne lui parut plus doux et passionnant. Marius prit cependant son rôle de professeur très à cœur. À la fin de la première séance, il expliqua avec sérieux :

— Esther a besoin qu'on la remette en selle pour reprendre confiance en elle. Je peux continuer à lui donner des cours, si vous voulez.

Leah demanda alors aux Katskoff s'ils accepteraient de laisser leur fils prendre le train une à deux fois par mois pour poursuivre les leçons, moyennant rétribution. L'affaire fut conclue, Esther ne croyait pas à sa chance. En voyant le visage réjoui de Marius, elle sut à quel point il partageait son sentiment.

La veille du départ, elle eut l'impression de ne pas fermer l'œil de la nuit. Au matin, il fallut préparer les valises pour retourner à Saint-Lizier. Mais elle savait désormais qu'elle reverrait Marius très vite.

Le jour de la rentrée, Esther attendit la récréation pour rejoindre Clara et lui raconter ses vacances. Elle était en train de lui expliquer que Marius allait venir lui donner un cours de mathématiques lorsqu'elle distingua, dans un coin de la cour, deux silhouettes penchées l'une vers l'autre dans une attitude dissimulatrice, deux silhouettes bien trop familières : celles de Daniel et Fernand. Elle s'interrompit pour mieux les observer. Leurs fronts se touchant presque, ils échangeaient un petit paquet. Plus précisément, Daniel faisait passer quelque chose dans la main de Fernand, qui s'empressa de le glisser dans sa poche. Du chocolat ! Esther en était sûre. Cette confiserie rationnée, délivrée au compte-gouttes au moyen de cartes d'alimentation, venait d'être offerte par Daniel à Fernand. Esther, stupéfaite, s'interrompit en plein récit.

— Quoi ? interrogea Clara. Qu'est-ce qu'il se passe ? Qu'est-ce qu'ils ont fait ?

— Rien, rien. Je ne sais pas. Je verrai ça plus tard avec Daniel.

Le soir venu, Esther entra dans la chambre de son frère. Ce dernier, assis à sa table, écrivait dans un cahier qu'il s'empressa de fermer lorsque sa sœur approcha.

— Pourquoi tu as donné ton chocolat à Fernand ? demanda-t-elle.

Daniel se leva brusquement.

— Je n'ai rien donné du tout, qu'est-ce que tu racontes ?

— Arrête de mentir, je t'ai vu.

— Et alors ? J'ai pas le droit ?

— Est-ce qu'il t'a obligé ? Daniel, est-ce qu'il t'a menacé ?

— N'importe quoi ! Je n'aime pas le chocolat, je peux bien le lui offrir.

— À ce sale type ? Du chocolat qu'on a tellement de mal à se procurer ? Pourquoi tu ne le donnes pas à ton petit frère, si tu n'aimes pas ça ? Et puis c'est nouveau, d'ailleurs. Depuis quand tu n'aimes plus le chocolat ?

— Je fais ce que je veux. Je donne à qui je veux ce qui m'appartient.

— Non, ce n'est pas à toi, c'est à la famille. Comment tu peux faire des cadeaux à cette ordure ?

— Arrête, Esther, il ne t'a rien fait, et c'est mon ami.

— Lui, non, mais son frère… Son frère est dangereux, il menace Clara. Et moi, il m'a…

Esther fut incapable de continuer, mais Daniel ne remarqua pas son trouble.

— Fernand aussi a peur de son frère, dit-il. Il est différent. Et laisse-moi tranquille, Esther ! Toi, la fille parfaite. Tu veux que je dise à maman pourquoi tu es si contente de prendre des cours particuliers en maths ? Je ne suis pas sûr qu'elle laisserait Marius venir chez nous.

Esther et Daniel, aussi furieux l'un que l'autre, se fusillèrent du regard. Puis Esther tourna les talons et partit en claquant la porte.

Par un jeudi matin du début du mois de mai, Marius vint donner sa première leçon. Esther aurait souhaité l'emmener dans la bibliothèque où on les aurait laissés tranquilles, mais sa mère leur suggéra de s'installer à la table de la salle à manger. Du salon attenant où elle cousait, Leah surveillait le professeur et son élève. Après le déjeuner, les deux adolescents purent enfin se retrouver. Lorsque Marius annonça qu'il rentrait chez lui, Esther proposa de l'accompagner à la gare.

Sur le chemin, Marius la prit par la taille.

— Qu'est-ce que tu rêves de faire, quand la guerre sera finie ? lui demanda-t-il.

Esther réfléchit un instant.

— Je voudrais voyager dans le monde entier. Piloter des avions… Je voudrais être peintre, aussi. Et toi ?

— Moi ? Voyager avec toi, dit-il en lui souriant.

Puis il s'arrêta et, sur le bord de la route déserte, passa la main derrière sa nuque délicate, l'attira à lui et l'embrassa doucement.

Le bruit d'un moteur les arracha l'un à l'autre et ils poursuivirent leur marche en silence. Ce fut Marius qui parla le premier.

— Plus tard, quand la paix sera revenue, je veux aller à l'université, je veux être médecin. Et dès que j'aurai mon diplôme, on partira où tu voudras. J'irai soigner les enfants là où ils souffrent. Ça te dit ?

En guise de réponse, Esther se blottit dans ses bras. C'est le plus beau jour de ma vie, songea-t-elle, et cette année 1942 sera la plus belle, celle dont je me souviendrai toujours.

— Cet été, au mois d'août, nous passerons chaque jour ensemble, murmura-t-elle. Comme j'attends ce moment.

Marius faillit rater le train. Il dut sauter sur la plateforme alors que les wagons s'ébranlaient. Esther resta sur le quai à le regarder s'éloigner. Son cœur, serré d'émotion, lui faisait presque mal. Elle rentra chez elle en courant. Dans quelques mois, elle aurait quinze ans, un âge plein de promesses. L'été qui s'annonçait serait splendide.

9

Les grandes vacances débutèrent avec la fête du 14 Juillet. Esther devait encore attendre deux semaines avant de partir pour Salies. Perdue dans ses pensées, ses livres et ses dessins, elle ne remarqua pas l'agitation qui régnait au sein de sa famille. Lors du déjeuner que ses parents organisèrent avec les Weiss, Guittla et Yankel, le dimanche 26 juillet, elle crut pourtant comprendre que quelque chose de grave s'était produit.

À la fin du repas, les parents demandèrent aux enfants de quitter la table. Esther et Clara allèrent s'installer sur une couverture étalée sous les grands arbres du parc. De là, elles observèrent les adultes.

— Tu ne trouves pas qu'ils sont bizarres, les parents, en ce moment ? demanda Esther.

— Il y a de quoi.

— Comment ça ?

— Il paraît qu'à Paris, ils ont arrêté plein de Juifs. Il y avait des femmes et des enfants.

— Mais pourquoi ?

— Parce qu'ils sont juifs ! s'écria Clara, furieuse. Ce que tu peux être bête, des fois, Esther.

— Ils les ont mis en prison ?

— Il paraît qu'on les a emmenés dans des camps, en France. Je ne sais pas pourquoi. Bon sang, tes parents ne te disent jamais rien ? Tu ne leur poses aucune question ?

— Mais si, et on écoute Radio Londres, répondit Esther, qui se sentit honteuse.

De l'autre côté de la pelouse, les adultes prenaient le café en parlant à voix basse, comme s'ils avaient peur d'être entendus.

— Des milliers, je vous dis, expliquait Jacques. Ce qui est incompréhensible, c'est que ce sont les policiers français qui ont fait ça. Il n'y avait pas un soldat allemand.

— Ce sont des Juifs étrangers, je crois. Ceux qui sont arrivés en France récemment. Les Français se plaignent qu'à cause de la guerre il y a déjà trop de restrictions, et que l'afflux de réfugiés aggrave les pénuries. Je crois qu'ils veulent tous les renvoyer chez eux, intervint Mihaïl.

— Chez eux ? Au milieu des pogroms et des nazis ? Mais c'est horrible ! Autant les tuer tout de suite, gémit Leah. Qu'est-ce qu'ils vont devenir ?

— Et nous, donc ? questionna Louba. Si c'est le gouvernement français qui est derrière tout ça, qui nous dit que ça ne va pas se passer ici ?

— Vous êtes français, non ? suggéra Yankel.

— Nos enfants le sont, répondit Jacques, nous, on est naturalisés.

— N'exagère pas, c'est la même chose, rétorqua Louba.

— Mais moi, je suis apatride, ajouta Mihaïl sombrement.

— On ne doit pas céder à la panique, dit Yankel. Pour le moment, on est à l'abri, ici.

— À l'abri ? Dans cette petite ville ? Avec nos noms et toute notre vie inscrite dans les dossiers de la sous-préfecture ? Te voilà bien optimiste, rétorqua Guittla. Si la police française décide de rafler des Juifs, par ici, c'est certain, elle saura comment nous trouver.

— Mais on peut compter sur Louis, maman, déclara Leah. Il nous aidera, il l'a promis.

Malgré l'inquiétude des adultes, la famille Brodsky, Guittla et Yankel partirent le 2 août pour Salies. Mihaïl, par l'intermédiaire de Mendel, avait trouvé à louer une petite maison près des Katzkoff. Lui-même resterait une semaine avant de retourner travailler. Durant ces belles journées d'été, les parents firent de gros efforts pour paraître détendus aux yeux des enfants. Et, malgré les circonstances, Mendel et Golda étaient heureux : Dora allait se marier à un jeune homme de la communauté juive de Salies. En dépit de la peur, la vie continuait. Leah emmenait souvent Simon chez Riva pour qu'il s'amuse avec ses deux garçons tandis que Marius et Esther s'efforçaient de voler des moments d'intimité.

Certains après-midi, Robert et ses amis laissaient Daniel et les « petits amoureux », comme il les surnommait désormais, les accompagner pour de longues baignades. Les jeunes gens avaient découvert une cascade en pleine nature qui s'échappait d'entre les rochers pour tomber en bouillonnant dans le Salat. Les plus téméraires grimpaient tout en haut des pierres pour plonger dans la rivière pendant que d'autres préféraient prendre le soleil sur des roches plates. Robert s'amusait à faire des sauts périlleux sous les cris d'encouragement des autres et Daniel, dans son sillage, s'élançait à son tour, tentant de rivaliser avec lui.

— C'est Daniel qui aurait dû être le frère de Robert, dit Marius à Esther, alors qu'ils étaient allongés côte à côte sur une pierre. Regarde, il le vénère ! Il le suit partout et l'imite en tout, tu n'as pas remarqué ?

— C'est le grand frère qu'il n'a jamais eu, répondit Esther.

— Tu es jalouse ? demanda Marius, glissant une mèche des cheveux dorés d'Esther derrière ses oreilles.

— C'est plutôt toi !

Marius, prenant un air offensé, se redressa sur un coude.

— Pas du tout ! Moi je n'ai jamais essayé d'imiter Robert, il est trop parfait. Artiste, intellectuel, beau, sportif…

— Mais tu es très beau, toi ! répliqua Esther en lui caressant la joue.

Le soir, les trois adolescents suppliaient les plus grands pour qu'ils les laissent les rejoindre dans leur salon. La musique y battait son plein, Dora dansait avec son fiancé, Robert ne quittait plus une jeune fille nommée Rachel, laissant Daniel s'occuper seul du phonographe. Esther, qui n'avait jamais su danser, progressa en swing dans les bras de Marius. Jamais, ces soirs-là, elle ne s'était sentie si heureuse de vivre. Tout était oublié : sa dernière conversation avec Clara et les messes basses des parents à la fin de juillet.

Pourtant, alors qu'il ne devait venir les chercher que le 1er septembre, Mihaïl débarqua à Salies le 27 août, blême et bouleversé. Sans rien expliquer aux enfants, il leur demanda de faire leurs valises. Il fallait rentrer.

Simon se mit à pleurer, et Esther ne put s'empêcher de demander :

— Papa, est-ce qu'on va quitter Saint-Girons ?

— Non, Fegele, on doit juste rentrer chez nous un peu plus tôt.

Esther n'osa pas lui poser plus de questions. Elle qui avait rêvé de fêter son anniversaire avec Marius le quittait quelques jours avant, la mort dans l'âme. Celui-ci lui promit de venir à Saint-Lizier pour lui faire réviser ses mathématiques.

— On va se voir très vite, je te le promets, lui dit-il.

L'atmosphère fut étrange au château Saint-Jacques. Il y régnait un silence pesant et inquiétant. Comme d'habitude, les adultes évitaient de parler devant les enfants et s'efforçaient de garder une attitude posée. Le lendemain de leur retour, Esther suivit Maria dans la cuisine.

— Maria, qu'est-ce qu'il se passe ici ? Pourquoi tout le monde est bizarre ?

— Il y a une famille juive qui a été arrêtée, rue Saint-Valier.

— Clara ! Non ! cria Esther.

Soudain livide, elle attrapa Maria par le bras et, sans s'en rendre compte, la secoua.

— Quelle famille ?

— Je n'en suis pas sûre. Demande à tes parents. Doucement, tu me fais mal.

— Clara habite dans cette rue !

Esther lâcha brusquement Maria et sortit de la pièce en courant.

— Esther ! *¿A dónde vas?*

Mais celle-ci s'était précipitée dehors. Elle courut jusqu'à la remise, enfourcha son vélo et pédala à toute force jusqu'à Saint-Girons. Après s'être faufilée aussi vite que possible dans les petites rues de la ville, elle déboucha enfin dans celle de son amie. La voie semblait aussi sombre et morne qu'à l'accoutumée. La famille Weiss avait prévu de rentrer le 20 août d'un court séjour chez des cousins, se souvenait Esther. Essoufflée, le cœur cognant dans sa poitrine, elle laissa sa bicyclette devant l'immeuble et grimpa les marches jusqu'au troisième étage avant de sonner avec insistance, la gorge serrée. Alors que les secondes silencieuses s'égrenaient, Esther, qui ne parvenait pas à reprendre sa respiration, crut s'étouffer.

Enfin, la porte s'ouvrit et Louba apparut. Esther se retint de se jeter dans ses bras. La mère de Clara avait retrouvé son regard anxieux mais tenta de sourire, puis appela sa fille. Celle-ci sauta au cou d'Esther avant de l'entraîner dans sa chambre et de refermer la porte derrière elles.

— Ils ont arrêté des enfants, ici, à Saint-Girons ! s'écria-t-elle, les yeux soudain emplis de larmes.

— Mais qui ? Pour les emmener où ?

— Je ne sais pas ! Ça s'est passé il y a deux jours, en face de chez nous !

Clara arpentait la pièce en se tordant les mains. Son visage défait effraya Esther, qui se mit à trembler.

— Ce sont les Reich, la famille polonaise qui vivait en face de chez nous, au numéro 48. Tu sais, le garçon et sa petite sœur, elle a deux ans et lui dix, je crois. Ils venaient de s'installer à Saint-Girons. Quand je me suis réveillée mercredi matin, je suis descendue à la boulangerie. Les gens ne parlaient que de ça. La police est venue les chercher très tôt, il n'y avait encore que le boulanger qui était réveillé. Et ils ont emmené toute la famille, comme si les Reich étaient des criminels. Il paraît que la petite pleurait dans les bras de sa mère, on ne pouvait pas la calmer. Et le petit garçon… Je le vois encore, ce gamin tout maigre, avec ses yeux qui lui dévorent le visage. Il me faisait pitié.

— Ils sont où, maintenant ?

— J'en sais rien ! On ne dit pas où on emmène tous ces gens ni pourquoi.

— Pourquoi tu dis « tous ces gens » ?

— Tu crois qu'il n'y a que les Reich qui ont été arrêtés ? Il y a plein de familles juives qui l'ont été, dans la région.

— Mais quand ?

— Le même jour qu'eux, pour la plupart. C'était le 26.

— Et… pourquoi eux et pas nous ?

— Ce sont des étrangers, voilà la différence. Mais nous, qu'est-ce que l'avenir nous réserve, hein ?

Esther songea à son été passé avec Marius, à son bonheur, à son insouciance. Clara avait raison, elle n'était qu'une rêveuse égoïste, une petite fille immature.

— Oh, Clara, qu'est-ce qu'on va devenir ?

— J'ai peur, Esther.

Celle-ci frissonna. Clara n'avait jamais peur, elle ne craignait rien ni personne. Mais aujourd'hui, elle semblait terrorisée. Esther sentit une vague d'angoisse déferler en elle. Elle s'approcha de son amie et la prit dans ses bras. Leurs deux cœurs tambourinaient dans leurs poitrines affolées.

— Quoi qu'il arrive, cette fichue guerre ne sous séparera pas, murmura Esther, jamais. Promets-le-moi, Clara, s'il te plaît, supplia-t-elle.

— Je te le promets.

*

Il est 3 heures du matin. Un bruit de voix me tire du sommeil. Il y a un rai de lumière sous la porte de ma chambre. Esther aurait-elle un problème ? Je me lève d'un bond et m'avance sur le palier. Le plafonnier de la salle de bains est allumé. Je m'approche. La voix se fait plus nette. Ma grand-mère s'adresse à quelqu'un. Ses mots s'égrènent sans pause, telle une mélopée, son ton est plaintif, chargé de tristesse. Je m'avance doucement dans l'embrasure. Esther, vêtue de sa chemise de nuit blanche, les cheveux noués en une longue natte dans le dos, s'adresse à son reflet dans le miroir. Ses yeux sont vides, elle ressemble à un fantôme. Tétanisée, je l'écoute. Peu à peu, je comprends que ce n'est pas elle qu'elle voit dans son reflet, ce n'est pas à elle qu'elle parle…

— Que vous est-il arrivé ? demande-t-elle à son interlocuteur. On vous a cherchés, on vous a attendus. On est allés tous les jours au Lutetia, mais personne n'est revenu. Les étrangers d'abord, nous après.

On aurait dû… On aurait dû… Tu as raison, il est déjà trop tard. On est déjà morts.

Esther enserre le lavabo de ses mains. Elle colle son visage contre son reflet puis se met à se frapper lentement le front contre la glace.

— Grand-mère ! dis-je, effrayée, en la tirant par les poignets pour l'éloigner du miroir. Viens, viens, je t'en prie !

Le regard d'Esther me traverse, comme si je n'étais pas là et qu'elle s'adressait toujours à l'inconnu. Elle résiste, ses mains agrippent la faïence blanche.

— J'ai peur ! À l'aide !

— Grand-mère !

Je parviens à lui faire lâcher prise puis la mène doucement hors de la salle de bains, mais son regard demeure d'une fixité effrayante.

— Je te raccompagne dans ta chambre, tu vas te reposer.

— Et toi, tu as eu peur ? Réponds-moi ! s'écrie-t-elle en se débattant.

Des pas rapides résonnent au second étage, puis dans l'escalier. Jeanne aussi s'est réveillée.

— Maman ! Qu'est-ce que tu as ? demande-t-elle, paniquée.

— Elle n'est pas avec nous, elle parle à quelqu'un dans son esprit, elle ne nous entend pas. J'essaie de la recoucher.

Jeanne saisit l'autre main de sa mère et, à nous deux, nous la guidons jusqu'à son lit.

— Dors, maintenant, il est tard, lui dit-elle en la bordant.

— Maman ? appelle ma grand-mère en se tournant vers elle.

— Esther, c'est moi, Jeanne, ta fille.

— Bonne nuit, maman.

Nous nous regardons, choquées. Nous demeurons quelques minutes au chevet d'Esther dont les paupières se sont closes, puis, lorsque son souffle reprend un rythme régulier, nous quittons sa chambre sans bruit. Une fois la porte refermée, Jeanne me regarde, et ses yeux écarquillés sont humides.

— Je crois que je ne pourrai pas me rendormir. Tu ne veux pas m'accompagner dans la cuisine ? On pourrait se faire du thé, demande-t-elle en essuyant discrètement ses larmes.

Nous le préparons avec des gestes d'automates.

— Ma mère m'a prise pour sa propre mère, tu te rends compte ?

— Tu lui ressembles, à ta grand-mère.

Jeanne sursaute et, à ma grande stupéfaction, éclate de rire.

— Deborah, tu es incroyable ! Esther est tellement gaga qu'elle me prend moi, sa fille, pour sa propre mère, et toi tu expliques ça par ma ressemblance avec Leah !

Un rire nerveux me saisit. Je me demande s'il ne va pas se transformer en crise de larmes, qui déjà me piquent les yeux.

— Je suis désolée, dis-je quand j'ai enfin retrouvé mon calme. C'est idiot. Mais avant que tu arrives, elle a parlé du Lutetia, de personnes qu'elle serait allée chercher là-bas. Qui a été déporté, autour d'elle, pendant la guerre ?

— Des cousins, je crois.

— Elle était proche d'eux ?

— Je pense… Je ne sais pas. Je ne sais plus quoi penser, Deborah. Tu te rends compte, ma mère était une adolescente juive, en France, pendant la guerre ! Je n'ai rien compris.

— Arrête de t'en vouloir, tu sais bien qu'elle a toujours refusé d'en parler. Tu as respecté sa volonté.

— Elle m'a bien eue, oui ! Elle évoquait cette époque, parfois, mais seulement pour raconter des histoires qui la faisaient rire, comme si elle avait vécu une grande aventure. Elle disait que pour elle, la guerre, c'était comme de jouer aux gendarmes et aux voleurs, ou aux cow-boys et aux Indiens. Et dire que je la croyais. C'est inimaginable, en fait. Elle devait être terrorisée.

— Elle m'a dit qu'elle était retournée là-bas, après… Tu t'en souviens ?

— Non, absolument pas.

— Tu n'as pas envie d'y aller, toi, pour voir à quoi ça ressemble ?

— Je n'y ai jamais pensé. Mais non, ça ne me dit rien. C'est tellement vieux tout ça, maintenant. Et je ne connais personne là-bas. Personne pour me parler de ma famille, d'Esther. Et ma mère me crée déjà assez de souci dans le présent, dit-elle en souriant faiblement. Mais toi qui tiens tellement à connaître ton histoire familiale, pourquoi tu n'irais pas à Saint-Girons ? Surtout en ce moment, ça pourrait te faire du bien, et puis tu as du temps. Vas-y, fais des recherches. C'est ton métier, après tout, c'est ce que tu aimes faire, non ? Par contre, si tu fais ce voyage, ne dis rien à Esther, j'ai peur de sa réaction.

Ce soir-là, dans mon lit, je ne trouve pas le sommeil. Jeanne a raison, j'ai envie d'aller à Saint-Girons, envie de trouver des réponses, pour moi, pour comprendre d'où je viens et, peut-être, pour avancer. Je veux y aller pour ma mère, même si elle ne veut rien savoir, parce que je suis certaine que pour elle aussi cette démarche sera salutaire.

Et surtout, je souhaite faire ce voyage pour Esther, je veux découvrir pourquoi son passé la hante tant. Peut-être retrouverai-je des gens qui sauront apaiser les derniers moments de sa vie ? Pourquoi pas la mystérieuse Clara ? Car j'en suis sûre, elle existe bel et bien. Mon projet se dessine : je vais remonter sa trace et enquêter sur la mort de Daniel.

Pourtant, j'ai peur de ce que je vais découvrir. Peur de ce qu'Esther a peut-être fait et dissimulé en elle durant toute son existence.

III

Déchirures

1

En ce mois glacial de novembre 1942, les enfants Brodsky rentraient de l'école à vélo, Simon toujours installé sur le porte-bagages de sa sœur. Soudain, un bruit sourd. Un martèlement qui s'amplifiait, comme une vague roulant vers eux. Un chant retentissait aussi, effrayant, qui leur noua le ventre. Daniel, en tête, s'arrêta brusquement.

— Qu'est-ce que c'est ?

Il surprit l'expression de sa sœur, ses yeux écarquillés fixant un point derrière lui. Daniel fit volte-face.

Au loin, sur la route, cette route qu'ils empruntaient tous les jours, une masse humaine avançait en cadence. Pareille à un essaim menaçant, elle se dirigeait vers eux. Simon, les bras agrippés à la taille de sa sœur, passa la tête pour regarder à son tour.

— C'est des soldats ? Fegele, c'est les gentils ou les méchants ?

— Dans le fossé, tout de suite ! lança-t-elle.

Un cri étouffé monta de la gorge de Daniel, qui se précipita dans la pente herbeuse avec son vélo. Esther fit descendre Simon, attrapa sa petite main devenue moite et l'entraîna aux côtés de son frère.

— Ne bougez pas d'ici, ordonna-t-elle.

Lorsqu'elle remonta sur la route, les jambes flageolantes, elle eut peur de s'effondrer sur le sol. Mais les soldats approchaient. « Bouge, Esther, vite ! » s'intima-t-elle. Elle empoigna son vélo, le poussa dans le bas-côté avant de se jeter entre ses frères. Les trois enfants s'allongèrent sur le sol humide. Malgré le froid, une sueur glacée couvrait leurs corps.

— Chut, Simon, tais-toi, murmura Esther en passant un bras protecteur autour de ses épaules.

— Mais qu'est-ce qui se passe, Fegele ? demanda-t-il faiblement.

— Les Allemands, ils sont arrivés, annonça Daniel d'un ton angoissé.

Les premiers rangs de soldats, escortés par des motos, parvinrent à leur niveau. Le grondement des moteurs et les chants militaires envahissaient l'espace tout entier. Les vibrations des pas, des véhicules et des voix puissantes pénétraient leurs corps et leurs esprits. Daniel plaqua les mains contre ses oreilles et serra ses paupières de toutes ses forces. Mais ce cauchemar était bien réel. Et sa vie, désormais, ne serait plus jamais la même.

— On va devoir déménager ? chuchota Simon.

Personne ne lui répondit.

Les soldats défilèrent longtemps devant eux. Ils avaient l'air si fiers avec leur dos bien raide, leur uniforme vert-de-gris et leurs grandes bottes noires qui frappaient le bitume. Combien étaient-ils ? Un nombre infini…

Longtemps après que les derniers hommes se furent éloignés, les enfants restèrent dans le fossé sans oser bouger. Puis Esther se redressa, Simon, toujours accroché à sa taille, avec elle. Daniel aurait voulu se fondre dans la terre et ne plus la quitter, mais en voyant son frère et sa sœur grimper sur le talus pour regagner la route, il se leva précipitamment.

Ils remontèrent en selle et pédalèrent à toute vitesse pour rentrer chez eux. Abandonnant leurs vélos devant la maison, ils coururent jusqu'à la cuisine, où ils retrouvèrent Leah et Maria. Mihaïl, lui, était absent depuis plusieurs jours. Simon se jeta dans les jupes de sa mère tandis qu'Esther et Daniel criaient en même temps.

Ni Leah ni Maria ne semblèrent surprises par la nouvelle. Elles savaient déjà. Maria saisit délicatement Simon des bras de sa mère, l'emmena se laver les mains puis l'installa devant la table du goûter en lui murmurant des paroles réconfortantes. Simon, qui était le seul de la famille à comprendre clairement son langage ponctué de mots d'espagnol, parut s'apaiser. Pendant ce temps, Leah s'efforçait de tranquilliser ses aînés de son mieux.

— Calmez-vous, s'il vous plaît. Votre père et moi n'avons aucune intention de nous en aller. Les Allemands ne resteront pas, je vous le promets. En attendant, nous continuerons à vivre normalement. Vous avez bien compris ?

— Oui, maman, répondit Esther.

Tous ces mensonges, se disait Leah. Dire que ses deux aînés étaient assez naïfs pour la croire… Ne remarquaient-ils donc pas ses mains qui tremblaient, ses traits tirés ? Ne voyaient-ils pas qu'elle avait du mal à respirer tant elle était effrayée ? Leah éprouvait une peur atroce, peur a posteriori pour ce que ses petits auraient pu subir sur cette route, peur de ce qui, dorénavant, les attendait. Et hors de question de leur avouer qu'il était impossible de partir : toutes les frontières se fermaient, les pays neutres, comme l'Espagne et la Suisse, refoulaient les réfugiés, les États-Unis ne délivraient plus de visas d'entrée. Et pour mettre un terme à tout espoir, le gouvernement de Vichy venait d'annoncer qu'il n'autorisait plus les Juifs à quitter le territoire. Ne restait que l'émigration clandestine, avec le risque – si on ne mourait pas en chemin – de se faire arrêter puis renvoyer en France. Les Brodsky allaient devoir rester à Saint-Girons et attendre, en espérant que les forces alliées sortent victorieuses de cette guerre interminable.

Quelques jours plus tard, alors que Mihaïl n'était toujours pas rentré, une voiture noire pénétra dans le parc de la maison. Cinq hommes en descendirent, cinq militaires nazis. Leah et les enfants étaient au salon.

— Restez là, leur intima Leah, surtout ne vous montrez pas.

Elle descendit les marches du perron et vint à la rencontre des intrus d'une démarche qu'elle voulait pleine d'assurance. Lorsqu'elle arriva à la hauteur d'un officier bardé de médailles qui la détaillait d'un regard froid, Leah vibrait d'une énergie, d'une témérité mêlée de vulnérabilité.

Il s'adressa à elle dans un excellent français, mais une pointe d'accent teintait son discours de notes brusques et autoritaires. Leah devait jouer son va-tout, protéger ses enfants.

— Madame, nous venons réquisitionner votre maison. Vous devez faire vos bagages immédiatement.

— C'est impossible, monsieur, nous sommes ici sur ordre du gouvernement français. Nous sommes assignés à résidence. Nous n'avons pas le droit de quitter cet endroit.

— Ah, mais c'est moi qui vous l'ordonne, madame, répliqua le militaire.

— Désolée d'insister, monsieur, mais il nous est interdit de nous en aller, nous sommes en résidence forcée et…

— Ça suffit. Nous prenons cette maison.

Leah refusa de céder. Elle et sa famille ne pouvaient pas se retrouver à la rue. Et que deviendrait Maria ?

— Je dois vous prévenir, monsieur, il n'y a ni chauffage ni eau potable.

— Vraiment ?

— Absolument. Venez voir par vous-même. Nous n'avons qu'une cheminée dans le salon pour nous chauffer et le seul point d'eau, non potable, se situe au sous-sol. Pour pouvoir boire, il faut aller remplir des bombonnes à Saint-Girons. Imaginez un peu, si vous comptez venir nombreux. Et j'oubliais : nous sommes infestés de rats.

L'officier, contrarié, se tourna vers ses camarades et leur parla en allemand. Ils discutèrent un moment puis l'homme se tourna vers Leah.

— Ce logement est indigne de l'armée du Reich. Madame, lança-t-il d'un ton dégoûté en entrechoquant ses talons avant de remonter en voiture.

Les autres nazis l'imitèrent et le chauffeur démarra.

Leah, le cœur cognant dans la poitrine, surveilla le véhicule jusqu'à ce qu'il disparaisse dans l'allée du parc. Elle patienta plusieurs minutes, le temps de retrouver son calme. Dans son dos, elle sentait les yeux brûlants de ses enfants qui l'observaient.

— Tout va bien, ils ne reviendront pas, dit-elle en les rejoignant.

— Qu'est-ce qu'ils voulaient ? demanda Daniel.

— Ils cherchent à se loger, mais notre maison ne leur convient pas, elle manque de confort. Allez, venez, on va faire du feu, leur dit-elle en feignant l'entrain.

Une semaine passa, angoissante et lugubre. Leah n'avait qu'une hâte : que Mihaïl rentre au plus vite. Puis un matin, avant le lever du soleil, alors qu'ils étaient réunis à la table du petit déjeuner, un bruit de moteur les fit sursauter.

— C'est papa ! cria Simon en se précipitant dehors.

Enfin ! songea Leah.

Mihaïl rapportait une grosse cargaison de peaux et de fourrures que Daniel et Esther transportèrent dans une pièce du rez-de-chaussée. Il revenait aussi avec un roquefort entier et un grand sac de farine. Il paraissait épuisé. Loin des oreilles des enfants, il raconta à Leah la peur qu'il avait éprouvée en circulant sur les routes au milieu des chars et des colonnes allemands.

— Les gendarmes, j'arrivais encore à m'en débrouiller, mais avec ces soldats, je ne sais pas, Leah… Ça va devenir de plus en plus dangereux.

— Eh bien, moi j'ai réussi à leur parler et à me faire entendre.

Leah lui raconta sa mésaventure mais, au lieu d'en éprouver du soulagement, Mihaïl sentit son angoisse croître d'un cran supplémentaire. Il n'aurait jamais imaginé que Leah, sa jolie épouse délicate, pût se montrer si forte et intrépide. Pour autant, la laisser seule dans cette grande maison avec la responsabilité de leurs trois enfants, à la merci des Allemands, le terrorisait. Mais s'il restait, ils mourraient tous de faim. Le danger, de toute façon, était partout.

Le lendemain, les parents de Leah ainsi que les Deumier vinrent déjeuner et partager le butin rapporté par Mihaïl. Louis arriva avec de mauvaises nouvelles.

— Les Allemands comptent imposer aux Juifs de la zone sud les mêmes règles qu'au nord, annonça-t-il avant le déjeuner. Les cartes d'identité et les cartes d'alimentation doivent être marquées d'un tampon avec le mot « Juif ». Vous devrez passer à la préfecture. Je suis désolé.

— À Saint-Girons, ça ne changera rien, tout le monde nous connaît. Mais se déplacer va devenir dangereux, nota Yankel. Toi, Mihaïl, tu vas être obligé de prendre de plus en plus de risques.

— Écoutez, j'ai une solution à vous proposer, dit Louis.

— Allons déjeuner, nous en parlerons plus tard, intervint Leah en apercevant les enfants rentrant du parc pour les rejoindre.

À la fin du repas, les petits disparurent dans la soupente. Guittla apporta l'ersatz de café, puis Louis leur fit part de son projet.

— Je vous l'ai dit depuis longtemps, j'ai des contacts. Nous sommes nombreux à refuser les lois du gouvernement et à vouloir nous battre contre l'occupant. Je suis en lien avec des réseaux de résistance et des maquis.

— Ce sont eux qui viennent de faire sauter le bureau de placement du STO de la ville ? demanda Mihaïl.

— Moins vous en savez, mieux ça vaut. Bon, voilà ce que je voulais vous dire : nous pouvons vous procurer de faux papiers. Et je pense que vous en aurez besoin. Vous, Mihaïl, pour pouvoir continuer à travailler. Le permis de circuler risque d'être insuffisant en cas de contrôle des soldats allemands. Mais je crois qu'il en faudrait pour chacun de vous. Pour vous déplacer en toutes circonstances. Si nécessaire.

Louis n'explicita pas ses propos. Tout le monde comprit. Un jour, proche ou lointain, ils devraient peut-être fuir. À ce moment-là, une carte d'identité avec le tampon « Juif » barrant le document pourrait entraîner leur arrestation.

— Yankel et moi, nous n'en voulons pas, déclara Guittla.

— Pourquoi, maman ? Tu te rends bien compte que maintenant nous sommes tous en danger ?

— Nous n'avons pas l'intention de bouger d'ici. Pour le moment, les Juifs français ne risquent rien et…

— C'est faux ! l'interrompit Mihaïl. Certains ont été emprisonnés. Aujourd'hui, personne ne sait ce qu'ils sont devenus.

— Guittla a raison, renchérit Yankel. Ce ne sont pas deux vieillards comme nous, oubliés dans un village au pied des montagnes, qu'on va venir chercher. Non, Mihaïl, nous ne changerons pas d'avis.

— Si nous partons, Georges ne nous retrouvera jamais. Nous resterons ici, avec nos papiers, et nous l'attendrons jusqu'à sa libération.

Comme à l'accoutumée, personne n'osa contredire Guittla.

— Louis, pourrais-je aussi en parler à nos amis Weiss ? demanda Leah. Ils en auront besoin, eux aussi.

— Bien sûr. Je suis en train de contacter plusieurs familles avec qui je suis en lien à Pamiers. Tous ceux qui en voudront en auront.

Avec la même obstination que Guittla, Louba déclina l'offre de Louis. Lorsque Leah vint lui rendre visite pour lui en parler, la mère de Clara répondit avec fierté :

— Nous sommes français, Leah. Je comprends que tu te fasses du souci pour ton mari, mais nous, on n'a rien à craindre.

— Pour le moment, Louba. Les Allemands sont là, maintenant, et eux, ils s'en fichent que l'on soit français ou étranger. Tu sais bien de quelle manière ils ont traité leurs Juifs. Et tu as entendu comme moi les rumeurs sur les Juifs français qui ont été arrêtés en zone nord.

— Notre gouvernement veille sur nous, ne t'inquiète pas.

— Je n'en suis plus si sûre. Mais je respecte ta décision. Si tu changes d'avis, préviens-moi.

— Merci de t'inquiéter pour nous, Leah.

— C'est normal, on doit tous se serrer les coudes. Salue Jacques pour moi.

Leah descendit l'escalier, songeuse. Louba avait-elle raison d'être si confiante ? Mihaïl et elle étaient-ils trop craintifs ? Depuis l'arrivée des Allemands à

Saint-Girons, elle avait de plus en plus de mal à se contrôler. Elle qui jusqu'à présent parvenait encore à faire front devant son entourage sentait l'angoisse la ronger chaque jour davantage.

Plongée dans ses réflexions, elle sursauta lorsque, parvenue sur le palier du deuxième étage, elle entendit la porte de droite s'ouvrir, puis un éclat de voix et des rires. Un homme sortait de l'appartement de la famille Petit en se coiffant d'un béret. Leah aperçut une épaule nue et un pied chaussé d'une mule dépasser de l'embrasure. La tête de Mme Petit apparut. Blonde, cheveux emmêlés, bouche fardée, sourire éclatant. Elle se rencogna contre le mur en apercevant Leah, avant de claquer la porte.

Quelques jours plus tard, Leah se rendit à la mairie et demanda à voir M. Landron.

— Leah ! Quelle heureuse surprise ! l'accueillit-il. Alors, à quand notre prochain salon littéraire ? Les soirées sont bien monotones par ici, et vous avez réussi à mettre un peu d'animation.

— Pour le moment, c'est assez compliqué. Circuler en train devient risqué et nos amis de Salies osent moins se déplacer.

— En effet, tous ces sabotages sont intolérables.

— Mais vous, où vous cachiez-vous ? On ne vous voit plus chez Peyrat, ces temps-ci.

— J'ai beaucoup à faire depuis l'arrivée des Allemands. Et je vous avouerais que Gabriel est de moins en moins fréquentable.

— Les Allemands le sont davantage, vous voulez dire ?

— Leah ! Baissez d'un ton, je vous en prie ! répondit Paul en fermant la porte. Vous êtes folle de parler de cette façon !

— Pourquoi ? Je ne fais que poser une question. Alors, vous aussi, vous êtes sous leurs ordres, à présent ?

— En effet, nous sommes en lien direct avec les autorités allemandes.

— Mais je croyais que vous étiez un patriote ? Que la grandeur de la France vous importait plus que tout ?

— Nous avons perdu la guerre, Leah. Maintenant, nous essayons au mieux de faire vivre notre belle France en collaborant avec l'occupant. C'est bien plus judicieux que de semer l'anarchie et la mort dans le pays.

— Donc vous comptez vous soumettre aux nazis ?

Paul Landron soupira bruyamment.

— Que voulez-vous de moi, Leah ?

— Rien, Paul. Rien. Je veux juste savoir où vous vous situez. Je n'arrive pas à croire que vous soyez de leur côté. Savez-vous comment ils traitent les Juifs ? Vous aussi, vous êtes contre nous ? Qu'est-ce que je vous ai fait ? Et mes enfants, mes parents... ?

La voix de Leah se brisa.

Paul s'approcha d'elle, visiblement ému par les larmes qui perlaient aux coins de ses yeux.

— Je vous en prie, dit-il en saisissant ses mains entre les siennes. Je n'ai rien contre vous. Au contraire. Leah. Leah, calmez-vous, s'il vous plaît, dit-il, inclinant son visage tout près du sien.

Elle retira ses mains et détourna la tête.

— Vous êtes quelqu'un de bien, je le sais, murmura-t-elle, tandis que Paul scrutait son profil délicat.

Ne laissez pas tomber vos amis, et je ne parle pas seulement de moi. Je pense à tous ceux qui ont grandi ici, avec vous. Ne vous trompez pas d'ennemi, Paul.

Celui-ci ouvrit la porte de son bureau.

— Partez, Leah, s'il vous plaît.

Lorsqu'elle passa devant lui, leurs regards se croisèrent. Dans celui de Paul, la jeune femme lut de la tristesse, et un autre sentiment qu'elle refusa de nommer.

2

Les vacances de Noël et les célébrations du Nouvel An de 1943 furent sinistres. Les Allemands avaient investi la ville, faisant régner une tension extrême qui allait se transformer rapidement en terreur, Saint-Girons étant un lieu de passage stratégique entre la France et l'Espagne pour qui était capable de traverser à pied les Pyrénées. La ville attirait de nombreux candidats à l'exil : Juifs ou opposants politiques en fuite ; soldats alliés en déroute ou jeunes Français fuyant le travail obligatoire. Ils espéraient rejoindre Londres ou les zones de combat en Afrique. Les autorités allemandes, rendues plus agressives par leurs premières défaites contre les Alliés en Méditerranée, avaient donc envoyé en force à Saint-Girons les troupes de la Zollgrenzschutz, la police des douanes, installée au château de Beauregard, en bordure de la ville. Là, les soldats allemands et autrichiens dressaient des chiens féroces qu'ils emmenaient en patrouille dans les montagnes afin de donner la chasse aux fugitifs et à leurs passeurs, pour la plupart des bergers et montagnards aguerris des environs.

En raison des nombreux réseaux de résistance qui s'étaient développés dans le pays du Couserans, les attaques contre l'occupant s'étaient multipliées. En réaction, un commando de la Gestapo, dirigé par le capitaine SS Dreyer, était arrivé en ville et y avait pris ses quartiers. Il surveillait également la frontière, traquait et réprimait opposants et fugitifs.

Le capitaine s'était empressé de recruter des espions et des hommes de main parmi les Saint-Gironnais, créant dans toute la ville une atmosphère de suspicion atroce. La haine et la délation apparurent au sein d'une population qui, jusqu'alors, vivait en bonne entente. Dreyer installa son QG dans une villa dont la forme mauresque lui valut le surnom de « Mosquée ». Non loin de la bâtisse, la Milice française investit une maison dominant la gare, d'où elle surveillait les allées et venues des voyageurs.

La population avait été avertie : désormais, comme ailleurs, tout attentat antiallemand entraînerait la fusillade d'otages civils. Parmi eux, des hommes et des femmes soupçonnés d'être communistes et résistants, mais aussi des Juifs, dont la sous-préfecture maintenait à jour les noms et les adresses. Cependant, cette menace n'avait en rien freiné les actions des partisans. En deux mois, la vie de la petite ville avait été totalement bouleversée.

Aussi, lorsque les Katzkoff vinrent passer quelques jours de vacances au château Saint-Jacques, l'ambiance était-elle bien différente de celle des jours d'été. Les parents cachaient mal leurs inquiétudes. Quant à Marius, il couvait Esther du regard comme s'il avait peur de la perdre à tout moment.

Le soir, les parents descendaient dans la cuisine pour écouter Radio Londres et suivre l'avancée du siège de Stalingrad. Malheureusement, les Allemands résistaient mieux que prévu à la contre-offensive russe et l'Armée rouge n'était toujours pas parvenue à reprendre la ville. Pourtant, chacun voulait croire qu'elle infligerait bientôt une défaite à l'ennemi, comme les Anglais à El-Alamein, et que l'espoir était encore possible.

Pour le réveillon du Nouvel An, les Weiss et les Deumier se joignirent aux deux familles. Leah, Guittla, Golda et Maria passèrent la journée en cuisine et les prouesses culinaires qu'elles parvinrent à accomplir malgré les restrictions réjouirent les invités. Lorsque à minuit ils trinquèrent, l'espérance était de retour et brillait dans les yeux.

Dans la soupente, les enfants dansaient. Esther avait bien progressé grâce à son cavalier. Hors d'haleine après trois swings, elle demanda une pause à Marius qui l'entraîna vers le tas de coussins qui servait de canapé. Ils s'y jetèrent, manquant de s'effondrer sur Francine, en grande conversation avec Robert.

— Eh, faites gaffe, les amoureux ! lança ce dernier d'un air faussement énervé. Esther, je n'arrive pas à comprendre ce que tu trouves à mon frangin. C'est le gars le plus maladroit que je connaisse. Et il n'est même pas beau ! Tu n'es pas d'accord, Francine ?

— Oh, mais si… Enfin, non. Si, il est mignon, bredouilla-t-elle en rougissant.

Esther contempla Marius. Une mèche de cheveux indomptable était tombée sur l'un de ses yeux. Elle tendit la main pour la repousser et se pencha vers lui, attirée par ses lèvres, par son sourire lumineux. Marius lui prit la main et ils se levèrent.

— Viens, on va les laisser, mon frère n'a vraiment aucune éducation, répliqua Marius en faisant un clin d'œil à Esther.

Ils sortirent de la pièce en refermant doucement la porte derrière eux. Le son du gramophone s'atténua. Depuis l'été, la jeune fille avait vu son amour pour Marius croître et s'épanouir. Lorsqu'elle le voyait, lorsqu'elle pensait à lui, tout son corps vibrait de bonheur et se tendait vers lui en un élan irrépressible. Le regard vert de Marius exprimait un amour si profond qu'il était lisible aux yeux de tous. Leurs parents s'en amusaient, mais Leah et Mihaïl gardaient un œil vigilant sur leur précieuse enfant. Pourtant ce soir-là, Marius et Esther, réfugiés dans une pièce à l'étage, purent se faire oublier de tous et oublier la terre entière. Cette nuit-là, ils se crurent invulnérables, éternels et inséparables.

Au début du mois de janvier 1943, au petit matin, Leah vit Jacques Weiss apparaître sur son vélo dans l'allée.

— Jacques ? Qu'est-ce qu'il y a ? demanda Leah en le faisant entrer dans le salon. Tu as l'air inquiet.

— Mihaïl est là ?

— Non, mais il ne devrait pas tarder, il est en tournée depuis une dizaine de jours. Pourquoi ?

— Tu es au courant pour les rafles ?

— Quelles rafles ? questionna Leah, sentant son cœur se glacer.

— Partout dans la région. À Aulus-les-Bains, ils ont arrêté des centaines de gens, des familles entières, des

Juifs étrangers, pour la plupart des Polonais. Ceux qui avaient échappé à la rafle d'août dernier, eh bien, les Allemands sont revenus les chercher.

— Oh, mon Dieu ! Mihaïl ! cria Leah en s'effondrant dans un fauteuil. Et s'il s'était fait arrêter aussi ?

Jacques posa la main sur son épaule pour la réconforter. En vain. Le corps de Leah était secoué de tremblements.

— Où est-il, en ce moment ? demanda Jacques tout doucement.

— Je ne sais pas. On ne sait jamais où il se trouve, fit-elle en retenant ses sanglots. Et Louis n'a pas encore pu nous fournir les faux papiers… Quand je pense qu'on n'a aucune nouvelle de tous ceux qui ont été arrêtés cet été. Rien, on ne sait rien. Oh, Mihaïl, où es-tu ?

Jacques, incapable de trouver les mots, soupira tristement.

— Va voir Louis, finit-il par dire. Il doit pouvoir t'aider. Tu veux que j'aille chercher ma voiture pour t'emmener ?

— Non, je te remercie, va travailler, je vais me préparer et aller tout de suite à la sous-préfecture.

— Passe ensuite voir Louba, ne reste pas seule.

— Merci, Jacques.

— Tu sais qu'on est là pour toi et les enfants.

— Merci.

Leah se composa un visage neutre pour presser Esther et ses frères à partir en classe puis elle se dirigea à pied vers Saint-Girons. Louis la reçut immédiatement et lui promit de se renseigner au plus vite.

— Rentre chez toi, Leah, je viendrai te voir dès que j'aurai du nouveau.

Leah, trop angoissée pour retourner dans sa grande maison vide, alla voir Louba. Celle-ci, en la découvrant sur le seuil de sa porte, l'attira contre elle. C'était la première fois que les deux femmes avaient un geste d'affection l'une pour l'autre, et il n'en fallut pas plus à Leah, qui s'était retenue toute la matinée, pour éclater en larmes. Elles restèrent longuement enlacées, puis Louba desserra son étreinte et essuya les larmes de Leah.

— Viens, je vais te faire un thé.

Elles burent en silence autour de la petite table du salon. Une fois sa tasse vide, Leah se leva.

— Il faut que je retourne chez moi, Louis doit passer pour me tenir au courant.

— Alors je viens avec toi.

La matinée au château Saint-Jacques s'étira en une attente interminable, et Louba eut un mal fou à faire avaler quoi que ce soit à Leah pour le déjeuner. Yankel et Guittla, prévenus par Jacques, arrivèrent en début d'après-midi.

— Tu as des nouvelles, ma chérie ? demanda Yankel.

— Non, rien encore. J'attends la visite de Louis.

Tous quatre s'installèrent au salon, Guittla sur le canapé à côté de sa fille dont elle tint la main. Un silence lourd d'angoisse s'installa, interrompu par des soupirs et des reniflements.

Enfin, vers 16 heures, Louis franchit le portail sur son vélo. Quatre visages anxieux se tournèrent vers lui lorsqu'il entra dans le salon par la porte-fenêtre.

— J'ai demandé à toutes mes relations dans les sous-préfectures, personne n'a trouvé le nom de Mihaïl, annonça-t-il.

— Alors, il n'a pas été pris ? questionna Leah.

— Je ne peux rien t'assurer pour le moment. Disons que c'est plutôt bon signe. Il va falloir patienter encore quelque temps pour avoir des informations précises.

— Mais où est-il ? demanda Yankel.

— Papa, avec lui, on ne peut jamais savoir. Il va là où il peut faire affaire. Si ça se trouve, il sera de retour dans un jour ou deux et tout ira bien, expliqua Leah, comme pour se convaincre elle-même.

Une semaine passa, Mihaïl ne rentra pas. À la maison, les enfants, habitués aux longues absences de leur père, ne se doutaient de rien. Les premiers jours, Leah n'avait pensé qu'à Mihaïl. Puis soudain, une autre vérité l'avait frappée : si son mari ne rentrait pas, comment ferait-elle pour nourrir sa famille, ses parents ? Bientôt, ils n'auraient plus de quoi vivre. Dans la cachette où Mihaïl lui laissait toujours de l'argent, le petit tas de billets s'amenuisait dangereusement. Elle pensa aux derniers bijoux qui lui restaient, à son alliance…

Avant d'en arriver aux pires extrémités, Leah commença par économiser sur la nourriture. Et c'est en y regardant de plus près qu'elle le remarqua : certaines réserves avaient disparu. Elle convoqua les enfants.

— Je veux bien croire que vous ayez plus d'appétit, avec votre croissance, mais quand même ! Où sont passées les saucisses sèches qui devaient durer tout le mois ? Et le morceau de roquefort qui restait ? Alors ? Qu'est-ce que vous avez à répondre ? C'est simple, si personne ne se dénonce, vous serez punis tous les trois.

— Et pourquoi tu ne demandes pas à Maria ? demanda Daniel.

Furieuse, Leah attrapa l'oreille de son fils et la tira violemment.

— Je t'interdis, Daniel ! cria-t-elle. Où te crois-tu ? Dans la famille Brodsky, on ne s'attaque pas aux employés, on lave notre linge sale entre nous, tu as bien compris ? Maria est la femme la plus dévouée que je connaisse, je ne veux plus jamais entendre ça.

Daniel, honteux, haussa les épaules par bravade. Sa mère le gifla avec force.

— Et arrête de prendre cet air-là. Excuse-toi !

Le garçon fondit en larmes et quitta la maison en claquant la porte.

Il prit son vélo et partit en direction de Saint-Girons. Avant d'arriver en ville, il quitta la route et s'avança vers les bords du Salat. Alors qu'il jetait avec rage des cailloux dans la rivière pour évacuer sa colère, il entendit du bruit. Fernand apparut sur la rive.

— Salut le Juif. Qu'est-ce que tu fais ?

— Ben tu vois, je jette des cailloux dans l'eau.

— C'est marrant, comme jeu ?

— Essaye, répliqua Daniel en lui en tendant un, posé à plat sur sa paume.

Fernand laissa courir ses doigts sur sa peau avant d'attraper la pierre. Daniel, troublé, leva les yeux vers Fernand. Celui-ci détourna le regard puis jeta de toutes ses forces le caillou qui disparut dans le courant. Les deux jeunes garçons ramassèrent d'autres projectiles et se défoulèrent comme deux gamins insouciants. Un quart d'heure plus tard, ils s'assirent contre un rocher.

— Qu'est-ce que tu as pour moi, aujourd'hui ? questionna Fernand.

— Ma mère a tout découvert. Je n'ai rien pu t'apporter.

— Tu plaisantes ?

— Je suis désolé. On va attendre un peu et…

— Pas question ! s'écria Fernand en se redressant.

Il empoigna Daniel et le secoua.

— Tu te démerdes, mais tu me rapportes ce que tu m'as promis. Sinon…

— Sinon quoi ? cria Daniel. Qu'est-ce que tu vas me faire ?

— Moi, rien, mais Franck… Qu'est-ce que tu crois qu'il fera à ta belle petite gueule ? demanda Fernand.

Il effleura la joue de Daniel puis, soudain, la pinça violemment.

Daniel cria et se rejeta en arrière.

— Je te laisse une journée, je t'attends ici après-demain, déclara Fernand.

Puis il lui tourna le dos et commença à s'en aller.

— Fernand ! cria Daniel. S'il te plaît, reste !

Sourd à son appel, le jeune garçon continua d'avancer sans se retourner, laissant Daniel seul et désemparé.

Quelques jours plus tard, Louis Deumier était de retour au château Saint-Jacques. En le regardant s'avancer vers elle, Leah ne sut dire s'il était porteur de bonnes ou de mauvaises nouvelles.

— Mihaïl n'est pas au camp du Vernet ! commença Louis. Mais je suis désolé, Leah, il a quand même été arrêté. À cause de sa cargaison. Les policiers l'ont surpris avec la voiture remplie de fourrures.

— Où est-il ?

— J'ai obtenu qu'on le ramène à la prison de Saint-Girons. Il sera là dans quelques jours.

— Que vont-ils faire de lui ?

— Je ne sais pas. Il faut à tout prix qu'il ne soit pas envoyé dans un camp. Là, j'aurai du mal à intervenir.

— S'il est incarcéré ici, il dépend de la sous-préfecture, non ?

— Oui, c'est pour ça que j'ai bon espoir. Mais depuis que les Allemands sont là, tout le monde se mêle de tout et s'arroge des pouvoirs.

— Penses-tu que je devrais aller parler à Paul Landron ?

Louis prit une profonde inspiration.

— Peut-être. Oui, tu peux essayer. En intégrant la Délégation municipale, il a gagné une certaine influence. Si tu veux mettre toutes les chances de ton côté, va le voir. Mais je te le répète, méfie-toi de lui, il reste un collabo.

— Sans Mihaïl, notre famille est perdue. Je ferai tout pour le sortir de là.

Paul Landron reçut Leah dans son bureau, à la mairie. Avant cela, elle dut patienter une bonne heure dans le petit hall d'entrée, serrée au milieu de nombreux visiteurs aux regards inquiets ou méfiants ; les têtes se baissaient au passage des soldats allemands qui entraient ou sortaient, semblant chez eux dans le petit bâtiment officiel où Marianne avait été détrônée au profit d'une immense croix gammée.

Alors que l'attente s'éternisait, Leah sentait la panique l'envahir peu à peu. Paul, en raison de leur dernière entrevue, accepterait-il de la recevoir ? Lui en voulait-il pour ce qu'elle lui avait dit, ou gardait-il toujours, au fond de lui, un peu d'affection pour elle ?

Enfin, elle le vit apparaître et lui faire signe. Tandis qu'elle avançait timidement vers lui, les mains pressées contre son ventre pour masquer ses tremblements, il lui parut toujours aussi beau et impressionnant, les traits peut-être un peu plus tirés, le regard las.

— Leah, entrez, je vous en prie, déclara-t-il d'un ton froid qui la mit immédiatement mal à l'aise.

Non, il ne lui avait pas pardonné.

— Merci de me recevoir, Paul, commença-t-elle timidement.

— Eh bien, à quoi dois-je l'honneur de votre visite ?

— Mon mari a été arrêté.

— Vous m'en voyez désolé. Qu'a-t-il fait ?

— Rien. Il travaillait, c'est tout. Il est représentant et se déplace sur les routes pour rencontrer des clients. Il va être transféré à Saint-Girons et justement, je voulais vous demander…

— Vous voulez pouvoir lui rendre visite ?

— Paul, on a besoin de lui, déclara Leah, surmontant sa gêne. Il est chef de famille. Mes parents dépendent aussi de lui. Sans Mihaïl, on n'a plus rien. S'il vous plaît, pourriez-vous intercéder pour le faire libérer ? Il n'a rien fait, il essaie juste de travailler pour nous nourrir.

— Il n'a pas été arrêté sans raison, j'imagine. S'il a trempé dans le marché noir, je ne pourrai rien pour lui.

— Mais enfin, vous savez que Mihaïl fait ce qu'il peut, avec toutes les menaces et les interdits qui pèsent sur lui, pour nous permettre de survivre ? Nous sommes des gens honnêtes et respectables.

— Le marché noir n'est pas ce que j'appellerais une activité honnête et…

— Qui vous dit qu'il pratique le marché noir ? Paul, pas vous, vous n'allez pas vous abaisser à ça. Vous êtes venu chez nous, vous avez vu qui nous sommes.

— Écoutez, Leah…

— Vous êtes un homme intelligent et cultivé, vous ne pouvez décemment pas croire à toutes ces horreurs qu'on débite sur les Juifs.

Landron soupira avant de croiser le regard de Leah.

— Très bien, je verrai ce que je peux faire. Je ne vous promets rien. Si votre mari a commis de lourdes fautes, ce sera sa responsabilité.

Il ouvrit la porte et invita Leah à sortir. Cette fois-ci, il refusa de croiser son regard.

Lorsqu'elle regagna Saint-Lizier par la petite route déserte, des larmes silencieuses roulaient sur ses joues.

Mihaïl fut incarcéré à la prison de la ville, l'ancien château des vicomtes, un bâtiment massif entouré de hauts murs infranchissables. Leah fut autorisée à lui rendre visite. En traversant la cour, elle entendit des cris inhumains s'échappant des soupiraux. Que se passait-il ici ? Elle frissonna et n'eut qu'une envie, fuir.

Mihaïl l'attendait dans une pièce minuscule et étouffante et elle se jeta dans ses bras. Lorsque le gardien leur demanda de se séparer, Leah s'éloigna douloureusement de son mari et le contempla : il était pâle malgré la barbe qui lui mangeait le visage, et très amaigri.

— On ne te donne pas à manger, ici ? le questionna-t-elle.

— Ne t'inquiète pas pour ça. Comment te sens-tu, ma chérie ?

Désemparée, songea Leah.

— Prête à tout pour que tu rentres à la maison, déclara-t-elle. On ne t'a pas fait de mal ?

— Non, je t'assure, ça va.

Il lui demanda des nouvelles des enfants et de ses parents avant d'aborder le sujet difficile : sa situation.

— Ils m'ont pris avec beaucoup de marchandises. Mais c'étaient des Français. Ils ont tout confisqué. J'ai tout perdu.

— On s'en fiche. L'essentiel, c'est qu'on te sorte de là.

— Leah, ma douce, s'ils ne me libèrent pas…

— Tais-toi, dit-elle en posant sa paume sur la bouche de Mihaïl, tu vas sortir d'ici.

— Mais…

— S'il te plaît, je ne veux même pas l'imaginer. D'accord ?

— D'accord.

Il saisit sa main blanche dont il embrassa délicatement le creux. La visite était terminée. Lorsque la porte se referma derrière Leah, elle croyait encore sentir les lèvres de Mihaïl contre sa peau. Elle replia les doigts comme pour emprisonner son baiser.

Deux autres semaines passèrent. Puis, enfin, alors que Leah songeait à chercher un travail, Louis vint lui annoncer que Mihaïl allait être libéré. Les policiers qui avaient procédé à son arrestation et, par la même occasion, au détournement de sa cargaison, déclarèrent avoir trouvé peu de marchandises afin de ne pas être ennuyés par leurs supérieurs qui auraient apprécié eux aussi de s'approprier quelques fourrures pour les offrir à leurs épouses et à leurs maîtresses. Louis dut aussi reconnaître que Paul Landron lui avait été d'une aide précieuse. Il l'avait contacté pour lui dire qu'il avait fait jouer ses relations et qu'il s'était porté garant auprès d'elles de l'intégrité de Mihaïl.

— Il s'est mouillé pour vous, je n'aurais jamais cru ça de lui. En revanche, je préfère ne pas savoir qui sont ces relations à qui ton mari doit sa libération…

— Des Allemands, tu crois ? demanda Leah, troublée.

— Ou des miliciens. Crois-moi, mieux vaut ne pas se poser de questions.

Louis avait raison, pensa Leah, le plus important était que Paul s'était impliqué pour l'aider et que ça avait marché. Peut-être, alors, ne lui en voulait-il plus.

— Je vais aller le remercier et…

— Non, Leah, il ne le souhaite pas. Il a pris des risques pour vous. Au vu de sa position et, précisément, de ses relations, il m'a demandé de te dire qu'il préférait garder ses distances avec toi et Mihaïl, maintenant.

Leah, sentant le rouge lui monter aux joues, baissa la tête.

— Oh, je comprends.

Mihaïl, pauvre mais libre, put rentrer chez lui. Leah et lui savaient que de nombreux Juifs étrangers de la région n'avaient pas eu cette chance : comme les autres familles victimes de rafles avant eux, ils avaient disparu vers une destination inconnue, probablement pour ne plus revenir. Les faux papiers promis par Louis Deumier devenaient une nécessité absolue.

Une semaine plus tard, Leah et Mihaïl réunirent Daniel et Esther autour de la table de la salle à manger.

— Comme vous avez pu le remarquer, l'arrivée des Allemands rend notre situation plus difficile, expliqua Mihaïl. Ils contrôlent tout le monde et s'acharnent sur les Juifs. Pour pouvoir nous déplacer librement, nous avons décidé de prendre de faux papiers avec des noms catholiques. Nous n'en parlerons à personne, ce sera notre secret. Ils nous permettront d'aller à Salies voir nos amis ou de voyager où bon nous semblera, sans être ennuyés par les contrôles.

— Et Simon ? Il n'en a pas ? demanda Esther.

— Si, mais on a préféré ne rien lui dire, pour ne pas lui faire peur. Votre mère gardera ses papiers et se chargera de les donner pour lui. Il n'aura pas besoin de savoir.

— Et si on lui demande son nom ?

— Ce sont ses papiers qu'on voudra voir. On lui expliquera plus tard. Pour le moment, je compte sur vous pour ne rien lui dire. C'est promis ?

— Promis, papa, répondirent d'une seule voix les deux enfants.

— Dorénavant, nous sommes la famille Bourgeois. Daniel, tu gardes ton prénom. Esther, tu t'appelleras Éliane. On garde donc nos initiales. Vous avez bien compris ? Ces papiers ne seront utilisés que pour nous déplacer. Ici, à Saint-Girons, tout le monde nous connaît, c'est inutile. Mais pas un mot, notre sécurité en dépend.

— Et les Katzkoff, ils en ont aussi, pour venir nous voir ? demanda Esther, à qui Marius manquait terriblement.

— Je ne sais pas, répondit Leah. On leur en parlera la prochaine fois.

Mihaïl repartit peu après sur les routes. Lorsqu'il revint une dizaine de jours plus tard, il avait de nouveau une importante cargaison dans sa voiture. Mais cette fois-ci, au lieu de rentrer chez lui, il se rendit chez les Deumier. Louis l'attendait. Il avait désencombré son garage et fait de la place pour cacher la marchandise de Mihaïl.

— Personne ne viendra la chercher ici, remarqua Louis.

— Tu es conscient du risque que tu prends, pour toi et ta famille ?

— Je suis secrétaire général de la sous-préfecture, et pour le moment je suis au-dessus de tout soupçon. Et puis Madeleine a eu l'idée de laisser pousser le lierre sur la façade du garage pour qu'il recouvre les fenêtres. Bientôt, on ne verra plus rien. La situation évolue, il faut reprendre espoir. La capitulation des Allemands à Stalingrad est une victoire énorme pour nous, c'est probablement un tournant dans cette maudite guerre. Qui sait si maintenant elle ne va pas basculer en notre faveur ? Déjà, la Hongrie et la Roumanie essaient de négocier avec les Alliés.

— Tu as raison. Il n'y a pas si longtemps, on croyait que les nazis étaient invincibles. Et maintenant, ils subissent un échec cuisant. Tous ces morts… J'ai honte de m'en réjouir.

— Mais ces hommes-là ne viendront pas assassiner nos enfants, hein ? répliqua Louis en souriant tristement.

— N'empêche. La guerre nous transforme en monstres, les victimes comme les bourreaux. Bon, assez philosophé, je te laisse, mon ami.

Mihaïl lui donna une accolade puis remonta en voiture pour regagner sa maison.

Clara descendait l'escalier pour aller acheter du pain. Comme d'habitude, elle accéléra le pas en arrivant au deuxième étage, devant chez les Petit, par peur de tomber sur Franck. Depuis un mois, ce dernier ne venait plus au collège et certains disaient qu'il avait définitivement arrêté l'école. Malheureusement, la porte s'ouvrit au moment où elle posait le pied sur le seuil. Franck se tenait devant elle, son sourire atroce aux lèvres. Il portait un curieux uniforme, que Clara ne put s'empêcher de détailler : béret noir, veste paramilitaire et pantalon assorti de couleur sombre, brassard autour du bras. Remarquant son intérêt, le jeune homme fit un pas vers elle et indiqua son uniforme d'un geste large.

— Tu as vu ? J'appartiens à la Milice française, maintenant. Il va falloir que tu m'obéisses, ajouta-t-il en lui adressant un clin d'œil. Moi et mes amis, on va remettre de l'ordre dans cette ville.

— Avec vos amis allemands, siffla Clara d'un ton méprisant.

— Ouais, avec ceux qui dirigent le monde. Et les gens comme toi, on va les faire marcher au pas.

Franck s'avança vers Clara et la poussa contre le mur. Les mains sur ses épaules, il les fit remonter vers son cou. Elle crut qu'il allait l'étrangler. Au lieu de ça, il tira sur le col de son chemisier, faisant sauter le bouton du haut. Clara hurla et lui donna un coup de pied entre les jambes, mais elle rata son coup. Franck l'empoigna et la jeta vers les marches du bas. Elle se rattrapa à la rambarde, évitant de peu de chuter dans l'escalier.

— Fais gaffe, ma petite, bientôt je ferai ce que je voudrai de toi et de ta famille. Tout ce que je veux, tu as bien compris ?

Il passa devant elle et sortit.

Clara s'assit sur les marches, haletante, et chassa les larmes qui lui montaient aux yeux. Elle refusait d'avoir peur et de pleurer comme une petite fille. S'obligeant à se relever, elle tenta de cacher son chemisier déchiré, défroissa sa jupe et descendit l'escalier en se redressant. Dehors, un peu plus loin, elle aperçut Franck qui rejoignait deux autres jeunes gens vêtus du même uniforme. Elle crut reconnaître Eugène et Jean-Marie Leroy. Les trois hommes marchèrent jusqu'au bout de la rue Saint-Valier, passèrent devant l'église et disparurent au coin de la place.

Clara entra dans la boulangerie et, après avoir fait la queue un moment en silence, sans prêter attention aux discussions des femmes qui patientaient avec elle, elle tendit une carte d'alimentation où s'étalait le mot « JUIF » en gros caractères.

3

Lorsque Leah poussa la porte de la librairie, elle découvrit Gabriel Peyrat en grande conversation avec deux adolescents. Tous deux fixaient le libraire avec un air de vénération qui la fit sourire.

— Surtout ne vous interrompez pas pour moi, dit-elle lorsqu'il demanda aux deux jeunes gens de l'excuser pour la rejoindre.

— Mes amis attendront, il fallait que je vous parle. Vous savez, ce livre que vous m'avez demandé ?

Leah le regarda sans comprendre.

— Venez, suivez-moi.

Peyrat lui prit le bras avec autorité et la fit passer dans sa petite réserve.

— S'il vous plaît, dites à votre mari de passer voir M. Nantois à l'hôtel Duchêne. Dès qu'il pourra.

— Quelque chose de grave est arrivé ? questionna Leah qui avait blêmi.

— Non, tout va bien, répondit Peyrat en lui souriant. On a besoin de lui, c'est tout.

— Me voilà rassurée. Au fait, je ne vois plus Paul Landron chez vous, il va bien ? demanda-t-elle, cachant son trouble en faisant mine de regarder les piles de livres à ses pieds.

— Paul ? Je ne fais plus partie de ses amis, maintenant qu'il est officiellement collabo. Cette librairie est un lieu trop sulfureux pour lui, répliqua Gabriel sombrement.

Triste et confuse, Leah rentra chez elle sans s'attarder. Lorsque Mihaïl revint vers 17 heures, elle se dépêcha de lui transmettre le message de M. Nantois.

Enfourchant le vélo de sa fille, il se rendit aussitôt à l'hôtel. Quand il pénétra dans le hall, il eut le souffle coupé en découvrant le bar bondé de soldats allemands. Il craignit immédiatement de se faire contrôler, mais les hommes l'ignorèrent. Ils buvaient, s'amusaient avec des femmes au regard brillant, au rire facile, qui, à moitié assises sur leurs genoux, trinquaient avec eux. À la réception se tenait une grande jeune fille. Lèvres serrées, regard fermé, elle esquissa néanmoins un sourire poli lorsque Mihaïl se présenta.

— M. Nantois m'attend.

— Je vais le prévenir. Je ne vous propose pas de patienter au bar…

— Je vais rester ici, je vous remercie.

M. Nantois passa un bras par-dessus ses épaules d'un geste fraternel et l'entraîna vers son bureau.

— Monsieur Brodsky, désolé de vous attirer ici, mais n'ayez pas peur, ces soldats sont trop occupés à se soûler et à se faire plumer par ces dames.

— Elles sont de Saint-Girons ? Quelle horreur !

— Ne les accablez pas trop vite. Certaines ont la gentillesse de me raconter tout ce qu'elles apprennent, et elles savent très bien faire parler ces messieurs, si vous voyez ce que je veux dire.

— Désolé, je n'avais pas compris.

— Oh, elles ne sont pas toutes ici pour la bonne cause, vous savez. Bref, ce n'est pas pour ça que je vous ai prié de venir. J'ai un service à vous demander.

— Dites. Si je peux faire quoi que ce soit.

— Voilà. Il y a un jeune homme qui séjourne à l'hôtel depuis deux semaines. Il arrive de Paris. C'est un étudiant roumain. Juif. Il n'a plus un sou et veut passer en Espagne. Vous imaginez qu'il m'est difficile en ce moment de le garder ici.

— Vous voulez que je l'héberge ?

— Vous m'avez compris. Je sais que vous avez votre famille à nourrir mais…

— Mais nous devons tous faire des efforts, bien sûr. Nous nous organiserons.

— Ah, j'oubliais : il a un chien !

Le lendemain après-midi, Mihaïl prit sa voiture pour aller chercher le jeune Roumain à l'hôtel. La veille, il en avait parlé à Leah, qui avait aussitôt préparé une chambre au rez-de-chaussée pour leur pensionnaire.

— Il s'appelle Nathan, je crois qu'il n'a même pas vingt-cinq ans. J'ignore combien de temps il restera ici avant de passer la frontière.

— Il est costaud ?

— Il est très grand mais un peu maigrichon.

— Ça, j'en fais mon affaire, répliqua Leah en riant. Et je ne serai pas fâchée d'avoir un homme à la maison quand tu t'absentes.

— Je sais, j'y ai pensé moi aussi. Et en plus tu auras un chien.

— Un gros chien ?

— Eh bien, non, pas du tout, il est tout petit. Mais hargneux !

La famille Brodsky attendait sur le perron lorsque la voiture de Mihaïl pénétra dans l'allée du parc. Le jeune homme qui descendit du véhicule leur plut tout de suite. Il était en effet très grand et mince, et son visage aux traits réguliers était engageant. Son petit chien, un bâtard survolté, frétillait en battant la queue.

— Merci de m'accueillir, madame Brodsky, dit-il à Leah dans un français impeccable en lui serrant la main.

— Nous sommes très heureux de vous avoir, pas vrai les enfants ?

Ces derniers s'approchèrent pour se présenter.

— Il s'appelle Paris, déclara Nathan à Simon qui s'était baissé pour caresser le chien. En hommage à votre belle capitale.

— Je sens que mon père va vous adorer ! lança Leah. Mes fils vont vous montrer votre chambre. Où sont vos bagages ?

— Je n'ai pas grand-chose, juste cette petite valise. Je suis parti de chez moi en catastrophe et suis venu comme j'ai pu jusqu'ici.

Yankel et Guittla furent conviés par Leah pour rencontrer Nathan. Le soir, après le dîner, une fois les enfants montés dans leurs chambres, celui-ci raconta plus en détail son périple. Ses parents, originaires de Bucarest, l'avaient envoyé étudier en France en 1938 alors que l'antisémitisme ravageait leur pays. Depuis trois ans, le jeune homme n'avait plus aucune nouvelle d'eux ni de sa petite sœur. Il espérait que sa famille avait fini par quitter la ville pour se mettre à l'abri. Quant à lui, après deux années difficiles à Paris, il s'était vu chasser de l'université avant d'être forcé de fuir la capitale où les rafles se multipliaient.

— Je n'ai plus rien à attendre de la légalité et des études. Je veux aller me battre pour libérer le monde des nazis et de tous les nationalistes. Je compte passer en Espagne et rejoindre les armées alliées.

— Vous savez que c'est très dangereux de franchir les Pyrénées ? demanda Mihaïl. Sans compter que, si les soldats allemands ou leurs amis français ne vous tuent pas avant, vous risquez de vous faire arrêter par les Espagnols.

— Je sais. Mais quel choix me reste-t-il ? Je ne vais pas attendre ici à ne rien faire pendant que le monde est à feu et à sang.

— Bien parlé, jeune homme ! s'écria Yankel. Vous, vous êtes un *mensch*. On a besoin de garçons comme vous. N'est-ce pas, Guittla ?

Celle-ci ne répondit rien. Elle observait le jeune homme qui s'en aperçut et se troubla.

Quand Leah était passée la voir plus tôt dans la journée pour la prévenir, Guittla avait exprimé son mécontentement.

— Ma fille, est-il raisonnable d'héberger un Juif étranger ? Un jeune homme que tout le monde va prendre pour un terroriste, surtout les Allemands. Tu dois d'abord penser à tes enfants.

— Maman, si tout le monde réfléchissait comme toi, personne ne nous aiderait, nous non plus.

— Alors surveille-le bien, et qu'il ne s'approche pas de notre Fegele, elle devient une vraie jeune fille.

— Mais Esther est folle amoureuse de Marius.

— À quinze ans, on oublie vite les gamins de son âge pour se croire folle amoureuse de jeunes hommes.

— Ça ne ressemble pas à notre Fegele.

— Peut-être. Mais fais bien attention quand même.

Le dimanche, la famille Weiss vint passer l'après-midi au château Saint-Jacques. Tout le monde était entassé dans le salon, le plus près possible de la cheminée, lorsque Nathan fit son apparition. C'était un beau garçon, dut convenir Leah, avec ses yeux dorés en amande et sa masse de cheveux châtain clair coiffés comme les zazous. Elle repensa aux avertissements de sa mère. Esther n'avait pas paru tomber sous son charme, Leah avait eu raison. Elle nota en revanche que les joues de Francine s'étaient empourprées à son entrée. Leah fit les présentations, puis Jacques et Louba mitraillèrent Nathan de questions sur la vie à Paris, cette ville qu'aucun d'eux, surtout Yankel, qui éprouvait toujours une profonde nostalgie, ne parvenait à oublier.

— Et comment allez-vous trouver un passeur pour aller en Espagne ? demanda Jacques. Moi-même, je voulais qu'on parte là-bas, tous les quatre, mais Louba n'a pas voulu. N'est-ce pas, ma chère ?

— J'avais trop peur pour nos filles, déclara-t-elle.

— Pour répondre à votre question, reprit Nathan, il y a beaucoup de réseaux de résistance, par ici, et j'ai eu la chance de rencontrer le propriétaire de l'hôtel Duchêne. Il s'en occupe.

— Comment ça fonctionne ? demanda Francine, rougissante.

— Si j'ai bien compris, on est prévenus par notre contact, et tous les volontaires au départ sont regroupés et cachés dans un endroit donné, expliqua Nathan. Ensuite, on attend plusieurs jours, voire une semaine, jusqu'à ce qu'on soit suffisamment nombreux. Les passeurs viennent alors nous chercher et on s'en va, de nuit j'imagine, vers les montagnes.

— Ils demandent beaucoup d'argent ?

— Je ne le sais pas encore. Certains ne demandent rien du tout, ils le font par patriotisme et humanisme. D'autres ont besoin d'argent, et je trouve normal de participer à ce voyage, d'autant que les passeurs fournissent la nourriture.

— Et on sait ce qu'il en coûte de se nourrir, en ce moment, ajouta Louba.

— La plupart sont des bergers ou des agriculteurs du coin. Et tous sont d'excellents montagnards.

— Ils risquent leur vie autant que les autres. Quel dévouement ! remarqua Guittla.

— Tous, sauf les escrocs et les traîtres, intervint Mihaïl. Malheureusement, il y en a. On raconte des histoires horribles de soi-disant passeurs qui ont dépouillé les gens avant de les abattre ou de les livrer aux Allemands.

— Ce ne serait pas des rumeurs pour effrayer les volontaires ? interrogea Francine.

— *Meydele*, que tu es naïve, dit Jacques en tapotant la main de sa fille. Rappelle-toi tes déboires, avec ta mère et ta sœur, quand vous avez voulu passer la ligne de démarcation. Le passeur qui a empoché l'argent et qui n'est pas venu…

— C'est vrai, papa. Mais ça me paraît tellement incroyable que des gens se comportent comme ça.

— Francine, c'est dur à dire, surtout à une jeune fille, mais en temps de guerre, on voit des choses qu'on a peine à croire, intervint Nathan. Quand mes voisins se sont fait embarquer par la police, juste après leur départ d'autres voisins sont venus emporter leurs affaires.

— Il paraît que des familles en profitent aussi pour occuper les appartements, dit Leah, qui tenait ces informations de Kliatchko.

— Qu'est-ce qui se passera quand les gens rentreront chez eux ? demanda Francine.

Les adultes se regardèrent sans répondre.

— S'ils rentrent un jour, finit par dire Guittla.

Mihaïl fut rassuré de repartir en tournée en sachant Nathan au château. Le jeune homme semblait très lié à Gabriel Peyrat chez qui on le retrouvait souvent. Il disparaissait parfois la nuit, et Leah le soupçonnait d'avoir intégré un réseau de résistance. Si Guittla l'avait appris, elle lui aurait demandé de quitter les lieux, car il mettait toute la famille Brodsky en danger. Mais Leah, elle, voyait les choses autrement. Si elle n'avait pas eu ses trois enfants et ses parents à protéger, elle se serait battue comme lui.

Elle remarqua cependant que, depuis que Nathan fréquentait la librairie, Francine s'y rendait souvent. La jeune fille, si sage et si raisonnable, allait-elle se laisser entraîner dans une romance, ou suivre Nathan dans ses activités clandestines ? Francine n'était visiblement pas taillée pour de tels enjeux. Car Leah le sentait bien, Nathan, si beau et si conscient de sa séduction, pouvait être un homme dangereux pour une jeune fille innocente. Guittla, là encore, avait vu juste. Aussi décida-t-elle de lui parler.

— Je sais que je me mêle de ce qui ne me regarde pas, lui dit-elle un jour. Mais Francine a l'air de beaucoup vous apprécier.

— J'en suis heureux, Leah. J'adore Francine, je la trouve exceptionnelle.

— Ah bon ? ne put s'empêcher de répondre Leah, pour qui la jeune fille n'avait d'exceptionnel que son caractère extrêmement raisonnable.

— Je crois que je suis amoureux, Leah.

— Vous m'inquiétez.

— Pourquoi ?

— Ce n'est pas comme si vous alliez la demander en mariage demain ou que vous aviez le temps de vous fréquenter. Francine est une jeune personne honnête, dévouée à sa famille, alors s'il vous plaît, ne jouez pas avec ses sentiments. Un jour ou l'autre, vous partirez. Et je doute qu'après la guerre vous regardiez derrière vous, pas vrai ? Vous êtes jeune, plein d'envies et d'énergie et…

— Arrêtez, Leah, j'ai compris. Vous vous trompez, je ne suis pas un séducteur. J'ai envie de connaître mieux Francine, mais je la respecte, je vous le promets.

— Sinon j'irai vous chercher jusqu'à Londres ! s'écria Leah.

Daniel aussi tomba sous le charme de Nathan. Quand le jeune homme ne l'aidait pas à faire ses devoirs, Daniel se mettait au piano et Nathan chantait des airs de jazz. Certains soirs, tandis que les longues nuits d'hiver s'étiraient, ils donnaient des concerts improvisés pour distraire les Brodsky.

Simon, lui, s'amusait avec Paris, qui le suivait partout. À l'arrivée du printemps, Nathan partit souvent avec le petit garçon pour de longues balades dans la campagne. Lorsque les Deumier étaient au château, Nathan emmenait Lucie avec eux. La fillette, qui éprouvait elle aussi une vraie passion pour le petit chien, se le disputait avec Simon.

Puis Nathan chercha à se rendre utile et ce fut Jean Rouvière qui l'employa aux champs ; plus tard, lorsque Louis Deumier lui procura des faux papiers, il accompagna de temps en temps Mihaïl sur les routes pour lui donner un coup de main.

Même Guittla finit par l'apprécier. Tous deux parlaient littérature et il lui fit lire des nouvelles qu'il avait écrites et qu'elle sembla trouver à son goût. Elle manifesta même de la compassion pour lui car il n'avait aucun moyen de savoir où étaient ses parents et s'ils allaient bien. Les nouvelles de la communauté juive des pays de l'Est occupés n'étaient pas bonnes. On signalait le retour des pogroms menés par les populations locales, qui s'ajoutaient aux politiques antisémites mises en place par les nazis. Nathan, lui, préférait ne pas en parler, et tout le monde respectait son souhait.

4

Deux mois étaient passés depuis l'arrivée du jeune homme chez les Brodsky. En ce début d'avril, les neiges commençaient lentement leur fonte. Francine et lui se voyaient régulièrement. Il venait la chercher pour une balade ou une séance de cinéma à l'Olympia ou au Florida, et la ramenait toujours chez elle à l'heure prévue, ce qui enchantait Jacques et Louba. Leur fille avait le droit d'être heureuse, se disaient-ils, elle qui supportait tant d'épreuves et dont tous les projets d'avenir avaient été détruits. Certes, ils n'oubliaient pas que Nathan prévoyait de partir, mais ils se plaisaient à espérer qu'il resterait pour leur fille, ou que la guerre finirait bientôt. Depuis la chute de Stalingrad, l'armée du Reich avait montré ses faiblesses et les forces alliées comptaient de belles victoires en Afrique du Nord. Encore un peu de patience, entendait-on sur les ondes, la victoire allait sonner.

Un samedi, Clara passa l'après-midi chez Esther. Les deux jeunes filles étaient assises à discuter sur les marches du perron quand Nathan les rejoignit.

— Où vas-tu ? demanda Clara.

— J'ai rendez-vous avec Francine, dit-il en s'asseyant entre elles. Mais je suis très en avance. Et vous, qu'est-ce que vous faites ?

— On se raconte nos secrets, dit Esther en gloussant.

— Des histoires de garçons, c'est ça ? Méfiez-vous d'eux, les filles, méfiez-vous !

— Oh, mais Esther n'a rien à craindre, elle a déjà rencontré son futur mari, pas vrai Esther ?

Celle-ci rougit avant de répliquer :

— C'est vrai, oui, Marius est l'homme de ma vie.

— Tu te rends compte, Nathan ? Elle n'a que quinze ans, c'est beau, hein ?

Le ton ironique utilisé par Clara vexa Esther.

— Et alors ? C'est arrivé, c'est tout.

— Moi je trouve que c'est une belle histoire, déclara Nathan. Tu as beaucoup de chance.

— Pourquoi tu dis ça ? Tu n'es pas amoureux de ma sœur ? s'enquit Clara.

— Bien sûr que si, Francine est merveilleuse.

— Et tu vas l'épouser ? demanda la jeune fille avec brusquerie.

Nathan se tourna vers elle. Face à l'intensité de son regard, il se sentit déstabilisé. Il contempla ses épais cheveux noirs tressés et brillants, son grand front pâle, ses yeux étirés, son nez fin parfaitement droit et sa bouche généreuse. Clara avait une beauté vive et fascinante, une beauté qu'il découvrait pour la première fois. Pour lui, elle était l'amie d'Esther, une gamine fougueuse et intelligente, la sœur de la jeune fille dont il était épris, la douce et ravissante Francine. Comment deux sœurs pouvaient-elles être si opposées ?

— Je le souhaite de tout mon cœur, finit-il par répondre en détournant les yeux.

Clara se leva.

— Formidable. Francine sera une épouse parfaite. Tu viens, Esther, on va se promener ? ajouta-t-elle en se redressant d'un bond.

— C'était quoi, cette scène ? demanda Esther lorsque les deux amies se furent éloignées.

— De quoi tu parles ?

— Avec Nathan. Tu ne veux pas qu'il se marie avec ta sœur ?

— Non, ils ne vont pas du tout ensemble. Francine est ennuyeuse, banale, Nathan est passionné, vivant, beau… Tout ce que ma sœur n'est pas.

— Clara ! Tu es amoureuse de lui ! lança Esther, choquée.

— Oui, et alors ? Lui et moi on est pareils, on se comprend. Tandis que Francine…

— Mais tu ne peux pas convoiter le fiancé de ta propre sœur ! C'est… C'est…

— Quoi ? lança Clara avec agressivité.

— Je ne sais pas. C'est cruel, immoral…

— Eh oui, la vie est cruelle, petite Esther. Mais ça n'a rien d'immoral : l'amour, ça ne se commande pas.

Esther scruta le visage de Clara, son air buté, ses lèvres serrées. Elle-même se sentait bouleversée, trahie, comme si elle était à la place de Francine.

— Non, Clara, tu ne peux pas faire ça.

— On n'y peut rien. Nathan est fait pour moi, et s'il ne le sait pas encore, il ne tardera pas à s'en rendre compte.

— Si tu voles Nathan à Francine…

— Eh bien, quoi ? Tu vas lui dire ?

— Ce sera la fin de notre amitié.

Menton levé en signe de défi, Clara lui jeta un regard noir. Incapable de le soutenir, Esther baissa les yeux.

Le samedi suivant, les deux jeunes filles s'ennuyaient chez Esther. Depuis l'aveu de Clara, elles ne parvenaient plus à se parler avec leur franchise habituelle. Alors qu'elles paressaient dans la chambre d'Esther, Clara proposa de passer chez Gabriel Peyrat. Esther prit son vélo, Clara enfourcha celui de Daniel, et elles prirent la route de Saint-Girons.

À la librairie, elles retrouvèrent Paulette et Roger, et Esther fut sidérée d'y découvrir Francine et Nathan. Clara savait-elle qu'ils seraient là ? Avait-elle voulu venir chez Peyrat exprès ? Pourtant, son amie s'adressa presque exclusivement à Paulette et à Roger, dans des messes basses qui la blessèrent. N'avait-elle pas présenté Clara à Paulette ? Paulette à Roger ? Et les voilà, tous les trois, qui la tenaient à distance. De quoi parlaient-ils ? Quels secrets gardaient-ils entre eux qu'elle ne pouvait pas connaître ?

Esther se sentit soudain terriblement malheureuse, mais aussi furieuse contre Clara. Elle lui avait ouvert sa maison, présenté ses amis et elles étaient devenues inséparables. Et maintenant, Clara la trahissait. Elle voulait prendre le cœur de Nathan, elle l'écartait de Paulette.

Paulette aussi avait changé. Depuis qu'elle était la petite amie de Roger, elle paraissait à la fois plus joyeuse et plus mûre. Son regard exprimait souvent une sorte de gravité qu'Esther ne lui avait jamais vue puis, la minute d'après, elle redevenait l'adolescente insouciante et drôle qu'avait connue Esther. Et Clara avait tort : Nathan et Francine formaient un beau couple.

— Eh bien, tu en fais une tête ! lui dit Paulette en venant la rejoindre. Qu'est-ce que tu as ?

— Rien, rien du tout, répondit Esther, sur la défensive. C'est juste que… je m'ennuie, là, pendant que vous parlez entre vous.

À cet instant, Gabriel Peyrat appela Paulette.

— Viens voir, j'ai mis un livre de côté pour toi. Prends ton temps pour me le rendre, mais lis-le, ça devrait te plaire.

— Merci, monsieur Peyrat, répondit la jeune fille tout sourires en prenant l'ouvrage qu'il lui tendait. Qu'est-ce que c'est ?

— *Le Grand Meaulnes*, lut Esther par-dessus son épaule. Je ne connais pas.

— Laisse tomber, c'est trop moderne pour toi, répliqua Clara en lui adressant un clin d'œil. Je suis jalouse, poursuivit-elle quand ils furent sortis de la librairie. M. Peyrat ne me prête jamais de livres.

— S'il le faisait avec tout le monde, il serait obligé de fermer boutique, remarqua Esther. Mais c'est vrai, tu as de la chance, Paulette, il t'aime beaucoup.

— On est proches, c'est comme ça.

Vous êtes tous proches les uns des autres, sauf de moi, songea tristement Esther.

Le soir, dans sa chambre, n'y tenant plus, elle demanda à Clara si elle avait des secrets avec Paulette et Roger. Clara nia mais Esther ne céda pas.

— J'ai le droit de savoir. Vous êtes mes amis, c'est moi qui vous ai présentés. Et maintenant, vous me cachez des choses.

— C'est bon, je vais te le dire. Mais attention, c'est un secret.

— C'est donc vrai ! s'exclama Esther, heurtée.

— Ne fais pas ta petite fille blessée, ce n'est pas le moment. Enfin, Esther, on est en guerre, tu ne vois pas ce que ça implique ?

— Quel rapport avec vous ?

— Paulette et Roger viennent d'entrer en résistance, et je veux les suivre, lâcha Clara.

— Mais vous êtes fous !

— Et pourquoi ?

— Vous êtes trop jeunes ! Et toi tu es juive !

— Qu'est-ce que ça peut bien faire, que je sois juive ?

— Tu es plus en danger que les autres.

— Justement, je n'ai plus rien à perdre.

— C'est faux ! Tu n'as que seize ans et toute la vie devant toi. Pense à tes parents, s'il t'arrivait quelque chose.

— Je m'en fiche, je ne suis pas là pour leur faire plaisir. La guerre, c'est bien plus grave que ça, comment fais-tu pour ne pas t'en rendre compte ?

— Bien sûr que si ! Ce que je vois, c'est que les Allemands arrêtent les Juifs et les font disparaître, ils traquent les résistants et les fusillent. C'est ça que tu veux ? C'est la vie que tu choisis ?

— Tu es égoïste, Esther.

— Non, contrairement à toi, je me rends compte que je n'ai que quinze ans, que tout ça me dépasse et que je veux seulement vivre. Tu te rends compte que tu risques la mort ?

— Écoute, on n'en est pas là. Pour le moment, ils vont me tester. On va faire une petite action symbolique pour voir comment je me débrouille.

— Tu te débrouilleras très bien, je n'en doute pas. Mais je n'arrive pas à y croire. Paulette et Roger sont déjà impliqués ?

— Esther, tu vas trop loin avec tes questions.

Les deux jeunes filles restèrent silencieuses un instant, puis Esther demanda :

— Et Nathan, dans tout ça ? C'est du passé ?

— Bien sûr que non. Quel rapport ?

— Je ne sais pas. Je me suis dit que tu avais peut-être décidé de laisser tomber. De respecter ta sœur.

— Arrête avec tes leçons de morale. Non, je ne peux pas renoncer à Nathan. Crois-moi, un jour, bientôt, on sera ensemble, lui et moi.

— Il est avec ta sœur ! cria Esther avec colère.

— Dis-moi, toi, qu'est-ce que tu aurais fait si Marius avait eu une copine ?

— Je ne l'aurais pas regardé.

— Facile à dire. Très facile.

— Et encore moins si cette copine avait été ma sœur, ou ma meilleure amie.

Un matin, les portraits du maréchal Pétain accrochés dans les salles de classe du collège furent découverts entièrement barbouillés. Cornes diaboliques, dents noires, poils sortant du nez et des oreilles, bandeau de pirate… Dans son bureau, le principal, M. Lebreton, songeait aux conséquences que cet acte d'effronterie pouvait avoir sur la vie de ses auteurs, voire sur la sienne. Les élèves (il ne doutait pas qu'une telle plaisanterie potache provenait d'élèves) ne devaient pas se rendre compte qu'ils risquaient la mort. Le professeur de latin, ulcéré, vint frapper à sa porte.

— Vous devez immédiatement lancer une enquête pour découvrir l'identité de ces terroristes ! éructa-t-il.

— Monsieur Legeais, vous y allez un peu fort…

— C'est extrêmement grave, vous le savez comme moi.

— Je vais me renseigner, calmez-vous.

— J'ai ma petite idée, vous savez. Cet élève de première, Roger Darbas, a toujours été un provocateur et, d'après mes sources, c'est un communiste. C'est tout à fait son genre, de commettre de pareilles monstruosités. Depuis qu'il est entré dans ce collège, il n'a jamais cessé d'entraîner ses camarades à faire des bêtises. Ça ne peut être que lui, seul ou avec ses complices. Vous devriez le convoquer.

— Oui, vous avez raison, je m'en occupe, monsieur Legeais. Retournez en classe, les élèves vous attendent.

— Cette fois, il a dépassé les bornes. Il faut le dénoncer.

— On n'a aucune preuve contre lui. Alors s'il vous plaît, pas un mot pour le moment.

Malgré le scandale provoqué par l'atteinte à l'image du Maréchal et l'acharnement manifesté par le professeur de latin, soutenu par d'autres enseignants, à trouver les coupables, aucun élève ne fut inquiété. Lorsque le principal était questionné, il répondait qu'il s'occupait de l'affaire. En effet, il observait avec attention les faits et gestes de Roger et notait les noms de ceux qu'il fréquentait.

Esther, elle, n'avait pas ri en découvrant les portraits. Elle éprouvait des sentiments confus : elle avait peur, et en même temps elle en voulait à ses amis de partager sans elle des aventures si intenses. Pourrait-elle un jour les rejoindre ? En serait-elle capable ? En attendant, elle sentait Clara s'éloigner d'elle, et elle en souffrait.

Un jeudi après-midi, Paulette invita Esther à venir chez elle. Elle vivait chez sa grand-mère, rue Villefranche. Tandis qu'elles marchaient bras dessus, bras dessous sur les trottoirs étroits de la ville, elles virent arriver face à elles un soldat allemand. Esther tira son amie pour descendre sur la chaussée, mais celle-ci résista et la retint.

— On reste sur le trottoir, déclara-t-elle, les yeux braqués sur ceux du soldat.

Celui-ci leur céda le passage sans faire d'histoire. Esther, livide, soupira bruyamment.

— Paulette ! Tu veux nous faire arrêter ?

— Tu es trop craintive, Esther, trop docile. Nous sommes des jeunes filles, c'était à lui de se montrer poli. Et puis on est chez nous, non ?

Paulette glissa la clé dans la serrure d'une grande porte en bois brun et la poussa. La maison de sa grand-mère était en pierre grisâtre et haute de trois étages. Derrière s'étirait un large jardin verdoyant, au fond duquel on apercevait un poulailler et un grand potager. La grand-mère de Paulette, une femme de haute taille au visage intimidant, les accueillit dans la cuisine.

— Vous avez faim ?

Elles acquiescèrent en s'attablant.

— Paulette, prends le pain et coupe deux bonnes tranches. J'ai un pâté dont vous me direz des nouvelles !

Esther dévora sa tartine et remercia l'aïeule, qui se leva.

— Je vous laisse, je vais au jardin.

— Tes parents ne te manquent pas ? questionna Esther après son départ.

— Mon père, je le connais à peine. Et depuis que ma mère s'est remariée, je ne l'intéresse plus vraiment. Alors non, ils ne me manquent pas. Ma grand-mère, elle me donne tout son amour. C'est elle, ma famille, maintenant.

— Et les portraits, au collège, c'était vous ? demanda Esther à brûle-pourpoint.

Paulette l'observa longuement avant de répondre.

— À ton avis ?

— Je pense que oui.

— Je croyais que Clara et toi, vous vous racontiez tout ?

— Je sais, pour toi et Roger, dit Esther en murmurant sans s'en rendre compte. Clara veut vous suivre, voilà ce qu'elle m'a dit.

— On s'est bien amusés, tous les trois. Enfin, c'était juste pour voir comment Clara se comportait.

— Mais c'est tellement dangereux !

— Oui, on en a conscience, et on doit dépasser notre peur. D'ailleurs, je ne suis pas censée t'en parler. Je peux seulement te dire que Roger et moi, on a envie de se battre pour notre pays, et aussi pour les gens comme toi et ta famille.

Esther baissa la tête.

— Paulette, tu penses que je suis égoïste si je ne m'engage pas comme vous ? Toi tu te bats pour moi, et moi…

— C'est Clara qui t'a mis ça dans la tête ?

Esther, se sentant rougir, hocha la tête.

— Je pense qu'il faut se sentir prêt, poursuivit Paulette. Quelqu'un qui a peur risque de causer une catastrophe et de mettre les autres en danger. Regarde, toi, tout à l'heure avec le soldat, tu as vu comment tu as réagi ?

Esther devint cramoisie.

— Ne le prends pas mal, Esther, ce n'est pas un reproche. C'est important de savoir reconnaître ses limites. Et puis tu verras, un jour, peut-être, tu te sentiras capable de te battre.

— Je vous admire tellement.

— Pas la peine ! Ce qui me donne toute ma force, c'est de le faire avec Roger. À nous deux, on est invincibles. On s'aime très fort, tu sais.

— Oui, je sais.

Sur le chemin du retour, Esther repensa à leur conversation. Était-ce mal de sa part de ne pas vouloir rejoindre la Résistance ? Était-ce égoïste de privilégier son amour pour Marius, ses projets d'avenir avec lui ? Car leur amour qui commençait à peine, elle voulait plus que tout le vivre, elle en avait le droit. Il méritait d'être protégé à tout prix et de passer avant tout le reste. De plus, Esther savait qu'elle n'était pas aussi téméraire que ses amis. Elle ne pouvait s'imaginer pénétrant clandestinement dans le collège, un soir, pour barbouiller des portraits, ou cachant des tracts dans les sacoches de son vélo. Non, elle n'avait pas un tel courage, et elle se demanda si elle l'aurait un jour.

5

Mihaïl revint de tournée, épuisé et inquiet. Les sabotages et attentats se multipliaient dans la région. Étaient visés toutes les entreprises qui participaient à l'effort de guerre allemand ainsi que les transports. En réaction, les contrôles étaient plus stricts et plus nombreux. Chaque fois, Mihaïl craignait d'être découvert ou dépouillé.

— Je suis content que le maquis se déchaîne et parvienne à déstabiliser les Allemands, mais ça rend notre situation encore plus dangereuse, expliqua-t-il à Leah un soir.

— S'ils ne faisaient rien, on finirait tous morts.

— Je sais. Pourtant, on le paie très cher, avec tous ces otages que les Allemands raflent et exécutent en représailles au moindre attentat.

— Les Allemands et surtout leurs hommes de main français, commenta sombrement Leah.

— Louis m'a dit qu'il pouvait être prévenu avant chaque rafle et que, au cas où notre famille serait sur la liste, il viendrait nous avertir. Si je ne suis pas là, il faudra que tu emmènes très vite les enfants loin d'ici. Nathan aussi devra quitter la maison.

— Mais où irons-nous ?

— D'après Louis, il faut se cacher quelques jours, dans les granges ou les fermes abandonnées des environs, et attendre que ça passe. Ou qu'ils trouvent d'autres otages… Après, vous pourrez revenir.

— Jusqu'à la fois suivante… Mihaïl, c'est un enfer.

— Je sais, ma chérie, je sais. Mais on va tenir le coup.

— Et si on allait quelques jours à Salies ? Les vacances de Pâques approchent, et je pense qu'on a tous besoin de changer d'air.

— C'est une excellente idée. Mais je ne pourrai pas me joindre à vous. Pas cette fois, j'ai pris trop de retard.

— Mihaïl, promets-moi d'être prudent. Je ne sais pas ce que je deviendrais sans toi.

Leah se jeta dans les bras de son mari. Elle aurait voulu ne jamais plus le laisser partir.

Puis ce fut le jour du départ pour Salies. Esther, anticipant ses retrouvailles avec Marius, s'était montrée si excitée et joyeuse depuis une semaine que Leah, d'abord émue par ce débordement de joie, finit par se sentir épuisée. Chaque matin, sa fille débarquait dans la salle à manger en annonçant le nombre de jours restant avant leur départ. La veille, elle l'avait tout simplement hurlé, mettant les nerfs de Leah à rude épreuve. Esther ne dormait plus depuis des nuits et, ce matin-là, elle se leva, pâle et fatiguée, mais totalement exaltée.

Lorsque Leah proposa à Nathan de les accompagner, celui-ci expliqua qu'il attendait des nouvelles imminentes de son réseau. Trois semaines plus tôt, son contact lui avait annoncé que le passeur qui devait le guider jusqu'en Espagne avait été dénoncé. La Milice avait débarqué chez lui avant de le livrer aux Allemands. Il était mort sous la torture. Son frère, passeur également, avait été abattu dans la montagne avec un groupe de fugitifs peu auparavant. Les Allemands et leurs chiens avaient remonté leur trace, grâce, visiblement, aux informations données par un traître, jusqu'à présent non identifié. Pourtant, d'autres hommes prenaient la relève et poursuivaient leur mission au péril de leur vie. Quant à Nathan, il n'en pouvait plus de ne pas se battre. La guerre s'éternisait, il fallait partir. Les Brodsky lui firent leurs adieux, ne sachant s'il serait là à leur retour, puis ils se rendirent à pied à la gare.

Munis chacun d'une petite valise, Leah et ses trois enfants grimpèrent dans le train. Pénétrant dans un compartiment vide, Simon exigea la place du côté de la vitre et poussa un cri de joie lorsque le wagon s'ébranla. Leah se sentait plus légère. L'ambiance sinistre et brutale qui régnait désormais à Saint-Girons en raison des nombreuses patrouilles allemandes, de la présence de la Gestapo et de la Milice, l'angoissait de plus en plus. Parfois, dans sa grande maison, la peur l'envahissait. Nathan, la seule personne qui lui redonnait un peu de courage quand Mihaïl n'était pas là, s'en irait très prochainement. Son séjour auprès de ses amis de Salies tombait à point nommé.

Alors que le train stationnait plus longuement que de coutume en garde de Prat-et-Bonrepaux, elle fut tirée de ses réflexions par Simon qui lui secouait le bras.

— Maman ! s'écria-t-il. Regarde dehors, il y a des Allemands partout !

Leah se pencha par la vitre. Des soldats étaient en train de monter à bord. Elle sentit son cœur s'emballer. Tout va bien, se répéta-t-elle. Nous sommes la famille Bourgeois, il ne peut rien nous arriver.

— Qu'est-ce qui se passe, maman ? insista Simon, serrant son nounours contre lui.

Leah se tourna vers ses deux aînés. Ils étaient blêmes. Simon ne tarderait pas à percevoir leur inquiétude.

— C'est un simple contrôle des papiers, mon chéri. On va attendre bien gentiment qu'on vienne nous voir, d'accord ? Daniel, Esther, chuchota-t-elle, tout va bien, arrêtez de faire cette tête.

Brusquement, Esther sursauta. Elle baissa les yeux vers son gilet, sur lequel elle avait brodé ses initiales E et B. Elle sentit son sang se figer, des picotements engourdir ses membres. Puis elle se souvint. Éliane Bourgeois et Esther Brodsky avaient les mêmes initiales. Paulette a raison, songea-t-elle, amère. Quelle piètre résistante je ferais.

Leah, pendant ce temps, contemplait ses trois enfants. Ses deux fils étaient circoncis ; il n'était pas rare, elle le savait, que des soldats suspicieux ordonnent à certains hommes ou gamins de baisser leur pantalon pour vérifier. Esther, quant à elle, devenait ravissante et commençait à attirer les regards. Leah avait-elle eu raison de les exposer à ce voyage ? Trop tard. Et puis les faux papiers avaient déjà fait leurs preuves, elle n'avait aucune raison de s'inquiéter.

Deux soldats entrèrent dans leur wagon.

— *Papiere ! Papiere !* claironnèrent-ils.

Leah se força à sourire et tendit les documents. Tandis qu'un des hommes les étudiait avec attention, le plus jeune se plaça devant Esther et la contempla longuement.

— Mademoiselle, dit-il avec un fort accent, vous me plaisez. *Ich liebe dich!*

Il tendit la main vers Esther, qui se recula sur son siège, effrayée.

Pendant un instant, chacun se demanda ce que le jeune nazi allait faire. Il attrapa le menton d'Esther et se pencha vers elle, comme s'il allait l'embrasser. Leah retint un cri.

— Vous allez venir avec moi, ma petite fiancée française ! poursuivit-il en souriant.

Esther secoua la tête pour se dégager.

— *Was meinst du, Gerd, nehmen wir sie mit ? Das wird bestimmt lustig!*

— *Jetzt reicht's, Kleiner, wir sind im Dienst.*

— *Man wird sich doch noch amüsieren dürfen?*[1]

Gerd, le soldat plus âgé, posa alors son regard sur Esther, qu'il détailla comme du bétail. Leah se sentit défaillir. Tandis que Gerd réfléchissait, soupesant sa décision, les secondes qui s'égrenaient semblèrent durer une éternité. Daniel, les yeux baissés, le visage exsangue, retenait ses larmes pendant que Simon, perplexe mais inquiet, observait le jeune nazi, bouche bée, en triturant Oscar.

Soudain, un officier fit irruption dans le wagon et se mit à hurler des ordres. Le soldat relâcha Esther et

---

1. « Qu'est-ce que tu en dis, Gerd, on l'emmène avec nous ? Ce serait marrant, non ?

— Ça suffit, gamin, on est en service.

— On n'a pas le droit de s'amuser un peu ? »

se mit au garde-à-vous pendant que Gerd rendait ses papiers à Leah. Les trois hommes sortirent. Le jeune soldat se retourna pour envoyer un baiser à Esther. Celle-ci éclata en sanglots et se jeta dans les bras de sa mère.

Ils étaient tous encore sous le choc lorsqu'ils arrivèrent chez les Katzkoff. Golda et Dora les réconfortèrent du mieux qu'elles purent. Marius entraîna Esther dehors pour l'emmener marcher dans la quiétude des bords de la rivière. Là, il la fit asseoir tout près de lui avec des gestes tendres et caressa longuement ses cheveux, comme à une enfant qu'on cherche à apaiser.

— J'avais tellement attendu ce moment, murmura-t-elle. Et ces salauds ont tout détruit…

— Chut, Esther, ne parle pas. Écoute. Respire.

L'air empli d'eau exhalait les parfums mêlés de la rivière et des fleurs sauvages. Esther se laissa aller contre Marius, bercée par les battements de son cœur et par le grondement du courant. Enfin, elle tendit vers lui son visage et, dans le baiser qu'ils échangèrent, se glissa pourtant un sentiment de terreur et d'urgence.

Le soir, au dîner, alors qu'Esther avait repris des couleurs, Dora fit une annonce :

— Serge et moi, on va se marier cet été ! déclara-t-elle en rougissant.

— Félicitations, Dora ! répondit Leah. Je suis si heureuse pour vous.

— Vous viendrez, n'est-ce pas ? demanda Golda.

— On ne raterait ça pour rien au monde. Ce n'est pas tous les jours que nous avons des raisons de nous réjouir et de faire la fête.

Le lendemain, Serge, le fiancé, sa famille, ainsi que Riva, ses deux garçons et Kliatchko, vinrent déjeuner.

Le repas fut joyeux. On parla mariage et avenir, chacun voulant croire que si la vie continuait, si l'amour perdurait et que les Juifs avaient encore le droit de se marier religieusement, alors tout était encore possible. Leah remarqua les échanges de regards entre Riva, toujours aussi envoûtante, et Kliatchko, dont le charisme séduisait malgré elles toutes les femmes de l'assemblée. Ces deux-là aussi étaient amoureux, c'était évident. Comme le printemps pouvait être beau, même en temps de guerre, se dit-elle, ravie. Au fond, Hitler et son armée n'y pouvaient rien, l'amour avait cette capacité à naître partout, en toutes circonstances. Brusquement, sans prévenir, l'image de Paul Landron surgit dans son esprit. Que faisait-il en ce moment ? Regrettait-il de l'avoir aidée ? Il faudrait sûrement attendre la fin de la guerre pour qu'ils se revoient. La fin de la guerre… Seraient-ils seulement encore en vie ? De plus, Paul et elle n'étaient pas dans le même camp. Et il y aurait celui des vainqueurs et celui des vaincus. Une grande tristesse l'envahit, ainsi qu'une terrible culpabilité. Balayant ses pensées, elle se concentra sur ses enfants. Esther et Marius, toujours aussi épris, se tenaient la main sous la table, tandis que Simon passait discrètement – du moins le croyait-il – ses *knedle* de son assiette à celle de Pierre, le fils de Riva. Daniel était assis à côté de Robert. Il nourrissait une admiration sans bornes pour ce garçon brillant, grand amateur de musique. Leah observa son fils. Il devenait si beau, il semblait si vulnérable. Elle frissonna.

— Tu as trouvé de nouveaux disques, depuis la dernière fois ? demanda-t-il à Robert. Tu vas donner une fête ?

— L'ambiance n'est plus trop à la fête, en ce moment, répondit-il. Je n'aurais plus grand monde à inviter, de toute façon.

— Pourquoi ?

— Depuis l'arrivée des Allemands, on a beaucoup d'amis qui ont quitté Salies. Certains sont partis tenter leur chance dans une grande ville. Leurs parents pensaient qu'ils pouvaient plus facilement se fondre dans la foule et rester anonymes… En cas de rafle. Parce que, ici, tout le monde se connaît. Et puis d'autres amis n'avaient plus rien. Ils sont allés rejoindre des parents plus fortunés qui pouvaient les nourrir.

— Tu crois que nous aussi, on devrait fuir ?

— Je t'avoue que si je n'avais pas toute ma famille ici, je quitterais le pays. Tu te souviens des frères Levy ?

— Les jumeaux ?

— Oui. Ils sont passés e
n Espagne. Ils ont disparu du jour au lendemain.

— Et ils ont laissé leurs parents ?

— Ce sont eux qui leur ont demandé de partir. Ils pensaient que c'était mieux pour eux.

Daniel croisa alors le regard de sa mère. Serait-il capable, lui, de partir en la laissant derrière lui ?

À Saint-Girons, Clara rentrait chez elle après une visite chez Paulette. Dans son cartable de collégienne, elle avait caché des tracts qu'elle comptait distribuer avec ses amis la nuit suivante. Alors qu'elle tournait au coin de sa rue, elle aperçut deux soldats allemands et un milicien. Elle s'immobilisa avant de reculer pour se dissimuler. Les trois hommes s'arrêtèrent devant le numéro 45 – son immeuble. Le milicien, elle venait de le reconnaître, n'était autre que Franck. Pourquoi faisait-il entrer ces deux soldats chez eux ? Des hypothèses, toutes plus atroces les unes que les autres, défilèrent dans sa tête ; ils savaient pour les tracts et venaient la chercher ; ou alors ils avaient ordre d'arrêter son père, ou même toute sa famille. La jeune fille ne savait plus quoi faire. S'enfuir ? Courir avertir Paulette ? Et si son amie se faisait arrêter au même moment ?

Franck tourna la tête vers les deux soldats et leur tint la porte. Il leur dit quelque chose en allemand, et les trois hommes s'esclaffèrent. Clara attendit, et les minutes défilèrent, angoissantes. N'y tenant plus, elle s'approcha de l'entrée, poussa à son tour le battant et tendit l'oreille. Les hommes montaient l'escalier d'un pas lourd, faisant des haltes toutes les trois marches pour s'interpeller en riant. Ils étaient soûls, comprit-elle.

Lorsqu'ils tambourinèrent contre une porte, elle expira de soulagement. Ils étaient au deuxième étage, devant chez Franck. Elle perçut alors la voix aiguë de Mme Petit, qui se fit aussitôt enjôleuse. Des bruits de pas, la porte qui claque. Clara s'adossa au mur et resta quelques instants dans le noir à reprendre ses esprits. Puis elle grimpa les marches en courant jusqu'au troisième étage.

6

Lorsque Leah et les enfants rentrèrent de Salies, ils furent heureux de voir que Nathan était toujours là. Paris, son chien, leur fit la fête et Simon disparut aussitôt dans le jardin avec l'animal.

— Alors, Nathan, ce départ, encore repoussé ? demanda Leah quand Daniel et Esther furent montés déposer leurs valises.

— On m'a confié une mission qui m'a retardé, expliqua-t-il. Et j'ai compris que pour le moment je pouvais être plus utile ici. Si ça ne vous dérange pas que je reste…

— Au contraire, ta présence à la maison me rassure. Mais ce ne serait pas plutôt une jolie jeune fille qui te retiendrait ici ?

Nathan lui adressa un large sourire.

— Peut-être un peu aussi !

Quelques semaines plus tard, Nathan disparut. Il avait prévenu Leah qu'un nouveau travail l'attendait et, une nuit, il partit sans en dire plus.

Deux jours après, à la tombée de la nuit, alors que Mihaïl était lui aussi absent depuis plusieurs jours,

Leah aperçut dans l'allée du parc une lueur tremblotante qui approchait. Le visage pressé contre la fenêtre, elle fixa la forme indistincte qui remontait l'allée. Elle reconnut le vélo de Louis. Celui-ci déposa son engin par terre et grimpa les marches du perron.

— Louis ? Qu'est-ce qu'il y a ? demanda Leah.

— Vous devez partir avant le lever du jour. Ils vont venir vous chercher.

— Les Allemands ?

— Et la Milice. Le maquis a fait sauter une usine qui travaillait pour les nazis.

— Et mes parents ? Ils sont sur la liste ?

— Non, il n'y a que vous. Les Weiss ne sont pas concernés, mais par prudence j'ai suggéré qu'au moins Jacques aille dormir ailleurs. Ils prennent surtout les hommes en otage. Mais il faut que tu mettes tes enfants à l'abri, on ne sait jamais. Tu as assez d'argent ? Tu as besoin que je t'en prête ?

— Ça ira, je te remercie. Pourras-tu prévenir mes parents que nous partons, et Mihaïl, s'il rentre avant nous ?

— Bien sûr, ne t'inquiète pas pour ça.

— Merci du fond du cœur, Louis.

Après le départ de son ami, Leah s'assit lourdement sur le canapé. Elle ferma les yeux et couvrit son visage de ses mains. Qu'allait-elle faire ? Où allaient-ils se cacher ? Si seulement Mihaïl était là… Les minutes s'égrenèrent, Leah ne bougeait pas, prostrée. Puis, enfin, elle prit une décision. Elle monta dans sa chambre, attrapa sa petite valise qu'elle remplit à la va-vite et sortit les faux papiers dissimulés derrière la lourde commode. Puis elle s'assit dans un fauteuil du salon et attendit, bien trop angoissée pour avoir besoin de lutter contre le sommeil.

À 4 heures, elle se glissa dans la chambre d'Esther, qui se redressa d'un bond dans son lit.

— Qu'est-ce qu'il se passe, maman ?

— Il va y avoir une rafle. On doit partir deux ou trois jours.

— Où ça ? À Salies ?

— Non, on mettrait nos amis en danger. J'ai bien réfléchi. L'endroit où on pensera le moins à nous chercher, c'est à Toulouse. Qui croirait que des Juifs en cavale se réfugient dans une ville pleine d'Allemands ? Allez, lève-toi, Fegele, on n'a plus beaucoup de temps.

Elle entra ensuite dans la chambre des deux garçons et réveilla Daniel, qui eut du mal à ouvrir les yeux.

— Mon chéri, prépare des affaires pour quelques jours. Allez, debout !

Leah ramassa ensuite des vêtements pour Simon et les rangea dans sa propre valise. Puis elle s'approcha du lit du petit garçon. Il dormait sur le côté, les mains sagement glissées sous la joue, quelques mèches collées sur son front en sueur. Elle se pencha au-dessus de lui, repoussa ses cheveux et caressa son visage. Sa peau était douce et chaude sous ses doigts.

— *Katzele*, réveille-toi, on part en voyage, murmura-t-elle.

Simon ne bougea pas. Délicatement, elle le souleva et entreprit de l'habiller tandis qu'il sommeillait encore.

Enfin, ils se retrouvèrent sur le palier avec leurs valises, Simon, clignant des yeux, tenant la main de Leah. En bas, Paris s'agitait. Ils prirent soin de l'enfermer dans la cuisine avec de quoi boire et manger avant de se glisser dehors. La nuit était fraîche et obscure, les étoiles brillaient encore dans le ciel noir. Saisis par l'humidité, ils frissonnèrent.

Soudain, Simon lâcha la main de sa mère et se précipita dans la maison.

— Simon ! cria Leah. Où vas-tu ? Reviens !

— J'ai oublié Oscar ! J'arrive, maman.

— Reviens ici tout de suite ! hurla-t-elle, paniquée.

Sans même tourner la tête, il grimpa l'escalier à toute vitesse.

— Esther, va l'aider s'il te plaît, ton frère ne retrouve jamais rien, et on est pressés, dit Leah d'une voix angoissée.

Esther découvrit son frère penché sous son lit, murmurant des paroles inaudibles. Oscar était enfoui sous les couvertures, comme Esther s'en rendit immédiatement compte.

— Il est là, ton nounours. Allez, viens, on doit se dépêcher.

Tous quatre remontèrent l'allée et franchirent la haute grille de la propriété. À pas lents, ils marchèrent jusqu'à la gare de Saint-Girons, à l'écoute du moindre bruit, prêts à se jeter dans les fourrés au premier signe de danger. Mais à cette heure, la route était déserte.

Arrivée près de la gare, Leah les fit pénétrer dans un sous-bois. Il fallait à tout prix éviter de se faire repérer sur le quai. Louis l'avait avertie que la Milice, qui avait pris possession d'une maison au-dessus de la gare, surveillait les voyageurs. Une heure interminable s'écoula. Simon dormait à poings fermés, Daniel et Esther se taisaient, tendus et inquiets. Enfin, Leah se leva.

— Ne bougez pas d'ici, les enfants, et attendez-moi. Je vais acheter les billets et je reviens vous chercher.

— Je peux t'accompagner ? demanda Daniel, suppliant.

— Tu restes avec ton frère et ta sœur. Si je ne suis pas là dans une heure, allez chez vos grands-parents, c'est bien compris ?

— Maman..., gémit Esther.

— J'ai bien l'intention de revenir, ne vous inquiétez pas.

Leah s'éloigna de son allure fière.

— Maman ne veut jamais me considérer comme un homme capable de la protéger, se plaignit Daniel.

— Parce que tu n'es pas un homme, Daniel, et maman pense que c'est à elle de te protéger. Un jour, tu auras des enfants, toi aussi, alors tu te souviendras d'elle et tu sauras quoi faire.

Daniel maugréa une réponse incompréhensible, et Esther ne prit pas la peine de la lui faire répéter.

Simon se réveilla au moment où Leah les rejoignait.

— On y va, les enfants. Allez !

Ils se glissèrent parmi les voyageurs massés sur le quai puis montèrent à bord du train en direction de Boussens. De là, ils changeraient pour Toulouse.

Le trajet fut pénible. Le cœur d'Esther se serra lorsqu'ils s'arrêtèrent à Salies. Sa mère, qui l'observait, lui prit la main. Le coup de sifflet annonçant le départ retentit et le train démarra. Esther, le visage collé contre la vitre, regarda derrière elle jusqu'à ce que la petite gare disparaisse de sa vue.

Tandis que Daniel dormait, la tête calée contre l'épaule de sa sœur, ainsi que Simon, allongé sur les genoux de Leah, la mère et la fille refusaient de fermer l'œil en dépit de leur épuisement. Leah ne pouvait pas se le permettre et Esther avait trop peur pour s'abandonner au sommeil. Depuis sa grande frayeur avec le soldat allemand, elle redoutait de voyager et de subir un contrôle.

— On va faire quoi, à Toulouse ?

— Se promener, trouver un hôtel, aller manger une glace… Je ne sais pas, Fegele, mais vis-le comme une aventure, la découverte d'une grande ville. C'est très beau, Toulouse, tu verras.

— Des vacances improvisées, c'est ça ? Ou une grande partie de cache-cache.

— Ne t'en fais pas, on rentrera vite chez nous.

Le changement de train à Boussens dura des heures. Ils parvinrent cependant à trouver un banc et s'y installèrent pour pique-niquer. Esther se tenait tête baissée afin d'éviter les regards des soldats qui circulaient dans la petite gare. Leah, elle, avait du mal à garder les yeux ouverts. Il faisait chaud sur les quais. Simon ne tenait pas en place, mettant ses nerfs à rude épreuve. Daniel l'emmena faire quelques pas, offrant un peu de répit à sa mère.

— Ne vous éloignez pas trop, je dois pouvoir vous voir.

— Je sais, maman, répondit Daniel.

Le train reliant Boussens à Toulouse était bondé. Daniel trouva un siège et fit signe à sa mère de s'asseoir. Trois ans auparavant, au début de la guerre, il avait quitté Paris en train avec son frère, sa sœur et leur grand-mère car les Allemands menaçaient de bombarder la ville. Leurs parents et leur grand-père, avait-il été décidé, devaient les rejoindre plus tard. En ce temps-là, il n'avait que onze ans, et ce qu'il considérait comme de terribles drames – quitter ses parents, son école, ses amis – lui apparaissait à présent comme des détails sans importance. Aujourd'hui, ils ne partaient pas pour aller vivre dans une nouvelle maison, pour intégrer un nouveau collège. Aujourd'hui, ils fuyaient des soldats nazis qui arrêtaient les femmes et les enfants.

— Mon chéri, ça va ? demanda Leah, interrompant ses sombres pensées.

— Très bien, maman. Juste un peu fatigué. Et toi ?

Leah lui sourit.

— Je suis épuisée ! Mais j'ai toujours voulu visiter Toulouse.

La ville rose était baignée par le soleil de fin d'après-midi. Lorsqu'ils émergèrent de la gare, ils clignèrent des yeux, éblouis. Une foule dense, parmi laquelle se mêlaient de nombreux groupes de soldats allemands, se pressait en tous sens. Leah regarda à droite, puis à gauche avant de lancer :

— Bien, commençons par trouver un endroit où dormir.

Elle entraîna ses enfants dans une rue sombre et étroite où plusieurs enseignes d'hôtels saillaient des façades. Leah remarqua de nombreuses femmes seules ou accompagnées, en majorité par des soldats, entrer et sortir des lieux. Quelle meilleure cachette qu'un hôtel de passe plein d'Allemands, songea-t-elle. Sa gorge se noua lorsqu'elle contempla Simon, dont les grands yeux candides mangeaient son petit visage rond.

Elle choisit l'établissement à l'aspect le moins décrépit et y réserva deux chambres en présentant ses faux papiers. La réception débouchait sur un grand patio. À gauche, un escalier menait à l'unique étage, une immense coursive, délimitée par une rambarde, où s'alignaient les portes des chambres.

— Daniel et Esther, vous dormirez ensemble, déclara Leah en tendant une clé à sa fille, moi je resterai avec Simon. Vous êtes assez grands pour veiller l'un sur l'autre. À la moindre inquiétude, vous viendrez me voir.

Les enfants acquiescèrent, puis chacun ouvrit sa porte.

Esther fut contrariée en découvrant un unique grand lit. Une odeur désagréable lui chatouilla les narines et elle s'empressa d'ouvrir la fenêtre. Daniel s'assit sur le matelas, qui grinça bruyamment. Le couvre-lit était piqueté de taches et il refusa de songer à l'état des draps.

— On sent les ressorts. On va bien dormir, dit-il d'une voix sinistre.

Après s'être rincé le visage, Daniel et Esther verrouillèrent la porte et vinrent frapper à celle de Leah.

— On sort, les enfants, vous devez mourir de faim, annonça celle-ci.

Ils dînèrent de bonne heure dans une gargote que leur avait indiquée le propriétaire de l'hôtel. La nourriture, correcte et locale, leur remonta le moral. Seul Simon parut contrarié.

— Ce n'est pas bon, l'omelette, maman, ce n'est pas comme celle de Maria.

— *Katzele*, si tu ne manges pas cette omelette, tu resteras avec le ventre vide jusqu'à demain. Tu trouves que c'est le moment de faire un caprice ? Un grand garçon comme toi ?

Simon, la tête dodelinant sous le poids de la fatigue, les yeux embués, tripota sa nourriture avant de se remettre à manger.

Assise à côté de lui, Esther passa le bras autour de son cou.

— Allez, mon Simon, demain on ira manger une glace, pas vrai, maman ?

— Pourquoi elle est pas venue avec nous, Maria ? demanda Simon. Je croyais qu'elle nous aimait bien.

— Elle n'a pas besoin de partir, elle, répondit Daniel.

Leah jeta un regard sévère à son fils.

— Maria sera là à notre retour. Allez, arrête de poser des questions et mange, on n'attend plus que toi.

Quand ils rentrèrent à l'hôtel, Esther sentit l'affolement l'envahir. La coursive grouillait de soldats. Son corps se recroquevilla instinctivement et, refoulant son envie de hurler de terreur, elle s'accrocha au bras de son frère, qui sursauta lorsqu'il sentit ses ongles s'enfoncer dans sa chair. Leah marchait devant eux avec son port altier et sa démarche fière. On aurait dit que rien ne l'atteignait. Malgré les regards pesant sur elle et sur Esther, ils parvinrent sans encombre jusqu'à leurs chambres. Leah s'assura que ses deux aînés verrouillaient bien la porte derrière eux puis entraîna Simon jusqu'à la leur.

Allongés côte à côte dans leur lit crasseux, Daniel et Esther écoutèrent le bruit incessant des bottes résonnant dans le couloir, les rires de femmes ivres, les grincements saccadés des matelas. Lorsque enfin, à bout de forces, ils sombrèrent dans le sommeil, le jour commençait à poindre.

Peu après, Leah vint les réveiller. Une journée d'errance les attendait. Ils marchèrent à travers la ville, s'arrêtant parfois dans un grand magasin ou un café, ou pour manger la glace qu'ils avaient promise à Simon. Ils visitèrent un musée et regardèrent sans les voir des tableaux académiques qui parurent aux enfants se succéder à l'infini. Puis ils firent longtemps la queue à la poste, où Leah téléphona au bureau de Louis Deumier. Celui-ci lui assura que le calme était revenu à Saint-Girons et qu'ils pouvaient rentrer chez eux.

En fin de journée, ils dînèrent dans le même établissement que la veille et retournèrent se coucher dans leur hôtel sordide. Cette fois, l'épuisement conjugué à l'expérience sans incident de la nuit précédente eut raison de l'inquiétude d'Esther et de Daniel. Ils s'endormirent rapidement.

Très tôt, le lendemain matin, ils entendirent Leah toquer à la porte et appeler.

— Réveillez-vous, on s'en va !

Esther se redressa, affolée. Elle courut ouvrir à sa mère.

— Qu'est-ce qu'il y a ? On a des ennuis ?

— Non, Fegele, on rentre chez nous.

Ce fut sans regret qu'ils quittèrent Toulouse. Plus aucun d'eux n'avait l'habitude des grandes villes ni de leur agitation. Ils retournèrent chez eux épuisés, le corps couvert de piqûres de puces, souvenirs de leur hôtel misérable.

7

Fernand était assis, calé contre un rocher, lorsque Daniel le rejoignit au bord de la rivière. Ce dernier posa sa bicyclette et s'affala à côté de lui.

— Je t'ai apporté ce que tu m'as demandé, dit-il en sortant de son sac un saucisson et du chocolat.

— Donne, je vais manger le chocolat maintenant.

— Je peux en avoir ?

Sans répondre, Fernand mordit dans la tablette et fit fondre le morceau sur sa langue en lui jetant un regard provocateur.

— Allez, on partage, dit Daniel, et il se pencha vers lui en tentant de lui agripper le poignet.

Fernand écarta son bras avant de le tendre bien haut.

— Viens le chercher.

Daniel se pencha davantage. Il sentit sur sa joue le souffle de Fernand et tourna la tête vers lui. Irrésistiblement, il se rapprocha encore, leurs lèvres s'effleurèrent. Fernand écrasa alors brutalement sa bouche contre la sienne et leurs dents s'entrechoquèrent. Ils roulèrent sur le sol.

— Tu me prêtes ta bicyclette, samedi ? Je te la rendrai dimanche matin, demanda Clara à Esther à la sortie du collège.

— Pour quoi faire ?

— Je vais me promener.

— Toute seule ?

— Ça te regarde ?

— Tu vas voir Nathan ?

— Arrête, avec tes questions. Tu me la prêtes ou pas ?

— Dis-moi ce que tu comptes faire.

— Si je ne te le dis pas, c'est pour ton bien.

Esther resta silencieuse un instant. Elle observa son amie. Clara n'avait pas son air ardent, comme lorsqu'elle parlait de Nathan. Si ce n'était pas pour le retrouver, alors elle partait rejoindre Roger et Paulette. Soudain, Esther se sentit profondément triste. Elle ne parvenait pas à savoir ce qui était le plus douloureux : imaginer Clara retrouver Nathan pour un rendez-vous secret, vivre un amour qui l'éloignerait d'elle, voire, briserait leur amitié, ou partager, sans elle, une aventure héroïque avec ceux dont elle s'était crue proche.

— Tu pars en mission, c'est ça ?

— Esther, tant que tu ne veux pas venir avec nous, on ne peut rien te dire, tu comprends ?

— Pour autant, ça ne te gêne pas d'emprunter mon vélo ?

— Quoi, tu as peur que je te l'abîme ? Que je te le rapporte avec des traces de sang ? demanda Clara avant d'éclater d'un rire méprisant.

La gorge d'Esther se serra.

— Non, je m'en fiche de mon vélo. Je ne veux pas que tu prennes de risques, j'ai peur. S'il t'arrivait quelque chose, je…

— Quoi ? Qu'est-ce que tu ferais ?

— Je ne m'en remettrais jamais.

— Arrête de dramatiser. Ça va aller. Ce n'est pas comme si j'allais faire sauter un pont.

Esther ne répondit pas. Elle garda la tête baissée, retenant ses larmes.

— Écoute, poursuivit Clara, je vais me débrouiller sans toi.

Elle se retourna et s'éloigna d'un pas vif.

— Clara ! cria Esther. Attends ! C'est d'accord, je te prête mon vélo.

La jeune fille s'immobilisa avant de faire demi-tour.

— Je savais que je pouvais compter sur toi.

Elle déposa deux baisers sur les joues d'Esther puis repartit en lançant par-dessus son épaule :

— Demain après le collège, alors ! Salut !

Alors que l'heure du couvre-feu approchait, Clara pédalait dans la ville. Plus tôt ce soir-là, elle avait attendu que sa famille se soit couchée pour se relever et sortir discrètement de l'appartement. Sa sœur et son père, épuisés par leurs longues journées de travail, se mettaient au lit très tôt et s'endormaient chaque soir profondément. Sa mère se couchait toujours en même temps que son mari. Clara s'était ensuite rendue avec Roger et Paulette dans l'arrière-cour de la librairie. Gabriel Peyrat les y attendait. Il avait distribué à chacun une pile de feuillets qu'il venait de recevoir, imprimés clandestinement dans une usine de papiers de la région.

Roger était parti de son côté sur son vélo, Paulette avait accompagné Clara, qui avait soigneusement caché les tracts dans les lourdes sacoches accrochées à la bicyclette d'Esther. Et pendant que l'une avait surveillé les alentours, l'autre avait glissé les petits papiers sous les portes. Puis, au moment où la cloche de l'église Saint-Valier sonnait la demie de 11 heures, elles s'étaient séparées. Paulette avait tourné au coin d'une rue pour regagner la maison de sa grand-mère et Clara avait enfourché son vélo pour rentrer chez elle.

À quelques dizaines de mètres de son immeuble, elle reçut un choc qui la renversa au sol. Un homme s'était jeté sur elle. Des bras vigoureux la traînèrent sous une porte cochère tandis qu'elle se débattait faiblement, encore étourdie par sa chute. Son corps fut brutalement relevé et jeté contre un mur, une main plaquée contre sa bouche. Le visage qui se colla contre le sien était celui de Franck.

— Alors, on se promène, la petite youpine ? Ta maman est au courant ?

Il dégagea imperceptiblement sa main.

— T'as pas intérêt à gueuler, sinon je te fous mon poing dans la tronche.

Clara tenta en vain de se libérer.

— Arrête de bouger comme ça, ou tu vas le regretter.

Clara se figea immédiatement. Les yeux écarquillés, le cœur martelant sa poitrine, elle garda le silence. Puis elle parvint à murmurer :

— Qu'est-ce que tu me veux ?

— À toi ? Rien. Je voulais juste te prévenir. Tu commences à fréquenter des gens pas recommandables, alors fais attention parce que tu risques de t'attirer des ennuis. Je te surveille, tu sais. À la Milice, on sait tout : qui fait quoi, qui voit qui. Je pourrais te protéger, si tu veux, mais faudrait que tu me donnes quelque chose en échange. Tu vois ce que je veux dire ?

— Non, laisse-moi ! s'écria Clara en le repoussant.

— Réfléchis bien, ma belle, dit Franck avant de la lâcher. Allez, rentre chez toi. Mais tu es prévenue : c'est la dernière fois.

Clara saisit le guidon de son vélo, remonta en selle et s'enfuit.

Parvenue devant son immeuble, elle aperçut Fernand qui traînait devant la porte. Oh, non ! se dit-elle, paniquée.

Pourtant, Fernand s'écarta pour la laisser passer, tête basse, sans un mot, l'air bizarrement mal à l'aise. Stupéfaite, Clara l'observa qui s'éloignait, les mains enfoncées dans les poches de son pantalon, disparaissant dans l'obscurité. Il était bientôt minuit. Pas le temps de s'interroger sur le comportement de Fernand. Sa soirée avait été suffisamment mouvementée.

Après avoir laissé le vélo dans la cour de l'immeuble, elle grimpa les marches. Elle s'engageait vers le troisième étage lorsqu'elle entendit la porte des Petit s'ouvrir.

— *Gute nacht, liebling*, souffla un homme.

Clara revint doucement sur ses pas et tendit le cou. Un officier allemand se tenait sur le seuil, sa main caressant l'épaule nue de Mme Petit. Celle-ci gloussa, puis la porte se referma. Clara se rencogna dans l'obscurité et attendit, sans bouger, que l'officier ait descendu l'escalier.

Le lendemain, dans la cour du collège, Roger, Paulette et Clara, rejoints par Esther et Lucienne, discutaient à l'ombre d'un platane avant d'entrer en classe. C'est alors que deux amis de Franck, Eugène et Jean-Marie Leroy, débouchèrent du préau. Ils étaient vêtus de l'uniforme allemand complet : pantalon et veste vert-de-gris, bottes, calot vissé sur le crâne. Tout le monde savait que leurs parents s'étaient mis au service de l'occupant, mais cette vision inattendue choqua la plupart des collégiens. Tandis que les deux frères déguisés en nazis traversaient la cour à pas lents, jetant des regards hautains sur leurs camarades, les conversations cessèrent peu à peu. Quand ils passèrent devant le groupe d'amis, Lucienne, poussant un cri étouffé, fut la première à les remarquer : les brassards qui cernaient leurs bras. Rouges, avec un cercle blanc, sur lequel ressortait une croix gammée noire. Un lourd silence s'installa dans toute la cour, créant une atmosphère étrange et pesante. Le temps sembla suspendu.

Brusquement, les frères se retournèrent.

Esther prit la main de Clara, Roger entoura les épaules de Paulette en un geste protecteur. Médusés, ils virent les deux frères tendre le bras et hurler un *Heil Hitler!* retentissant. La cloche sonna.

Pendant la récréation, Daniel décida de rejoindre Fernand et sa bande. Depuis leur dernier rendez-vous sur les bords du Salat, ils s'étaient évités. Daniel était bouleversé par ce qu'ils avaient fait. Il se sentait perdu, il avait envie que Fernand lui dise que tout allait bien, que lui aussi avait aimé ce qu'ils avaient partagé, qu'ils n'avaient rien fait de mal et, surtout, qu'il avait envie de le revoir.

À présent, il ne pouvait plus attendre, il devait revoir Fernand, tenter de savoir ce qu'il ressentait, lui aussi. Il remarqua que le garçon n'affichait pas son air habituel de petit caïd arrogant. Pire, il semblait malheureux. Daniel s'inquiéta. Était-ce à cause de lui ? Fernand avait-il des regrets ?

— Tiens, qui voilà ? lança Fernand en le voyant arriver. Vous avez vu, les gars, notre sale youpin est de retour parmi nous.

Bouleversé, Daniel ne sut que dire. Il lui lança un regard implorant.

— Arrête de me reluquer comme ça. C'est quoi, ton problème, je te plais, c'est ça ?

Les autres gamins éclatèrent de rire. Soudain, Fernand se jeta sur Daniel et le renversa au sol. Pris d'une rage incontrôlable, il le roua de coups de pied et de coups de poing. Daniel ne fit rien pour se défendre. La petite bande se mit à pousser des cris d'encouragement, attirant le surveillant. Celui-ci se précipita vers les deux corps emmêlés et les sépara avec peine.

Daniel, couvert de poussière, le nez en sang, était pâle comme la mort. Fernand, les traits défigurés par la colère, lui cracha au visage avant que le surveillant ne l'entraîne.

Ce que Daniel ne put voir, tandis que Fernand se laissait tirer à l'intérieur du bâtiment, ce furent les larmes qui striaient ses joues.

8

Les Brodsky bondirent de joie dans leur petite cuisine en sous-sol. Sur Radio Londres, on venait d'annoncer que les Alliés avaient débarqué en Sicile. Après la victoire de l'Armée rouge en URSS, cet événement soulevait un immense espoir. La victoire était proche.

Esther avait hâte de partager son bonheur avec Marius. Bientôt, elle et sa famille se rendraient à Salies pour les vacances d'été. Leah avait chargé Mihaïl d'acheter des tissus au cours de ses expéditions, puis elle s'était mise au travail pour coudre à chacun les vêtements de fête qu'ils porteraient au mariage de Dora. Esther, ravie de découvrir l'étoffe rose gaufrée que sa mère lui avait réservée, avait feuilleté de vieux exemplaires de *Match* à la recherche de modèles portés par les stars de cinéma. Elle s'était emballée pour une robe de bal qu'elle avait montrée à Leah. Celle-ci avait levé les yeux au ciel, avant de l'avertir de son intention de coudre des bretelles bien plus larges et plus couvrantes que celles de la photo.

— Ah, les jeunes filles d'aujourd'hui ! Si on n'était pas là pour vous réfréner, où irions-nous ? avait-elle lancé en riant à moitié.

À présent, Leah était en train de finaliser sa tenue, une robe longue portefeuille bleu pâle élaborée dans un tissu brillant. Guittla la trouva splendide et exigea que sa fille porte l'une des rares paires de boucles d'oreilles précieuses, ornées de saphirs, qui lui restaient.

— Et toi, grand-mère, qu'est-ce que tu vas mettre ? demanda Esther.

— Ma vieille robe verte, pour embêter ta mère, répondit Guittla d'un air malicieux.

— Maman, tu ne l'aimes pas ?

— Elle est verte, ça porte malheur, mais maman n'en fait qu'à sa tête. Ah, franchement, entre vous deux…

Fin juillet, Mihaïl conduisit sa famille en deux fois jusqu'à Salies afin de lui éviter de prendre le train. Ces derniers temps, les sabotages se multipliaient sur les voies de chemin de fer, les gares pullulaient de soldats et les trains circulaient de plus en plus mal. Ils avaient loué la même villa que l'année précédente, tout près de chez les Katzkoff.

Le mariage religieux fut célébré dans une grande salle que la communauté juive de Salies utilisait pour les offices et les célébrations. Ce jour-là, le lieu avait été décoré de grands chandeliers où brûlaient de nombreuses bougies. Lorsque les Brodsky y pénétrèrent, les invités avaient déjà pris place sur les bancs et les chaises de fortune rassemblées pour l'occasion, les hommes coiffés de kippas d'un côté, les femmes aux têtes couvertes de foulards ou de chapeaux de l'autre. Dans la chaleur étouffante, certaines agitaient des éventails tandis que d'autres tamponnaient leurs fronts et leurs gorges de leurs mouchoirs. La famille se sépara pour prendre place.

Esther, qui cherchait Marius du regard, le découvrit au premier rang, à côté de son frère. Sa kippa était légèrement de travers, probablement en raison de sa tignasse rousse indisciplinée. Instinctivement, il se retourna vers elle et son sourire, qu'elle aimait tant, éclaira son visage, donnant à ses yeux cette lueur à la fois si douce et pleine de vie.

— Quelle belle assemblée, murmura Guittla à Leah. Toute la communauté juive de la région. Imagine une rafle ici, ça simplifierait le travail des nazis et des collabos.

— Maman ! S'il te plaît !

— Tu sais que j'ai raison.

La musique interrompit Guittla. Enfin, le marié arriva, vêtu d'une queue-de-pie gris clair. Les chuchotements cessèrent, et toutes les têtes se tournèrent pour le suivre des yeux tandis qu'il remontait l'allée, sa mère à son bras, pour rejoindre le rabbin. D'habitude si sûr de lui, Serge paraissait intimidé, songea Esther, et sans savoir pourquoi, cette pensée lui fit monter les larmes aux yeux. Puis Dora fit son apparition, créant un murmure admiratif dans les rangs. Elle portait une magnifique robe blanche aux manches en dentelle, des fleurs avaient été tressées dans ses cheveux. Esther contempla son visage fin, son cou gracieux et ses grands yeux sombres, et se dit qu'elle n'avait jamais vu de jeune mariée si belle. Mendel, qui lui tenait le bras, essuya discrètement une petite larme. Alors que Dora rejoignait son futur époux, Esther ne put s'empêcher de regarder Marius, et la vue de son visage de profil tourné vers l'autel étreignit son cœur de bonheur, mais aussi d'angoisse. Non, s'intima-t-elle, aujourd'hui, ce n'est pas un jour pour avoir peur. Elle s'obligea à se concentrer sur les mariés, les chants, les prières, les encens ; elle observa, fascinée, le couple caché sous le dais qui échangeait les alliances, avant d'être porté à bout de bras sur des chaises à travers la salle, au milieu des exclamations de joie. À la fin de la cérémonie, les jeunes mariés accueillirent les invités dans une petite salle attenante. Chacun défila pour les féliciter et leur souhaiter une vie heureuse et éternelle ainsi qu'une belle et généreuse progéniture.

Ce fut en plus petit comité qu'ils se retrouvèrent le soir chez les Katzkoff. Les familles des mariés recevaient leurs proches pour un buffet. Riva, ses enfants et Kliatchko étaient là, ainsi que Lucien Reznik et quelques amis des enfants.

Dora et son mari s'éclipsèrent de bonne heure. Une chambre dans un bel hôtel avait été réservée pour leur nuit de noces. Le couple n'ayant pas les moyens d'avoir son propre logement, Dora irait vivre chez les parents de son mari dès le lendemain, en attendant des jours meilleurs.

L'été 1943 passa très vite. Esther et Marius le vécurent en symbiose. Inséparables, ils ne participèrent pas aux jeux et aux sorties à la rivière avec les autres jeunes. Ils éprouvaient le besoin de s'isoler, comme si chaque heure, chaque jour, était trop précieux pour être partagé avec d'autres. Le sentiment de terreur et d'urgence qui les avait saisis depuis l'agression subie par Esther était demeuré. Cet été passé ensemble, percevaient-ils sans se l'avouer, pouvait tout aussi bien être le dernier. Alors ils le vécurent comme la célébration de leur amour. Mais aussi avec l'intensité du désespoir.

Esther, volontairement aveugle au reste du monde, ne perçut pas l'inquiétude persistante des adultes, elle ne remarqua pas les disparitions fréquentes de Daniel, qui s'en allait toujours seul sans prévenir et s'isolait de plus en plus. Elle oublia volontairement Clara et Paulette qui, malgré elles, la renvoyaient à ses propres failles. Les derniers mois à Saint-Girons lui avaient laissé un goût amer, un sentiment lancinant de jalousie envers ses amies qui lui faisait honte. Aussi, Esther appréhendait de rentrer chez elle. Elle aurait voulu que l'été ne s'arrête jamais.

Le retour vers la fin août fut rude, mais pour d'autres raisons. Les départs brutaux avant l'aube recommencèrent. Il fallait faire vite, boucler une petite valise et se sauver dans la campagne. Il leur arriva même de repartir se cacher à Toulouse. Puis un jour, Louis Deumier arriva en voiture en pleine nuit, plus agité qu'à l'accoutumée.

— Fais vite, Leah, ils ne vont pas tarder ; certains d'entre eux ont beaucoup bu, ils ne se contrôlent plus. Je te laisse, je dois prévenir en urgence quelques familles de Pamiers.

Leah s'assit un instant dans un fauteuil du salon, le temps de se ressaisir et de laisser s'apaiser les battements affolés de son cœur. Nathan avait encore disparu depuis plus d'une semaine, elle se sentait plus seule que jamais. Les coudes sur les genoux, la tête entre les mains, elle eut envie de hurler et de pleurer. Un gémissement sourd s'échappa d'entre ses lèvres. Puis elle se leva, elle était prête. Il était 3 heures du matin, il fallait réveiller les enfants. C'est alors qu'elle entendit un bruit de moteur puis distingua une lueur qui approchait.

Elle se précipita dans l'escalier en hurlant.

— Les enfants, debout, tout de suite ! On part. Maintenant !

Elle entra en trombe dans la chambre d'Esther, qui se précipitait déjà hors de son lit. Puis elle courut réveiller les garçons. Elle empoigna Simon et continua de crier à l'attention de Daniel qui tentait de s'habiller à la va-vite, perdu et hagard. Esther les attendait sur le palier, sa chemise de nuit dépassant d'un gros pull, ses chaussures à moitié enfilées.

Ils descendirent l'escalier, trébuchant dans leur précipitation. Mais déjà, une voiture s'était arrêtée devant l'entrée principale. Des portières claquèrent. Des pas crissèrent sur les graviers, des pas qui semblaient faire le tour de la maison. D'autres bruits résonnaient aussi sur le perron.

Leah réfléchissait à toute allure. Comment sortir d'ici ? Toutes les issues étaient bloquées, il y avait des hommes partout. La cave ! Le soupirail de la cave !

Simon dans les bras, elle entraîna ses enfants dans l'escalier qui menait au sous-sol, à l'arrière de la maison. Lorsque le fracas de portes brisées retentit et que des hommes s'interpellèrent à l'intérieur, Leah ordonna à Daniel d'ouvrir le soupirail.

Tremblant, son fils s'acharna sur le mécanisme qui résistait. Leah sentit une sueur glaciale ruisseler dans son dos. Au moment où elle allait poser Simon par terre pour aider Daniel, la petite fenêtre céda enfin.

— Esther, Daniel, glissez-vous par là, ne faites pas un bruit, chuchota-t-elle. Ensuite, je ferai monter Simon. Emmenez-le et partez vous cacher dans le bosquet derrière le potager, je vous rejoins.

Les enfants obéirent. Puis Leah souleva son petit dernier, devenu bien lourd dans ses bras, mais sa frayeur et son instinct maternel décuplèrent ses forces. Simon courut retrouver ses aînés. Qui ne bougèrent pas, fixant leur mère de leurs yeux terrorisés. Car Leah, une fois son buste passé par l'ouverture, sentit une pointe de métal s'enfoncer dans ses hanches, l'empêchant de basculer de l'autre côté. Elle agita les jambes, tira sur ses bras. Elle s'interrompit en sentant la pointe pénétrer dans sa chair. Elle était coincée. Mais pourquoi les enfants restaient-ils ainsi à la regarder ? Ne leur avait-elle pas demandé de courir se cacher ?

— Dépêchez-vous, filez ! murmura-t-elle en les fixant de ses yeux furieux.

Une angoisse viscérale monta en elle. Folle de rage et de peur, Leah secoua frénétiquement la main pour leur faire signe de déguerpir.

Esther comprit. Elle lança un dernier regard désespéré à sa mère, serra plus fort la main de Simon et fit volte-face avant de s'élancer, suivie par Daniel. Leah, pleurant des larmes de soulagement, contempla ses trois enfants se sauver à travers le jardin.

C'est alors qu'elle entendit des pas dans l'escalier de la cave. Affolée, haletante, elle se tortilla frénétiquement de tout son corps, ignorant la douleur vive qui traversait son flanc.

Un grincement. Quelqu'un ouvrait la porte. Ravalant un cri, Leah tira violemment sur ses bras. Au même instant, son corps glissait à l'extérieur, tandis que la lumière d'une lampe torche balayait les lieux. Elle se releva, s'élança en boitillant, se demandant avec terreur si une balle allait claquer et l'abattre dans le dos.

Rien ne vint interrompre sa course. Elle se jeta au milieu de ses enfants. Sa robe, tachée de sang sur la hanche, était déchirée. Elle avait mal. Sans rien montrer, elle donna le signal. Ils se redressèrent en même temps et marchèrent à pas furtifs hors de la propriété. À droite, sur la colline, se dressaient Saint-Lizier et ses fortifications.

— Par là, décida Leah.

Ils traversèrent des champs puis se dissimulèrent à l'abri des arbres. Arrivée à l'entrée de la ville, Leah demanda à ses enfants d'attendre à couvert. Elle gagna la route. N'apercevant personne, n'entendant pas un son, elle revint sur ses pas.

— Vous allez m'attendre ici, je veux m'assurer que vos grands-parents sont là et que personne n'est venu leur rendre visite. Je reviens vous chercher. Pas un bruit, compris ?

— Oui, maman, dit Daniel.

Leah marcha jusqu'à l'hôtel de la Tour. Tout semblait paisible. Elle sonna. Le gardien de nuit mit du temps à répondre mais, lorsqu'il la reconnut, il lui ouvrit grand la porte.

— Madame Brodsky, que se passe-t-il ? Vous êtes blessée ?

— Pardon de débarquer à cette heure, des hommes en état d'ivresse se sont introduits chez nous. Je voulais m'assurer qu'ils n'étaient pas venus ici.

— Non, personne n'est venu. Mais… où sont vos enfants ?

— Je les ai laissés dehors.

— Allez vite les chercher et ramenez-les ici, les pauvres petits !

Une idée folle saisit Leah. Et si cet homme cherchait à les piéger ? Elle avait entendu tant d'histoires de voisins ou de concierges mal intentionnés qui n'hésitaient pas à faire arrêter des femmes et des enfants. Et s'il les dénonçait ? Alors ils seraient embarqués, et ses parents avec. Au moment où elle s'apprêtait à se sauver, Yankel apparut. Enveloppé de son grand peignoir, il s'élança vers elle.

— Ma fille, que fais-tu ici ? Il est arrivé quelque chose ? Tu saignes ?

À bout de nerfs, Leah se jeta dans les bras de son père et se serra contre lui.

— Désolé de vous interrompre, dit le gardien, mais si je comprends bien, il y a trois gosses qui attendent, là-dehors.

Leah se sépara à regret de son père. Elle essuya ses yeux d'un revers de main.

— Je n'ai rien, papa. Je vais chercher les enfants.

Quelques minutes plus tard, tout le monde s'entassait dans le minuscule salon. Guittla apporta des couvertures et fit du thé tandis que Simon, installé sur les genoux de Yankel, s'endormait aussitôt. Les deux aînés observaient leur mère, qui s'efforçait de leur renvoyer un sourire rassurant. Ce soir-là, ça ne fonctionnait pas. Ils avaient failli la perdre. Et si Leah venait à disparaître, comprit alors Esther, ce serait à elle de prendre la relève pour protéger ses frères. Jamais elle n'aurait la force de sa mère, cette volonté tenace, incroyable, dont elle prenait soudain conscience.

Yankel et Guittla retournèrent se coucher puis, peu après, Esther et Daniel sombrèrent dans le sommeil, Leah veilla ses enfants le reste de la nuit.

Deux jours plus tard, Louis Deumier, attristé, apprit à Leah que les familles qu'il avait tenté d'avertir à Pamiers avaient été arrêtées. Mais il voulait tout tenter pour les sortir de là. Pourtant, une semaine après, il lui annonça, dévasté, qu'elles avaient toutes été mises dans des trains pour une destination inconnue. Ce jour-là, Leah sut que l'étau se resserrait encore davantage autour d'eux.

9

Le collège avait repris depuis quelques semaines lorsque Clara proposa à Esther une séance de cinéma à l'Olympia, après les cours, avec Roger et Paulette. Le film s'intitulait *Lumière d'été*. Esther était ravie. Enfin un peu de normalité, enfin, ils allaient se distraire tous ensemble comme des jeunes gens de leur âge. Depuis le retour de Salies, Esther avait vécu des moments difficiles et n'avait aucune idée de la date à laquelle elle pourrait revoir Marius. De plus, depuis l'arrivée de Nathan et l'engagement de Clara dans la Résistance, les deux jeunes filles n'étaient plus si proches. Cette sortie était une aubaine, sans compter qu'Esther adorait le cinéma.

Pourtant, dès qu'ils entrèrent dans la salle, Esther fut contrariée. Elle qui se mettait toujours au plus près de l'écran manifesta son désaccord lorsque ses amis se dirigèrent vers l'avant-dernier rang.

— Mais on est bien trop loin, on ne va rien voir ! s'insurgea-t-elle.

— Esther, tais-toi et viens, s'il te plaît, insista Clara.

Le regard noir de son amie la troubla et elle la suivit. Roger s'assit le premier, Paulette à côté de lui, puis Esther et enfin Clara. La salle était loin d'être comble, plusieurs rangs étaient même entièrement vides. Pourtant, un homme entra et s'assit juste derrière Paulette. Esther tourna discrètement la tête pour voir qui il était lorsqu'elle sentit les ongles de Clara s'enfoncer dans sa chair et perçut le mot « Arrête ». Elle s'immobilisa.

Après les actualités, le film démarra. En temps normal, Esther aurait été happée par l'histoire, envoûtée par l'héroïne, interprétée par Madeleine Robinson, et son sublime partenaire joué par Georges Marchal. Mais elle ne cessait de penser à l'homme qui était derrière eux. Que faisait-il là ? Était-il venu les menacer, ou était-ce un résistant venu passer un message ? Esther comprit lorsqu'elle vit Paulette ouvrir son cartable vide sur ses genoux et commencer à remuer dans son fauteuil. Elle sentit des coups dans son dos. L'homme était en train de se baisser.

Sans réfléchir, au moment où la musique éclatait en pleine scène mélodramatique, elle se pencha en avant, la tête basculant sous l'assise du siège, et tendit le bras. Sa main tomba sur un gros dossier qu'elle tira vers elle et remonta sur ses genoux.

— C'est ça que vous voulez ? demanda-t-elle en pivotant vers Paulette et Roger. Eh bien, vous voyez, ce n'était pas difficile.

Elle commença à ouvrir le dossier quand Paulette écrasa sa main de la sienne.

— Non, Esther, donne-moi ça tout de suite.

— Et pourquoi ? C'est moi qui l'ai récupéré, non ?

Clara, assise de l'autre côté, le lui arracha.

— Ne joue pas à ça, Esther, tu vas nous faire tous arrêter. Regarde le film tranquillement.

— Alors pourquoi vous m'avez emmenée avec vous ?

— S'il te plaît, Esther. Écoute, Clara, on t'expliquera en sortant, lui dit Paulette.

Puis Clara, les yeux braqués sur l'écran, inclina légèrement le buste, tendit discrètement le dossier à Paulette qui s'empressa de le ranger dans le cartable. Roger le lui prit et le garda sur ses genoux. Esther observa leur manège du coin de l'œil, la tête bien droite.

Elle fut incapable de se concentrer jusqu'à la fin de la séance. Les images défilaient, les dialogues s'enchaînaient, mais elle n'était plus dans l'histoire, elle ne parvenait plus à écouter les paroles des acteurs. Elle n'éprouvait plus qu'une colère sourde et la douleur d'être à la fois utilisée et exclue par ses amis.

Lorsque les lumières s'allumèrent, elle se leva et regarda aussitôt derrière elle. L'homme avait disparu.

Dans la rue, Roger passa un bras autour des épaules de Paulette et ils s'en allèrent, comme deux amoureux, leur faisant juste un signe de la main pour leur dire au revoir.

— Viens, on s'en va, lui dit Clara en la tirant par le bras.

Les jeunes filles déambulèrent dans les rues jusqu'à un petit pont. Là, accoudées à la rambarde, tandis que le fracas du Salat emportait le bruit de leurs paroles, Clara s'expliqua.

— On a pensé que ce serait mieux que tu sois avec nous : un couple et deux copines, rien qu'un banal groupe de jeunes. Les amoureux partent d'un côté, les filles de l'autre, quoi de plus normal. Tu comprends ?

— Non, Clara, je ne comprends pas. Pourquoi vous ne m'avez rien dit, au lieu de vous servir de moi ?

— Tu aurais réagi comment ? Tu aurais eu peur, tu ne crois pas ?

— Je l'ai récupéré, votre dossier, je n'ai plus peur. J'ai grandi, moi aussi. Peut-être que je suis prête à vous rejoindre, maintenant…

Clara se tourna vers elle et scruta son visage de ses yeux noirs perçants.

— On verra ça, petite Esther. On verra.

Daniel ressentait un mélange de joie, d'excitation et de culpabilité. Il allait revoir Fernand. Ce dernier était venu lui parler à la sortie du collège, peu après la rentrée.

— Désolé, mon gars, on a mal terminé l'année, toi et moi. Je me suis énervé mais ça n'avait rien à voir avec toi.

Daniel n'avait pas répondu. Les yeux baissés, il avait essayé de ne pas laisser voir les émotions contradictoires qui luttaient en lui.

— Allez, mon gars, faut pas m'en vouloir, c'est du passé, avait insisté Fernand.

Daniel avait redressé imperceptiblement la tête et coulé un regard vers lui. Fernand lui avait décoché son sourire aguicheur.

— Voilà, c'est bien. Écoute, on n'a qu'à se retrouver à l'endroit habituel, jeudi après-midi à 16 heures. Comme ça on pourra discuter. D'accord ?

— D'accord, avait répondu Daniel.

Sans demander son reste, il était monté sur son vélo, s'apprêtant à rejoindre Esther qui l'observait de loin, lorsque Fernand avait posé la main sur son bras pour le retenir.

— Et n'oublie pas mon petit cadeau, hein ?

— Qu'est-ce que tu fiches encore avec ce voyou ? s'était écriée Esther lorsque son frère était arrivé à sa hauteur.

— Laisse-moi tranquille.

— Tu ne vas pas recommencer ! Ça ne t'a pas suffi, l'an dernier ?

— De quoi tu parles ? On s'était disputés, on avait réglé ça par les poings, c'est tout.

— Ah oui ? Si je me souviens bien, tu t'étais laissé tabasser sans rien faire et…

Daniel, furieux, était parti sans l'écouter, pédalant à toute allure en direction de Saint-Lizier. Esther avait pesté.

— Et bien sûr, c'est encore moi qui vais ramener Simon ! avait-elle crié.

À présent, Daniel attendait Fernand qui était très en retard. Allait-il venir au rendez-vous ? Lui jouait-il encore un mauvais tour ?

Tout à coup, entendant un bruit dans son dos, il fit volte-face. Fernand se tenait devant lui, les mains dans les poches, la casquette enfoncée sur les yeux, un sourire en coin. Daniel eut le souffle coupé. Ce garçon représentait tout ce qu'il aurait voulu posséder : une beauté provocante, un air de petit malfrat sûr de lui et rebelle, une attitude libre et nonchalante. Il désirait être lui, et plus que tout il le désirait, désespérément, et cela, surtout, lui était insoutenable.

À l'image de leurs sentiments complexes et tourmentés, leur étreinte fut brutale et passionnée. Puis, tandis qu'ils demeuraient étendus dans l'herbe à écouter le murmure de l'eau se faufilant entre les pierres, à fumer les cigarettes que Daniel avait volées à Nathan (il l'avait épié pour connaître ses cachettes), Fernand se releva sur un coude et observa le visage de Daniel, ses joues rougies, ses longs cils pâles, le tracé délicat de ses sourcils, ses lèvres tendres qui donnaient envie d'y mordre comme dans un fruit.

— Ta sœur devrait arrêter de traîner avec Clara Weiss, tu sais.

Daniel ouvrit les yeux et se tourna vers Fernand.

— Pourquoi tu dis ça ? C'est sa meilleure amie.

— Si tu veux mon avis, c'est pas réciproque.

— Et si tu me demandes le mien, je m'en fiche complètement. Pourquoi tu me parles d'elles, d'ailleurs ?

— C'est mon frère qui m'en a parlé. Tu sais que c'est un homme important, maintenant, déclara Fernand avec fierté. Il est chef, à la Milice. Les autres font tout ce qu'il demande et les Boches lui mangent dans la main. Ils le paient chaque mois pour ses services. Très cher. Quatre mille francs ! Tu te rends compte ? Quatre mille francs !

Daniel ne répondit pas.

— Alors la petite Juive qui vit au-dessus de chez nous, crois-moi, il l'a à l'œil et il sait qu'elle trafique des trucs. Je le dis pour toi, Daniel, fais gaffe à ta sœur.

— Elle, elle pense que je devrais me méfier de toi. Et puis moi je l'aime bien, cette fille, c'est aussi mon amie.

— Tu es vraiment trop bête.

Fernand se jeta sur Daniel et l'embrassa durement. Soudain, Daniel sentit une douleur atroce lui vriller la lèvre inférieure. Il poussa un gémissement et se débattit. Lorsqu'il posa les doigts sur sa bouche, il découvrit qu'elle saignait.

— J'en avais envie, déclara Fernand.

Il enfila ses chaussures et se leva.

— N'oublie pas ce que je t'ai dit, lança-t-il en passant la main dans ses cheveux pour les recoiffer. Cette fille est tout le temps fourrée chez toi, alors si tu ne me crois pas, je te conseille d'écouter ce qu'elle raconte à ta frangine. Là, tu vas comprendre. Allez, on en reparle. On se retrouve ici jeudi prochain, d'accord ?

De retour chez lui, Daniel vit sa mère pâlir lorsqu'elle le vit.

— Mais qu'est-ce que tu t'es fait ? Viens me montrer.

— Ce n'est rien, maman, je roulais vite et je n'ai pas vu une branche. Elle m'a écorché la lèvre.

— Oh, Daniel ! Tu ne peux pas faire plus attention à toi ?

— Ne t'inquiète pas, maman, tout va bien.

Ce soir-là, Paulette frappa à la porte d'une petite maison du faubourg de Saint-Girons. Derrière elle se tenait un homme vêtu comme un paysan.

— Monsieur et madame Chaumont, c'est moi, Paulette. Dépêchez-vous !

Un homme bedonnant leur ouvrit, jeta un regard méfiant alentour avant de les faire entrer.

— Il est hollandais. Il ne parle pas français. D'ici deux jours au plus tard, le passeur viendra le chercher.

— Et qui c'est qui va me payer, cette fois ?

— Mon contact passera plus tard.

— Parce que c'est de plus en plus dangereux, avec les Boches qui fouillent partout. Ma femme commence à s'inquiéter, pas vrai, Marcelle ?

— Et pour ce qu'on est payés, en plus, intervint Mme Chaumont. Va falloir faire un effort, ma grande, sinon nous, on arrête tout.

Paulette la regarda. Malgré la gravité de la situation, elle ne put s'empêcher de se demander l'âge de cette femme. Alors que son mari était très brun, les cheveux de Mme Chaumont avaient entièrement blanchi.

— Il y en a qui ne prennent pas un sou et qui comptent bien continuer, quoi qu'il arrive, répliqua-t-elle sèchement. Voyez ça avec votre conscience. Bonsoir.

Au collège, le dernier cours de l'après-midi s'achevait. Le principal, M. Lebreton, se tenait devant la fenêtre de son bureau donnant sur la rue. Soudain, il aperçut sur le trottoir d'en face deux hommes appartenant à la Gestapo qui observaient la porte d'entrée de l'établissement. À leur côté se tenait une femme aux cheveux blancs. Que faisaient-ils ici ? Qui venaient-ils chercher ? Il pensa à Roger Darbas, persuadé qu'il était l'auteur des barbouillages des portraits de Pétain, et que ses activités ne s'arrêtaient pas là. Il vérifia les emplois du temps des classes et se rendit dans la salle où devait se trouver l'élève.

— Monsieur Berthelot, désolé d'interrompre votre cours, dit-il au professeur de mathématiques. Monsieur Darbas, suivez-moi, s'il vous plaît.

Roger se leva.

Le directeur l'emmena dans son bureau, qu'il verrouilla discrètement, et le fit asseoir. Puis il retourna devant la fenêtre. Les deux hommes et la femme étaient toujours là. Que devait-il faire, à présent ?

— Monsieur Darbas, j'ai bien peur que vous n'ayez de graves ennuis.

— Qu'est-ce que j'ai fait ?

— Je ne sais pas. Mais je crois que des personnes vous attendent dehors.

À cet instant, la cloche sonna. On entendit les pas saccadés des élèves évacuer les salles de classe puis marteler les marches de l'escalier.

Roger s'était levé pour allcr rcgardcr par la vitre.

— Non, ne vous approchez pas ! ordonna le principal d'une voix ferme.

Esther était assise derrière Lucienne et Paulette. Elles écoutaient religieusement leur professeur d'histoire, un enseignant passionné que les élèves adoraient. Dans sa classe, disait-on, on n'entendait que le son de sa voix et celui des mouches qui volaient. Quand la sonnerie retentit, l'enseignant prit le temps de finir sa leçon, puis autorisa les élèves à se lever. Les trois jeunes filles se dirigèrent vers la sortie en discutant. Paulette proposa à ses amies de passer chez sa grand-mère.

— Esther, tu vas chercher ton vélo et on t'attend devant ? suggéra-t-elle lorsqu'elles passèrent la porte d'entrée.

Le regard de Paulette fut alors attiré par le trottoir d'en face. Mme Chaumont était là, qui la pointait du doigt. À côté d'elle, deux Allemands de la Gestapo.

Sous les yeux ahuris de ses deux amies, Paulette se mit à courir à toutes jambes. Elle repoussa les élèves qui encombraient la chaussée, les bouscula brutalement pour se frayer un chemin et s'enfuir.

Les deux SS se précipitèrent derrière elle, revolver au poing. Collégiens et passants, effrayés, se plaquèrent contre le mur de l'établissement, leur laissant malgré eux la voie libre.

Paulette continua de courir sans se retourner. Mais après le choc, une peur atroce l'envahit, se répandant dans tout son corps, altérant ses sens. Elle ne vit plus rien, comme si un rideau s'était abattu sur ses yeux ; elle n'entendit plus rien, à l'exception du cognement frénétique de son cœur et du bourdonnement qui martelait ses oreilles. Un instant, elle crut que ses jambes se dérobaient sous elle.

Non, ils ne peuvent pas gagner, se dit-elle, et un cri de rage sortit de sa gorge.

Trouver un abri. Se cacher dans la ruelle en face, pensa-t-elle.

Mais au milieu de la chaussée déserte, elle fut prise d'une soudaine envie de vomir et hoqueta.

Dans son dos, les hommes la tenaient en joue.

Elle remarqua le reflet du soleil, sur la fenêtre de la maison qui faisait l'angle, perçut le chant d'un oiseau… Puis une odeur aigre et puissante envahit ses narines. Celle de la terreur exsudant de tous ses pores.

Ils tirèrent. Une fois. Deux fois. Une troisième fois.

— Maman ! hurla Paulette.

Elle s'effondra sur le sol, le dos transpercé de balles.

Esther et Lucienne poussèrent un cri incontrôlable. Déchirant.

IV

Libération

1

Mon voyage ressemble à une véritable expédition. Levée depuis 6 heures du matin, j'ai pris un TGV à 8 heures et en ai mis quatre pour rejoindre Toulouse. À présent, un TER me conduit à Boussens, où je prendrai un car pour Saint-Girons. Je regarde le paysage défiler et je me sens heureuse et impatiente de découvrir cette ville dont m'a tant parlé ma grand-mère. Le château Saint-Jacques existe-t-il encore ? Pourrai-je trouver les derniers témoins de cette époque ? Et si parmi eux il y avait Clara ?

Juste avant de partir, je me suis glissée dans la chambre d'Esther qui dormait paisiblement. Elle ne sait rien de ce voyage, elle pense que je pars rendre visite à une amie qui habite Limoges. Sur la table, dans sa petite valise ouverte, j'ai fouillé à la recherche de la photo de sa maison. Elle pourra m'être utile pour mener mes recherches. Sur une impulsion, j'ai aussi attrapé celle d'Esther à douze ans, cette jolie photo qu'elle m'avait montrée la première fois. Ce sera mon talisman. D'ailleurs, peut-être que quelqu'un la reconnaîtra ?

J'ai aussi appelé Marco. Je n'ai pas pu m'en empêcher. J'éprouve encore le besoin de lui raconter tout ce qui m'arrive et ce qui compte pour moi. Il m'a encouragée à faire ce voyage, il a même proposé de m'accompagner pour m'aider. Ça n'a pas de sens, il a refait sa vie, me suis-je empressée de lui rappeler, soudain furieuse contre lui. Il n'a pas insisté.

Le TER est bourré d'étudiants. Est-ce une projection de ma part, mais je les trouve plus détendus et souriants que ceux de la région parisienne. Je les observe tandis qu'ils discutent, rient, pianotent sur leurs portables. Je descends à Boussens, une petite gare toute blanche et pimpante, et suis les quelques voyageurs vers la sortie, où le car est stationné. Nous sommes une dizaine à attendre l'arrivée du chauffeur. Les gens se saluent et s'apostrophent, tous se connaissent. Certains me regardent avec bienveillance.

Le chauffeur monte à bord et accueille les voyageurs, certains par leur prénom. Il a un large sourire et l'accent très chantant du Sud-Ouest. Tandis que je m'assois près de la vitre, je sens une forte émotion monter en moi. Esther, me dis-je, me voilà dans le pays de ta jeunesse.

Le véhicule démarre. La nature est d'un vert foncé profondément apaisant. Champs parsemés de coquelicots où paissent chevaux et vaches grasses, petits villages anciens aux volets souvent clos défilent. Au loin j'aperçois un château, un deuxième, et soudain les montagnes apparaissent. En ce printemps qui débute, les neiges éternelles résistent. C'est magnifique. Avant de partir, j'ai fait des recherches et appris que durant la guerre de nombreux fugitifs aidés par des passeurs les ont franchies pour rejoindre l'Espagne. Comment y parvenaient-ils ? Elles sont si immenses… D'ailleurs, j'ai découvert l'existence d'un musée, à Saint-Girons, consacré à ces expéditions : le musée du Chemin de la Liberté. Ce sera ma première visite. Je suis sûre que je pourrai y rencontrer des personnes susceptibles de me renseigner.

Nous longeons une rivière bordée d'une végétation dense piquetée de fleurs sauvages roses et violettes. Le car s'arrête à Salies-du-Salat, une petite station thermale qui me séduit. J'aperçois la rue principale, avec ses maisons hautes et étroites, et son centre de thalassothérapie assez surprenant pour une si petite ville : on dirait un palais mauresque, avec ses colonnes et ses tours. Le car repart. Peu après, nous entrons dans le département de l'Ariège. Soudain, j'aperçois Saint-Lizier, la ville fortifiée à flanc de colline dont j'ai vu des photos sur Internet. Je pense à Esther, je l'imagine sur cette route avec ses frères, sur son vélo.

Le car s'arrête quelques instants pour laisser descendre une femme aux cheveux grisonnants habillée dans un style hippie, avec jupe et tunique bariolées, coiffée de deux longues nattes qui lui donnent l'air d'une Indienne perdue dans un endroit improbable.

Sur l'autre rangée de sièges, mon voisin, qui me voit l'observer, m'aborde.

— Vous n'êtes pas d'ici, mademoiselle ?

Sa question sonne davantage comme une affirmation. Je secoue la tête.

— Ça se voit. Nous, on est habitués à nos babas cool, maintenant. Ils viennent tous à Saint-Lizier, il paraît qu'on n'était plus assez nombreux.

Il éclate de rire, des têtes se tournent, deux autres hommes se mêlent à la conversation et plaisantent.

— Saint-Girons, terminus !

Je salue le chauffeur, retire ma petite valise de la soute et regarde autour de moi : la ville est entourée de montagnes. La plupart des maisons sont du même style que celles de Salies : anciennes, hautes de plusieurs étages et étroites. Les rues aussi sont étroites, et les trottoirs minuscules. J'ai réservé une chambre à l'hôtel Duchêne. Cet établissement m'a paru idéal pour le séjour de quatre jours que j'ai prévu. Afin de m'y rendre, j'étudie le plan de Saint-Girons sur mon téléphone, puis je pénètre dans la ville traversée par le Salat en franchissant plusieurs ponts. L'hôtel est situé avenue Paul-Laffont, du nom d'un sénateur assassiné pendant la Seconde Guerre mondiale.

Je l'aperçois enfin, au bout d'une petite voie tranquille. La bâtisse, blanche et cossue, me fait penser à une auberge de campagne. Mais dès que j'entre dans le hall, l'endroit me fait une tout autre impression. La réception et son superbe comptoir dégagent un chic ancien. À droite, le bar est tout en bois sombre et tenture rouge au motif élégant. L'ambiance feutrée, les fauteuils confortables et la cheminée donnent envie de s'y installer pour boire un verre de vin.

À l'accueil, une jeune femme brune et souriante me donne une grosse clé et m'explique comment me rendre à ma chambre. Celle-ci donne sur le jardin et la piscine de l'hôtel. J'ouvre la fenêtre, me jette sur le lit et inspire profondément. La tête me tourne tant je suis émue de me trouver ici. Grand-mère, je murmure, me voilà sur tes traces et, peut-être, sur celles de Clara.

Il est déjà 18 heures et j'ai hâte de découvrir la ville. Le musée que je voulais visiter est fermé. Aussi je me promène au hasard des rues avant d'aller dîner. Demain, je commencerai mon enquête.

Cet endroit dégage une certaine nostalgie, avec ses maisons anciennes colorées, ses petites rues et ses jolies places. Il y a du monde sur les trottoirs et aux terrasses des cafés. Dans cette ville isolée au pied des montagnes, qui n'a plus de gare ferroviaire depuis des décennies, j'aurais imaginé trouver une population vieillie, mais il n'en est rien.

Je débouche sur la place des Poilus, belle et arborée. D'un côté, d'élégants bâtiments, dont l'ancien hôtel de France et un restaurant chic aux grands stores rouges ; en face, la rue Gambetta, avec ses arcades anciennes et sa bouquinerie, dans laquelle je flâne un long moment. La place donne sur le Salat et, sur ma gauche, de l'autre côté de la rivière, j'aperçois un grand bâtiment isolé, triste et austère.

Je serpente dans les petites rues, débouche sur un pont. Penchée à la rambarde, je contemple un instant les eaux du Salat qui tourbillonnent en rugissant. Puis je repars, me laissant guider par mes pas. Rue Villefranche, où s'est arrêté mon car et que j'emprunterai demain pour me rendre au musée, j'ai repéré une belle librairie. Elle est tout en longueur et bien fournie. Une grande étagère est consacrée à la littérature locale. Tandis que je fouille parmi les livres, le libraire s'approche.

— Vous cherchez quelque chose en particulier ?

— Non, pas vraiment. Je m'intéresse à la vie à Saint-Girons pendant la Seconde Guerre mondiale.

Le libraire réfléchit un instant puis passe en revue les ouvrages devant nous. Il en extrait un du rayon.

— Connaissez-vous Gaston Massat ?

Je secoue la tête.

— C'est notre célébrité locale. Il vivait ici pendant la guerre. Il a écrit ce roman qui parle justement de la ville durant cette période. *Capitaine Superbe.*

— Merci, c'est exactement ce que je cherchais.

— Il était également poète. J'ai son recueil de poésie, si vous voulez le voir.

— Avec plaisir.

J'ouvre le livre au hasard.

— « Tu entres et plus rien ne se lève / tu parles et plus rien ne s'entend / tu vis et plus rien ne s'éveille / tu pries et le ciel est absent[1]. » C'est beau.

— N'est-ce pas ?

Je sors de la librairie avec les deux ouvrages de Gaston Massat. Il va falloir que je me renseigne sur cet homme.

Le soir, je m'installe pour dîner dans une petite crêperie. Le propriétaire est charmant et très bavard. Il est 21 heures lorsque je regagne mon hôtel. Contrairement à cet après-midi, Saint-Girons est désert. Seuls quelques marginaux, en groupes et souvent accompagnés de chiens, errent dans les rues.

Je regagne ma chambre et passe plusieurs heures sur Internet à faire des recherches sur la ville. La grande bâtisse triste aperçue de l'autre côté du Salat abrite aujourd'hui la médiathèque. Auparavant, elle était entourée de hautes murailles et a servi de prison pendant

1. Extrait du poème *La Grève des mineurs.* (*N. de l'A.*)

la guerre. Elle porte d'ailleurs le nom de Gaston Massat, qui est en effet un artiste reconnu. Il tenait aussi une librairie à Saint-Girons. Intriguée par ce personnage, j'éteins mon ordinateur pour me plonger dans son roman. Il parle de personnes ayant vraiment existé. Le héros est un milicien à la solde du chef de la Gestapo allemande, un certain capitaine Dreyer, et Massat décrit avec précision leurs crimes atroces. Ce livre est cru, violent, et je frémis d'une peur rétrospective en découvrant ce qu'il se passait à Saint-Girons lorsque ma grand-mère y vivait. Happée par l'histoire, je ne vois pas le temps passer.

*

Depuis la mort de Paulette, Roger avait disparu. Il ne vivait plus chez lui, ne venait plus au collège. Personne ne savait ce qu'il était devenu. Durant les jours qui avaient suivi le drame, Clara était restée prostrée chez elle, incapable de sortir ou de reprendre contact avec ses amis résistants. Esther et Lucienne, affligées d'un profond chagrin, n'étaient pas non plus retournées au collège. Mais leurs parents avaient fini par leur ordonner d'y aller et de reprendre le cours de leur vie. Leah, notamment, avait su se montrer persuasive.

— Si tu restes ici à pleurer, tu vas tomber malade, avait-elle expliqué à sa fille. Il faut que tu t'occupes, que tu travailles. Paulette connaissait les risques qu'elle prenait et…

— Non, maman. Elle ne pensait qu'à ce qu'elle devait accomplir. Jamais à la mort.

— Contrairement à toi, tu veux dire ?

— Moi j'y pense tout le temps, avait répondu Esther, les yeux emplis de larmes.

Leah serra sa fille dans ses bras.

— Écoute, tu as peut-être raison, pour Paulette. Elle se battait pour que nous puissions vivre libres. Alors vis, il faut vivre, Fegele, fais-le pour elle.

C'est ainsi qu'un matin, Esther se décida à retourner au collège. Au fond de la cour, sous l'arbre, elle aperçut Clara et Lucienne. Il n'en fallut pas plus : rien que de les voir fit surgir en elle les images de Paulette, abattue comme un chien sous leurs yeux, et elle fondit en larmes. Lucienne se précipita vers elle. Elle était livide, les yeux cernés de rouge. Tout comme Clara. Elles se regardèrent, incapables de parler. Jusqu'à ce que Clara prenne la parole.

— On la vengera, je vous le promets.

— Qui a fait ça ? demanda Esther.

La cloche retentit.

— Qui ? insista-t-elle. Qui est assez monstrueux pour dénoncer une collégienne ?

Ses yeux suppliants passèrent de l'une à l'autre, aucune ne lui répondit.

— Viens, Esther, dit enfin Lucienne en la tirant par le bras. On va être en retard en classe. Il vaut mieux qu'on ne sache rien, de toute façon.

— Mais toi, Clara, tu dois bien être au courant ?

— Je vous le dirai si j'apprends quelque chose, chuchota-t-elle.

Pourtant, les semaines se succédèrent et rien ne se passa. Clara finit par admettre que la vengeance de leur amie devrait attendre car de grandes actions se préparaient, qui mobilisaient l'attention de toutes leurs troupes.

— Ses meurtriers ne perdent rien pour attendre, croyez-moi.

— Si Roger était là…, soupira Esther. Il doit être tellement malheureux. Clara, tu as une idée de l'endroit où il se trouve ?

Celle-ci haussa tristement les épaules.

Puis un jour, Lucienne, qui vivait près de chez la grand-mère de Paulette, leur demanda de l'accompagner chez elle pour parler loin des oreilles indiscrètes. Une fois dans la chambre de la jeune fille, elle leur annonça :

— Roger va bien, il est parti rejoindre le maquis. Le jour où ils ont… Ce jour-là, le principal du collège a caché Roger. Puis il a fait venir mon frère, qui l'a emmené dans la montagne. Voilà ce que je voulais vous dire.

— Quand allons-nous le revoir ? questionna Esther.

— Peut-être jamais, répondit tristement Lucienne.

— Ne dis pas ça ! répliqua Clara. La guerre va bientôt se terminer et il reviendra. J'en suis sûre.

Clara vint passer le week-end suivant chez Esther, la mort de leur amie et leur profonde tristesse les ayant de nouveau rapprochées. Le samedi après-midi, Clara jouait quelques notes au hasard sur le piano du salon en attendant Esther, partie chercher de l'eau à Saint-Girons. Elle-même était chargée d'entretenir le feu qui brûlait dans la cheminée.

Lorsqu'elle entendit des pas sur le perron, elle crut que son amie était de retour. Mais ce fut Nathan qui apparut sur le seuil.

— Tiens, d'où tu viens ? lui demanda-t-elle.

Sans répondre, le jeune homme se laissa tomber dans le canapé, l'air abattu, avant de plaquer les mains sur son visage.

Clara vint s'asseoir à côté de lui et tenta de les écarter.

— Nathan, regarde-moi, qu'est-ce qu'il y a ?

Il se tourna vers elle mais ne dit rien.

— Réponds, s'il te plaît.

— C'est Francine, finit-il par lâcher. Je pars dans quelques jours en Espagne et je lui ai demandé de venir avec moi. Elle a refusé. Pour ne pas quitter vos parents.

— Ça ne m'étonne pas d'elle. Elle n'est pas très courageuse, ma sœur.

— Tu ne comprends pas. Elle veut rester pour eux, pour ta mère qui est terrorisée, et pour le salaire qu'elle vous apporte.

— Mais moi je peux venir ! dit-elle, approchant son visage tout près de celui de Nathan.

Il respira l'odeur de feu de bois qui imprégnait ses vêtements et sa peau, cette peau si pâle et parfaite, cette peau qu'il eut soudain envie de toucher. Il tendit la main vers sa joue, qu'il caressa.

— Clara. Tu es si jeune, si inconsciente.

— Ce n'est pas vrai ! Je suis dans la Résistance, moi aussi, je me bats, et je veux continuer à me battre avec toi !

Clara posa soudain ses lèvres sur celles de Nathan. Un instant, il se laissa faire avant de la repousser.

— Ça suffit ! Tu n'es qu'une gamine, jamais je ne te mettrai en danger. Et j'aime ta sœur.

— Mais tu m'aimes aussi, je le sais ! Et moi aussi je t'aime. Alors laisse-moi venir avec toi.

Au moment où Clara allait de nouveau embrasser Nathan, la porte-fenêtre du salon s'ouvrit à la volée et Esther entra.

— Ah, Nathan, tu es là, ça tombe bien. Tu viens m'aider à porter l'eau à l'intérieur, s'il te plaît ?

Le jeune homme, qui avait rougi, se leva d'un bond et la suivit à l'extérieur.

Après leur départ, Clara, furieuse, saisit le tisonnier et s'acharna sur les braises, réfrénant un cri de frustration.

Dans la cour du collège, Daniel aperçut Fernand, un bras passé autour du cou d'une fille de leur classe, une blonde plutôt forte que Daniel trouvait vulgaire. Les regards des deux jeunes garçons se croisèrent. Sans lâcher Daniel des yeux, Fernand murmura quelque chose à l'oreille de la jeune fille qui éclata de rire. Puis il l'embrassa fougueusement. Daniel fit volte-face et s'enfuit à l'autre bout de la cour.

Fernand viendrait-il au rendez-vous ? Avec l'arrivée du froid et de la neige, ils se retrouvaient désormais dans une grange abandonnée. Mais depuis que Daniel l'avait vu avec cette fille, il ne savait plus quoi penser. En ce jeudi après-midi, il attendait depuis longtemps quand enfin il entendit du bruit. Fernand poussa la porte, s'ébroua pour chasser les flocons collés à ses vêtements et s'avança vers Daniel.

Glissant les mains dans ses cheveux, il l'attira à lui. Daniel le repoussa.

— À quoi tu jouais, avec cette fille ?

— Comment ça ?

— Yvonne, la fille que tu as embrassée…

— C'est quoi ton problème ? Ça te regarde, ce que je fais ?

Daniel se sentit rougir et il baissa les yeux.

— Je croyais… Je croyais que nous deux…

Il s'interrompit, incapable de mettre des mots sur leur relation.

— Non mais tu crois quand même pas que je suis pédé comme toi ! dit Fernand en s'esclaffant. Bon, tu as le pinard ?

Désormais silencieux, ils brisèrent le goulot d'une bouteille volée par Daniel chez les Rouvière et burent le vin dans des tasses en fer-blanc.

Au moment de se séparer, alors que la nuit commençait à tomber, Fernand retint Daniel.

— Au fait, tu as parlé à ta sœur ? Pour Clara. Parce qu'elles sont toujours fourrées ensemble.

— Ma sœur ne veut pas m'écouter, mentit Daniel, qui n'avait jamais osé aborder le sujet avec Esther et qui restait toujours attaché à Clara.

— Eh bien, insiste. Tu as vu ce qui est arrivé à Paulette ? Et ceux du maquis de Rimont qui ont été fusillés ? Les gars de Dreyer vont tous les avoir, c'est sûr. Si Clara fait une connerie et qu'elle se fait arrêter, Esther risque de tomber avec elle. Franck peut empêcher ça, tu sais, il a le bras long. Alors surveille ta sœur et viens tout me dire. Je préviendrai mon frère. Tu comprends ?

— Ouais, répondit Daniel de mauvaise grâce.

— Écoute, dit Fernand, si ta sœur est embarquée par la Gestapo, nous deux on ne pourra plus se voir, ce sera trop dangereux pour moi. Tu as pigé ? Tu vas faire attention, maintenant ?

Il approcha son visage tout près de celui de Daniel.

— D'accord, souffla celui-ci.

2

Autour de la table de la salle à manger, les Brodsky dînaient tous ensemble avec Nathan. Celui-ci avait une annonce à leur faire.

— Je pars d'ici un jour ou deux, dit-il. Je vais enfin passer en Espagne.

— Maintenant ? Avec toute cette neige ?

— Oui, Leah, certaines situations ne peuvent pas attendre. Le maquis a subi de lourdes pertes et les chefs ont décidé de ralentir leur action pour le moment. Si je veux continuer à me battre, je dois rejoindre les armées alliées. J'ai entendu dire qu'à partir de l'Espagne, on peut gagner l'Afrique du Nord ou l'Angleterre. J'irai là où on aura besoin de moi.

— Je suis fier de vous, Nathan, déclara Mihaïl.

Leah, si stoïque d'habitude, s'essuya les yeux.

— Vous êtes si jeune ! Vous allez tellement nous manquer.

— Je n'oublierai jamais ces mois passés ici, Leah.

— Et Paris, il s'en va aussi ? demanda Simon.

Tous se tournèrent vers lui. Vêtu de son austère robe de chambre, sous laquelle s'empilaient plusieurs pulls, ses cheveux noirs sagement séparés par une raie au milieu, il aurait pu passer pour un enfant modèle. Jusqu'à ce qu'il se mette à crier sur un ton déchirant :

— N'emmène pas Paris, s'il te plaît !

— Simon, ça suffit, intervint Mihaïl.

Il regarda Nathan et sembla réfléchir un instant avant de s'adresser à lui.

— Mon fils n'est qu'un enfant mais il a raison, laissez-nous Paris. Il ne tiendra pas, en haute montagne.

Nathan saisit le menton de Simon et releva son visage.

— Très bien, je te le confie. Et quand la guerre sera finie, je reviendrai le chercher. D'accord ?

Simon hocha la tête d'un air grave en essuyant ses larmes.

Le lendemain, à la sortie du collège, Esther raccompagna Clara jusque chez elle. Une fois que les deux jeunes filles eurent passé la porte d'entrée de l'immeuble et qu'elles se furent assurées qu'elles étaient seules, Esther annonça la nouvelle à son amie.

— Oui, je suis au courant, répondit Clara. Nathan est passé nous dire au revoir. Il a promis de revenir pour Francine, mais je ne le crois pas. Il ne reviendra pas.

— Qu'est-ce que tu en sais ?

— Parce que Francine sera vite oubliée. Je pars avec lui.

— Tu es folle ! s'écria Esther. Clara !

— C'est décidé.

— Nathan a accepté de t'emmener ?

Clara ne dit rien.

— Il n'est pas au courant ?

— Il m'aime, Esther, je le sais. Je le vois dans son regard et on s'est embrassés.

— Vous vous êtes embrassés ? Quand ?

— L'autre jour, chez toi, quand tu es allée chercher de l'eau. Si tu n'étais pas revenue si tôt…

— J'en étais sûre ! Vous aviez l'air tellement bizarres… Comme si vous étiez coupables de quelque chose. Mais Nathan n'a pas le droit de faire ça, et toi tu ne peux pas partir avec lui. Et Francine, dans tout ça ?

Devant le mutisme de son amie, Esther poursuivit :

— D'abord, comment arriveras-tu à traverser les montagnes ? Et une fois là-bas, que feras-tu ?

— Il y a toujours des choses à faire pour ceux qui veulent se battre.

— Tu sais tenir un fusil, peut-être ?

— Tu ne comprends rien. Paulette est morte, on ne sait pas si Roger est encore vivant. Et il y a tous les autres qui se sont fait assassiner… La guerre n'est pas finie, Esther, on doit assurer la relève. Toi aussi, maintenant. Va voir Gabriel dès que tu pourras, il t'expliquera.

Esther se jeta dans les bras de son amie.

— On se retrouvera, je te le promets, lui dit Clara, émue.

Pendant qu'elles échangeaient leurs dernières paroles, Daniel les écoutait de l'autre côté de la porte. En les voyant s'éloigner ensemble du collège, il les avait suivies. Fernand lui avait bien dit que l'avenir de sa sœur était entre ses mains, et que leur amitié – ou quel que soit le lien qui les unissait – en dépendait.

Comprenant que la conversation touchait à sa fin, il enfourcha son vélo et fila aussi vite que possible.

Il allait prouver à Fernand qu'il le faisait passer avant tout.

Il faisait nuit. Clara marchait à bonne distance derrière Nathan dans les ruelles de la ville. Malgré le froid et son manteau peu épais, la jeune fille était en sueur. Soudain, Nathan lança un regard derrière son épaule avant de s'engouffrer dans une rue obscure. Clara se rencogna contre le mur. Elle attendit plusieurs secondes avant de tendre le cou et d'apercevoir Nathan s'arrêter devant une grande porte en bois. Au moment où celle-ci s'ouvrit, Clara se précipita.

— Je suis avec lui ! annonça-t-elle.

Elle entendit immédiatement le bruit d'un revolver dont on retirait la sécurité.

— Clara ! Qu'est-ce que tu fais là ? Je la connais, c'est une amie, dit-il en s'adressant à l'homme qui se tenait dans l'embrasure.

— Ce n'était pas prévu, répondit celui-ci d'une voix tendue.

— Elle est avec nous, je me porte garant.

Puis il se tourna vers elle :

— Tu n'as rien à faire ici et…

— Rentrez, l'interrompit l'homme, vous allez attirer l'attention.

La porte se referma derrière Clara. Elle regarda autour d'elle. Elle se trouvait dans la cuisine d'un hôtel-restaurant qu'elle connaissait bien et l'homme, réalisa-t-elle, en était le propriétaire.

— Venez, dit-il.

Il leur fit traverser une petite cour avant de les faire entrer dans un bâtiment qui semblait à l'abandon. Dans la demi-obscurité, Clara et Nathan distinguèrent des silhouettes mouvantes. Une fois habitués à la pénombre, ils aperçurent plusieurs hommes assis ou allongés sur des paillasses.

— Les passeurs seront là dans quelques heures, déclara M. Nantois. En attendant, expliquez-moi ce qui se passe, tous les deux.

— Moi aussi je veux partir me battre, lança Clara. Et je veux rester avec toi, dit-elle en saisissant les deux mains de Nathan dans les siennes.

— Tout ça pour une amourette ? Vous êtes complètement inconscients ! Vous faites courir des risques à tout le monde, ici.

Soudain, une voix se fit entendre de l'autre côté du battant.

— Monsieur Nantois, les Allemands sont là. Ils veulent vous voir.

— Ne bougez pas, et pas un bruit ! souffla le propriétaire à la cantonade.

Puis il sortit en refermant doucement derrière lui.

— Clara, tu n'aurais jamais dû me suivre, chuchota Nathan. Et maintenant la Gestapo est ici. S'il t'arrive quoi que ce soit…

— Tu n'avais pas peur d'emmener Francine, alors pourquoi pas moi ?

— J'avais tort, je m'en rends compte.

— Nathan, je t'aime, et je sais que tu m'aimes aussi.

Le jeune homme garda le silence.

— Dis-moi que tu m'aimes ! s'emporta la jeune fille.

— Tu ferais bien de le lui dire, intervint l'un des hommes assis dans un coin. Si elle continue à gueuler comme ça, on est tous morts dans cinq minutes.

À cet instant, ils entendirent du bruit et des éclats de voix dans la cour, des ordres proférés en allemand. L'hôtel était fouillé. Ils étaient fichus.

Quelques minutes plus tôt, M. Nantois avait trouvé quatre officiers nazis à l'entrée.

— C'est une perquisition, monsieur, avait annoncé l'un d'eux. Nos soldats vont inspecter votre hôtel. Nous sommes à la recherche de fugitifs.

Le militaire se tourna vers la rue obscure, où une troupe d'hommes en armes attendait.

— *Reingehen! Schnell!*[1] hurla-t-il.

Les hommes se précipitèrent à l'intérieur, certains montèrent dans les étages, les autres fouillèrent le rez-de-chaussée.

— Et de ce côté ? demanda l'officier en entrant dans la cour avec les trois autres gradés.

— Messieurs, il n'y a personne ici, répondit M. Nantois.

— Qu'y a-t-il dans ces bâtiments ?

— Les cuisines et les réserves, monsieur. Mais laissez-moi vous montrer notre registre de police, il est à jour.

Dans l'annexe, plus personne ne bougeait ni ne respirait. Combien de minutes, voire de secondes, leur restait-il avant d'être découverts ? Combien de temps, ensuite, avant d'être abattus ? Les couteaux qu'ils gardaient dans leurs poches ne feraient pas le poids face aux fusils et aux mitraillettes des Allemands. Pourtant, ils étaient décidés à se battre jusqu'au bout. Clara se serra dans les bras de Nathan.

1. « Entrez ! Vite ! »

Dehors, M. Nantois parlementait toujours. Sa voix était étonnamment calme.

— Une cigarette ? proposa-t-il en souriant, dans une dernière tentative.

Son attitude décontractée sembla infléchir les quatre officiers ; le paquet de cigarettes qu'il leur tendit avec jovialité acheva de les convaincre de sa bonne foi. Ils fumèrent un instant dans la cour puis, visiblement satisfaits, levèrent le camp.

Le danger était passé. Les hommes cachés dans l'annexe reprirent leur respiration.

Quelques heures plus tard, la porte s'ouvrit sur M. Nantois et deux hommes trapus.

— Messieurs, voici Raymond et René, vos passeurs.

Tous les hommes se levèrent, des poignées de main furent échangées.

En quelques mots, Raymond et René expliquèrent à l'assemblée l'expédition qu'ils s'apprêtaient à faire. Ils parlèrent des dangers de la montagne, avec ses glaciers, ses avalanches, le froid, mais aussi des patrouilles allemandes et de leurs terribles chiens qui n'hésitaient pas à vous sauter à la gorge.

— Pour lutter contre ces molosses, on n'a que ça, fit René en remontant sa manche, sous laquelle se dissimulait un long coutelas.

— On a de quoi manger et de quoi boire pour quelques jours, mais sans excès. On vous distribuera les provisions avant le départ. Maintenant, voyons si vous êtes correctement équipés.

— Je dois vous signaler l'arrivée imprévue de cette jeune fille, intervint M. Nantois.

— Je suis prête, dit Clara, regardant tour à tour René et Raymond d'un air déterminé.

— Ma pauvre petiote, tu ne tiendras pas une heure avec ton petit manteau et tes galoches, répliqua René. C'est la consigne : ceux qui ne sont pas équipés ne viennent pas, ils risquent leur vie et celle des autres. Tu peux rentrer chez toi.

— Par prudence, elle restera ici jusqu'à notre départ, intervint Raymond. Plus d'allées et venues devant cette maison tant qu'on est ici, on a eu assez d'ennuis comme ça cette nuit.

— Je viens avec vous ! cria la jeune fille.

— Clara, tais-toi ! lança Nathan durement.

Face à tous ces regards hostiles, elle finit par comprendre qu'elle avait perdu la partie.

Ce ne fut qu'à 6 heures du matin, à la fin du couvre-feu, alors que Nathan était déjà loin, que Clara fut autorisée à quitter les lieux. Deux heures plus tôt, lorsqu'ils s'étaient séparés, elle avait fait promettre au jeune homme de venir la retrouver après la guerre. Puis elle l'avait regardé franchir la porte de l'annexe avec les autres hommes. Il s'était retourné une dernière fois, et elle avait vu dans ses yeux l'amour qu'elle avait tant désiré y voir briller.

Quand elle rentra chez elle, ses parents, fous d'inquiétude, se mirent à hurler.

— J'ai voulu aller dire au revoir à Nathan, mentit-elle, n'osant pas regarder sa sœur. Mais les passeurs n'ont pas voulu me laisser sortir avant la fin du couvre-feu.

— Pourquoi as-tu fait ça ? demanda Francine, furieuse. Pourquoi es-tu allée voir mon fiancé ?

— Si c'était vraiment le tien, tu ne l'aurais pas laissé partir, ou tu l'aurais suivi jusqu'en Espagne !

Et, sans attendre de réponse, elle se dirigea vers leur chambre, dont elle claqua bruyamment la porte derrière elle.

3

Le soleil qui filtre à travers les rideaux me tire du sommeil. Le ciel est radieux.

Hier soir, Marco m'a téléphoné pour tout savoir sur mon périple et il a de nouveau proposé de me rejoindre. Comme la fois précédente, j'ai refusé. Mais j'ai eu envie de lui dire oui. Je l'ai imaginé ici, partageant avec moi toutes mes découvertes.

— Tu es sûre que tu n'es pas trop bouleversée par tout ça ? a-t-il poursuivi.

— Je vais très bien et je me débrouille comme une cheffe.

— Bon, tant mieux pour toi. Mais si tu changes d'avis, si tu as le moindre questionnement, ou souci…

— J'appellerai, d'accord.

— Promis ?

— Oui !

Pour la première fois, j'ai raccroché avec le sourire.

Après le petit déjeuner, je me rends au musée. La maison du Chemin de la Liberté n'est autre que l'ancienne gare de Saint-Girons, une charmante petite bâtisse aux volets rouges. La femme derrière le comptoir m'accueille d'un agréable sourire. Je me mêle aux curieux pour visiter les deux salles où objets, cartes géographiques et panneaux relatent l'histoire de ceux qui ont permis à tant d'hommes, de femmes et de familles d'échapper aux persécutions ou de rejoindre les régiments alliés. Dans une vitrine, on trouve même une paire de galoches usées jusqu'à la corde.

Une fois ma visite terminée, je feuillette brochures et livres, dont un récit sur les passeurs. Je suis en train de le consulter lorsque la femme de l'accueil s'approche de moi.

— Ce livre vous donnera une bonne vision de la dangerosité de ces expéditions. L'auteur, Louis Rivière, a été envoyé dans un stalag en Allemagne, d'où il s'est évadé. Quand il est revenu en Ariège, il est entré dans la Résistance.

— Merci pour vos conseils, je vais prendre son livre.

J'en profite pour lui expliquer que je cherche à entrer en contact avec des Saint-Gironnais nés dans les années 1920.

— Ma grand-mère a vécu ici pendant la guerre et j'aimerais retrouver des personnes qui la connaissaient.

La femme réfléchit un instant puis me dit :

— Appelez M. Pambrun de ma part ; il est bien documenté sur cette période et il connaît beaucoup de monde ici. Voici son numéro, ajoute-t-elle en me tendant un bout de papier.

À peine sortie du musée, je compose le numéro et tombe sur un répondeur. Je laisse un long message embrouillé, en espérant ne pas effrayer M. Pambrun par mon flot de paroles.

L'après-midi, je prends le car pour Saint-Lizier et me rends à la mairie. Je vais tenter ma chance.

— Je cherche la maison où vivait ma grand-mère pendant la Seconde Guerre mondiale, expliqué-je à l'homme qui me reçoit. Je sais seulement qu'elle se trouvait à Saint-Lizier, mais j'ignore si elle existe encore. Voilà, j'ai une photo.

Je lui tends le minuscule cliché d'Esther. L'homme la contemple longuement.

— Je crois que c'est la maison des Lartigue. Hélène ! appelle-t-il. Viens voir !

Une femme sort d'une pièce attenante et nous rejoint.

— Ce n'est pas la maison des Lartigue, ça ?

— Absolument.

— Sa grand-mère a vécu là-bas pendant la guerre.

La femme me sourit.

— Eh bien, passez les voir !

— Oh, non, je ne veux pas les déranger.

— Vous ne les dérangerez pas, je vous assure, ce sont des gens adorables.

— Et où est-elle, cette maison ?

— Il faut sortir de la ville et prendre la petite route qui longe le Salat. Vous la trouverez sur votre droite.

Je remercie chaleureusement les deux employés de mairie. Comme tout paraît simple, ici ! Mais je n'oserai jamais débarquer chez les Lartigue sans prévenir. Paralysée par mon indécision, je sors mon téléphone et sélectionne le numéro de Marco. Je regrette immédiatement mon geste. J'ai l'impression de tomber au mauvais moment. Marco est à l'extérieur, j'entends beaucoup de bruit autour de lui et je sens que je le dérange.

— Excuse-moi, je ne savais plus quoi faire, et comme tu m'avais dit que…

— Mais non, aucun problème, qu'est-ce qu'il y a ?

Je lui raconte ma découverte et il me répond avec cet enthousiasme que j'aime tant chez lui :

— Appelle ces gens tout de suite ! Allez, je raccroche et tu les appelles, promis ? Il faut le faire maintenant, tu es sur place.

Je trouve facilement le numéro des Lartigue sur Internet. Pensant très fort à Marco, je compose leur numéro. Une femme d'un certain âge décroche. Je lui explique le motif de mon appel, ajoute pour la rassurer que ce sont les employés de la mairie qui m'ont donné son nom. Elle semble très hésitante. Je le serais à moins. Pourtant, elle me propose de passer le lendemain matin. Fantastique ! Je la remercie chaleureusement et raccroche. Demain à cette heure, me dis-je, je serai au château Saint-Jacques !

*

En chemin, après avoir espionné sa sœur et Clara, Daniel avait réfléchi. Clara partait pour toujours ? C'était une excellente nouvelle. Ses sentiments envers elle avaient peu à peu changé grâce à Fernand, qui lui avait ouvert les yeux : Clara mettait sa sœur en danger et risquait d'éloigner Daniel de son ami. Il était aussi profondément déçu par Nathan. Cet homme qu'il avait pris pour un héros était un banal séducteur qui s'était amusé avec les deux sœurs Weiss. Eh bien, tant mieux, avait-il songé, qu'ils disparaissent tous les deux. Et bonne chance pour traverser la montagne !

Par conséquent, il avait pris la décision de ne pas prévenir Fernand. Ce dernier ne devait surtout pas avertir son frère, afin que Clara réussisse sa fuite et sorte de leur vie.

Mais celle-ci réapparut au collège. Quand il la découvrit dans la cour, Daniel fut stupéfait et fou de rage. Que faisait-elle là ? Clara avait-elle menti, ou avait-elle eu peur au dernier moment ? Impossible cependant de poser la question à Esther sans révéler qu'il les avait épiées. Il dut également garder le silence auprès de Fernand, qui aurait été furieux en apprenant ses cachotteries. Daniel ignorait cependant que d'autres, mus par la convoitise et l'envie, s'étaient chargés de suggérer à la Gestapo de rendre visite au propriétaire de l'hôtel Duchêne. Les lettres de dénonciation concernant M. Nantois étaient arrivées au QG de la police secrète, la fameuse Mosquée, parmi des sacs entiers de missives du même genre visant un nombre incalculable d'habitants.

Esther, quant à elle, ne cacha pas sa joie en apercevant Clara. Elle lui sauta dans les bras. Mais, se rendant compte de l'humeur sombre de son amie, elle la pressa de questions.

— Je t'expliquerai, lui répondit Clara tristement.

Le 31 décembre arriva. Les Brodsky réveillonnèrent comme d'habitude avec Guittla, Yankel et les Deumier. Malgré la multiplication des dénonciations et des arrestations, malgré les déchaînements de haine, le repas du Nouvel An de 1944 fut bien plus optimiste que le précédent. L'actualité internationale, que tous suivaient religieusement sur Radio Londres, évoluait de plus en plus en faveur des Alliés. Seule manquait ce soir-là la famille Katzkoff qui, comme les Brodsky, ne quittait plus sa maison par peur de se faire arrêter. Esther, qui se remettait mal de la mort de Paulette, s'accrochait à son amour pour Marius pour tenir. Jamais ils n'avaient été séparés si longtemps. Pour supporter le vide qu'elle sentait se creuser au fond d'elle, Esther vivait dans le souvenir de leur dernier été et s'endormait chaque nuit en pensant à lui. Ce soir-là, elle voulut croire aux paroles réconfortantes des adultes prédisant que la fin du conflit approchait et que, bientôt, tous ceux qui s'aimaient seraient de nouveau réunis.

Pour la première fois depuis que les Brodsky s'étaient installés à Saint-Girons, les adultes eurent envie de danser. Passé minuit, le phonographe marchait toujours et les couples virevoltaient en riant dans le salon. Daniel lâcha même ses disques pour entraîner sa mère dans un swing effréné. Leah, essoufflée, partit dans un fou rire et dut s'interrompre. Elle s'effondra dans les bras de son mari. Daniel se tourna alors vers Guittla, hilare, qui refusa la main tendue de son petit-fils.

— Pas question, mon garçon, tu n'y penses pas ! Un swing, moi ? Mets-moi donc une valse et on verra.

— Très bien, grand-mère.

Quand Guittla entendit les premières notes d'une valse et vit Daniel s'incliner devant elle, elle se leva gracieusement et se laissa guider par son petit-fils. Ce fut bref.

— Mon petit, tu n'y connais rien. Et tu n'arrêtes pas de me marcher sur les pieds. Allons, laisse-moi te diriger.

D'autres couples de valseurs se formèrent, Yankel invita Madeleine, Mihaïl invita Leah, tandis que Louis, qui n'aimait pas danser, les regardait d'un air bienveillant.

Cette nuit-là, les Deumier rentrèrent très tard, le cœur léger ; leur allégresse leur fit oublier le froid et leur donna des ailes tandis qu'ils pédalaient sous les étoiles.

Après le séjour de Nathan chez les Brodsky, d'autres pensionnaires vinrent frapper à la porte du château Saint-Jacques. C'est ainsi que Leah et Mihaïl eurent la surprise de voir débarquer Micky, un jeune Roumain qui se présenta comme un ami de Nathan. Les deux garçons s'étaient connus à Paris pendant leurs études.

— Nathan m'avait fait parvenir votre adresse depuis longtemps, mais je ne pouvais pas me résoudre à quitter la ville. Pourtant, la police et la Gestapo se livrent à une chasse aux Juifs de plus en plus implacable. Paris est devenu une vraie souricière. Il fallait que je parte.

Micky ne comptait pas rester longtemps, il souhaitait passer au plus vite en Espagne pour aller se battre. Pendant son bref séjour, lui qui voulait devenir vétérinaire après la guerre aida M. Rouvière à soigner ses bêtes malades.

Lorsque Clara sut qu'un ami de Nathan habitait chez Esther et comptait le retrouver, elle demanda à le rencontrer.

— Tu ne vas pas partir avec lui, cette fois ? demanda Esther avec anxiété.

— Non, j'ai bien trop à faire ici. Je veux juste lui donner une lettre pour Nathan.

— Tu ne peux pas l'oublier, hein ? remarqua Esther, et ce sentiment de colère et de frustration qu'elle éprouvait lorsque Nathan était là se réveilla, intact.

— Non, je ne peux pas. Et je veux qu'il sache que je l'attendrai toujours.

— Et Francine, tu en fais quoi ?

— Je ne sais pas ce qu'elle pense, elle ne m'adresse plus la parole.

— Évidemment, tu lui as fait beaucoup de mal. Est-ce que tu t'en rends compte, au moins ?

Clara la dévisagea, surprise.

— Ne te mets pas dans cet état ! On dirait que c'est à toi que j'ai pris Nathan.

— N'importe quoi ! Moi, j'ai Marius !

— Écoute, Francine s'en remettra. Il se passe des choses bien pires dans les familles. Tu connais l'histoire qu'on raconte sur les sœurs Bonnet ?

— Quel rapport ?

— L'une d'elles a dénoncé le mari de l'autre. Il s'est fait arrêter et fusiller.

— C'est horrible !

— Le plus atroce, c'est que ce pauvre homme n'était probablement même pas un partisan. Elle a fait ça par pure jalousie envers sa sœur. À cause d'elle, Saint-Girons compte deux orphelins de plus.

Clara vint donc un dimanche chez les Brodsky pour rencontrer Micky. Dès qu'Esther la vit remonter l'allée du parc, elle se précipita à l'extérieur pour l'accueillir.

— Viens, je t'emmène chez les Rouvière ! Micky est avec Jean, une de ses vaches est en train de mettre bas.

Elles prirent le chemin de la ferme et se rendirent à l'étable. À l'intérieur, Micky et Jean Rouvière contemplaient un petit veau qui reposait auprès de sa mère.

Émues, elles observèrent la scène un long moment, puis entrèrent dans la maison en attendant le retour des deux hommes.

— Prenez une limonade, mesdemoiselles, fêtons l'arrivée de notre petit veau ! proposa Odette.

— Merci, madame, dit Esther.

Micky les rejoignit. Il dévisagea Clara avec curiosité. Ainsi c'était elle, la jeune fille dont lui avait parlé Esther, celle qui était amoureuse de Nathan et qui tenait absolument à lui faire parvenir un courrier. Probablement une lettre d'amour enflammée, songea-t-il. Elle était très jolie, avec ses yeux dorés et sa bouche pulpeuse, mais elle était si jeune ! Elle avait l'air d'une enfant, se dit-il.

Clara lui tendit sa missive. Micky ignorait totalement s'il retrouverait Nathan un jour mais, en scrutant son visage à la fois anxieux et solennel, il ne put s'empêcher de la rassurer.

— Ta lettre est en sécurité avec moi. Je te promets de faire tout mon possible pour la donner à Nathan avant la fin de la guerre. En attendant, je la garderai précieusement avec moi, assura-t-il.

Clara serra fébrilement ses mains dans les siennes en signe de reconnaissance.

Deux mois après son arrivée, Micky annonça son départ. Une nuit, comme Nathan avant lui, il quitta la maison pour ne plus revenir.

Désormais habituée à l'arrivée de ces visiteurs inattendus, Esther ne fut pas étonnée d'apercevoir un jeune homme pénétrer dans l'allée de leur maison. Pourtant, la silhouette lui parut familière. Marius ? Se pouvait-il que ce soit lui ? Esther s'élança à sa rencontre. Le jeune homme ouvrit grand les bras dans lesquels elle se jeta éperdument.

— Marius, que fais-tu ici ? Tu m'as tellement manqué !

— C'est pour ça que je suis venu. Je ne supportais plus d'être séparé de toi.

Mihaïl les appela du perron.

— Viens, dit Esther en lui prenant la main.

— Marius, mon garçon ! s'exclama Mihaïl. Bienvenue !

— Excusez-moi de me présenter chez vous sans prévenir, monsieur, mais il me tardait de revoir ma chère Esther.

— Tes parents t'ont laissé partir tout seul ? s'enquit Leah qui les avait rejoints.

— Eh bien… Oui. Enfin, ils étaient un peu inquiets, mais je suis un homme, maintenant. Je viens d'avoir dix-neuf ans, vous savez.

— Allez, entre ! On allait passer à table.

— Comment va ta famille ? s'enquit Leah.

— Tout le monde va bien. Et Dora est enceinte !

— Formidable ! L'arrivée du bébé est prévue pour quand ?

— L'été prochain, je crois.

— Tes parents doivent être fous de joie.

— Oui, mais ils sont inquiets aussi. Ils prient tous les jours pour que la guerre s'achève avant la naissance du petit.

— Je suis persuadé que ce sera le cas, intervint Mihaïl. L'été prochain, nous viendrons fêter la venue au monde de ton neveu, et la paix.

— Que Dieu t'entende, Mihaïl, dit Leah.

Après le déjeuner, Esther entraîna Marius dans la campagne. Ainsi en avait-elle décidé, ces quelques heures avant le départ de son amoureux n'appartiendraient qu'à eux. Allongés dans les hautes herbes, à l'abri des regards, ils firent l'amour. Malgré leur désir, une pointe insidieuse de désespoir se mêla à leurs ébats, les rendant plus ardents encore. Car au fond de leurs cœurs, la peur d'être arrachés l'un à l'autre par la guerre ne les quittait jamais.

Puis, leurs corps enlacés baignés par le soleil du printemps, ils fermèrent longuement les yeux. Esther glissait doucement vers le sommeil lorsqu'elle sentit la caresse de Marius. Elle ouvrit les yeux. Il l'observait, penché au-dessus d'elle.

— Ma chérie, dit-il, je suis aussi venu aujourd'hui pour te demander quelque chose.

Elle se redressa à son tour.

— Voilà, commença-t-il en dégageant doucement du visage d'Esther sa longue chevelure emmêlée. Cet été, tu vas avoir dix-sept ans, et moi je suis déjà un adulte…

Il posa alors sur elle un regard qui la bouleversa.

— Esther, dit-il, quand la paix sera revenue, accepteras-tu de m'épouser ?

Elle lui répondit par un cri de joie, puis hurla « oui ! » avant de se jeter à son cou. Ils s'embrassèrent longuement.

— Viens, dit ensuite Esther en se levant, on va l'annoncer à mes parents !

Frissonnants, ils se rhabillèrent et regagnèrent la maison.

Leah et Mihaïl furent très émus par la nouvelle.

— Notre petite fille va se marier ! s'écria Leah. Ma petite Fegele !

— En as-tu parlé à ta famille ?

— Je voulais d'abord m'assurer qu'Esther dirait oui.

— Comment pouvais-tu douter de moi ?

— Si tes parents sont d'accord, nous organiserons les fiançailles à l'été, proposa Mihaïl. Je passerai bientôt à Salies pour en discuter avec eux. Mais maintenant, désolé de jouer les rabat-joie, il va falloir que tu rentres. Il se fait tard et je ne voudrais pas que tu rates le dernier train. Tes parents seraient fous d'inquiétude.

— Je t'accompagne à la gare, annonça Esther.

Sur la route, ils se remémorèrent la première fois où ils avaient fait tous les deux ce même trajet, lorsque Marius était venu donner un cours de mathématiques à Esther. Quel chemin leur amour avait parcouru depuis !

Esther dut se retenir pour ne pas rejoindre Marius lorsque celui-ci, de la plateforme du wagon, agita la main pour lui dire au revoir. Comme elle l'avait fait les autres fois, elle resta longtemps sur le quai après que le train eut disparu.

— Reviens vite, mon amour, dit-elle dans un souffle.

4

M. Pambrun est venu me rendre visite à l'hôtel. C'est un homme passionnant. Il sait tout de l'histoire de Saint-Girons pendant la Seconde Guerre mondiale. Tandis que nous dégustons un café dans le jardin à l'abri d'un grand parasol, il me raconte de nombreuses anecdotes sur la vie quotidienne de la ville à l'époque, les passeurs, les résistants, la Gestapo et la Milice. Comme ailleurs, Saint-Girons s'est déchiré et entretué. En écoutant M. Pambrun me parler de tous ceux qui ont été assassinés par les Allemands et les collaborateurs, je me demande comment ma famille a fait pour leur échapper.

M. Pambrun finit par s'interrompre avant de me questionner :

— Que cherchez-vous précisément, mademoiselle ?

— Je voudrais rencontrer des gens de la génération de ma grand-mère, et qui l'ont peut-être connue. Elle est née en 1927.

M. Pambrun réfléchit un instant puis me dit, tout sourires :

— J'ai l'homme qu'il vous faut ! Il s'appelle Roger Darbas. Il est de cette génération-là. Il est encore très dynamique et curieux, et je suis sûr qu'il sera ravi de vous rencontrer. Je vais l'appeler et je vous tiens au courant.

— Merci infiniment, lui dis-je en lui serrant la main.

Je suis si heureuse de mes avancées. Demain, je visite la maison de ma grand-mère et, en attendant, j'ai tout l'après-midi pour me promener et lire. Je compte terminer le roman de Gaston Massat et en apprendre davantage sur la débâcle de la fin de la guerre, du débarquement à la libération de la ville, les 20 et 21 août 1944. Durant cette période très sombre, les exactions se sont multipliées, les uns donnant leur vie pour remporter cette victoire tant attendue, les autres, acculés, prêts à tout détruire dans leur chute, ou cherchant à fuir au plus vite. Le livre de Massat dépeint avec une telle intensité l'inhumanité de ces derniers mois de guerre que j'éprouve souvent le besoin d'interrompre ma lecture.

En fin de journée, alors que je suis montée dans ma chambre pour me changer, la jeune femme de la réception m'appelle. D'une voix joyeuse, elle m'annonce :

— Mademoiselle, la personne qui devait vous rejoindre est arrivée !

Je suis stupéfaite. Marco est venu me retrouver ! Pourtant je lui avais demandé de ne pas le faire. Je suis furieuse. Ou non, je suis heureuse. Je ne sais plus…

Je me précipite dans l'escalier et débouche dans le hall d'entrée.

Celle qui m'attend ne ressemble nullement à mon ex-compagnon.

— Maman !

— Quelle expédition pour venir jusqu'ici ! J'ai loué une voiture à Toulouse, elle est garée juste dehors et…

— Mais qu'est-ce que tu fais là ?

— Viens, je t'offre un verre au bar, je vais t'expliquer. Tu n'es pas fâchée, quand même ?

— Non, au contraire, dis-je en m'enfonçant dans un fauteuil profond. Je suis surprise, c'est tout.

Pour être honnête, je suis peut-être quand même un peu déçue.

— Écoute, poursuit Jeanne, ton voyage m'intriguait. Même si je n'ai pas cessé de te soutenir le contraire, tout ce passé, cet endroit… tu as fini par éveiller ma curiosité. Et puis je me suis dit que c'était l'occasion qu'on passe un peu de temps ensemble. Ça fait si longtemps ! Un moment mère fille, quoi !

— Et Esther ?

— Je l'ai laissée aux bons soins de Nadia, qui reste dormir à la maison. Qu'est-ce que c'est chouette, ici ! dit-elle en regardant autour d'elle. On se sent vraiment en vacances.

Ma mère a un air juvénile, soudain. Elle semble même détendue, et son sourire me réchauffe le cœur.

— Tu as eu une très bonne idée de venir me retrouver ici, maman. Et il faut que je te raconte ce que j'ai découvert ! D'abord, je dois te dire : demain, on va voir la maison où vivait Esther.

*

Le 6 juin 1944, la famille Brodsky ne put contenir sa joie. Les Alliés avaient enfin débarqué en France.

Bientôt, ils auraient libéré tout le pays. Espérer n'était plus une chimère.

Mais la liesse fut de courte durée. Le 11 juin, Louis Deumier fut arrêté.

Les alertes n'avaient pas manqué. Quelques jours plus tôt, un voisin était venu le prévenir. Un des hommes de main de Dreyer lui avait dit, en voyant passer Louis : « Celui-là, il ne va pas rester longtemps ici. » Puis, le 10 juin, un membre du maquis de Betchat lui avait rendu visite. Les Allemands, lui avait-il annoncé, comptaient l'arrêter chez lui le lendemain.

— Sauvez-vous, nous vous cacherons, lui avait-il proposé.

— Hors de question. Si je pars, ils s'en prendront à ma femme et à ma fille. Je reste.

Le dimanche 11 juin au petit matin, la maison des Deumier fut encerclée par des soldats allemands et des Français armés de fusils et de mitraillettes. Louis était encore couché lorsqu'un officier allemand pénétra chez eux. L'homme se montra extrêmement poli. Il autorisa Louis à prendre son petit déjeuner et à monter s'habiller. Quand les soldats l'emmenèrent, il ne montra aucune résistance, ne voulant faire courir aucun risque à Madeleine et à Lucie, songeant aussi à la cargaison de peaux et de fourrures dissimulée dans son garage.

Louis fut conduit à la prison de Saint-Girons, le sinistre ancien château des vicomtes. Là, il eut la surprise de retrouver M. Lebreton, le principal du collège. Ils partagèrent une cellule, ainsi que l'angoisse de se faire torturer et fusiller à tout instant.

Madeleine refusa d'abandonner son mari. Dès le lundi matin, elle se rendit à la Mosquée et demanda à être reçue par Dreyer en personne. Ce dernier accepta de la recevoir après l'avoir laissée attendre pendant des heures.

— Je ne peux rien faire pour votre époux, madame. Nous avons de nombreux témoignages de citoyens exemplaires en sa défaveur.

— Mon mari n'a rien fait de mal, vous savez très bien que les gens racontent n'importe quoi. Vous ne devez pas croire tous ces mensonges.

— Madame Deumier, comment dites-vous, chez vous ? Il n'y a jamais de fumée sans feu, c'est bien ça ? Votre mari sera envoyé à la prison de Toulouse pour être jugé. Il n'est déjà plus sous ma responsabilité. Je ne peux pas vous aider.

— Je vous en prie ! Que vais-je dire à notre petite fille ? Mon mari est un serviteur de l'État.

— D'après vos concitoyens, il l'a pourtant trahi. Écoutez, dans ma grande bonté, je veux bien faire un geste, madame : vous donner un laissez-passer pour lui rendre visite à la prison de Toulouse. Je demanderai à ma secrétaire de s'en occuper. Au revoir, madame.

Deux semaines plus tard, Louis et M. Lebreton furent envoyés à la prison Saint-Michel, à Toulouse. Madeleine s'y rendit le plus souvent possible. Si son mari conservait son attitude digne et déterminée, il maigrissait à vue d'œil. Il s'inquiétait pour tout le monde : sa femme et sa fille qui bientôt n'auraient plus de moyens de subsistance, ses amis Brodsky et les nombreuses familles juives de la région qu'il aidait. Madeleine put au moins le rassurer sur un point :

— Ne te fais plus de souci pour Lucie et moi, j'ai été convoquée à la banque. On m'a informée que je recevrai ton salaire tous les mois. Je ne sais pas à qui nous devons ce geste, mais ton dévouement n'est pas oublié par tous.

Louis éprouva un immense soulagement. Quoi que lui réserve son destin, et même si dès le lendemain il mourait sous la torture, sa femme et sa fille seraient à l'abri du besoin. Il cligna des yeux, refoulant ses larmes.

Un dimanche de la fin juin, Madeleine et Lucie se rendirent chez les Brodsky. Madeleine avait d'autres mauvaises nouvelles à leur apprendre.

— C'est un cauchemar, déclara-t-elle. Je n'ai pas encore pu me résoudre à l'annoncer à mon mari. Les dernières familles dont il s'occupait près de Saint-Girons ont été arrêtées. Il paraît qu'elles ont été envoyées en Pologne. Si mon cher Louis l'apprenait, lui qui s'est tellement battu pour les protéger… Enfin, je voulais vous prévenir, la situation devient incontrôlable. Les Allemands et les collabos voient la défaite arriver et se déchaînent. Les Juifs font bien sûr partie des premiers visés, il y a de plus en plus de rafles. Vous ne devriez peut-être pas rester ici, où tout le monde vous connaît.

Leah et Mihaïl ne surent que répondre. Eux-mêmes y avaient songé, mais où aller ? Et comment se déplacer alors que les combats faisaient rage sur tout le territoire français ? Une chose était certaine : avec l'arrestation de Louis, ils n'avaient plus personne pour leur venir en aide et les protéger. Désormais, ils ne pouvaient compter que sur eux-mêmes.

Quelques jours plus tard, alors qu'Esther était en cours de français, la porte fut ouverte brutalement.

Un officier allemand et deux soldats armés de mitraillettes surgirent dans la classe. Le cœur d'Esther s'arrêta de battre. Ils venaient pour elle, c'était fini.

— Nous venons chercher l'élève Zilberberg.

Personne ne bougea. Personne ne tourna la tête vers Claude Zilberberg, assis au milieu du rang. Esther, les mains moites posées sur son pupitre, ferma les yeux. C'en était trop. Elle ne voulait plus rien entendre, plus rien voir. Si elle avait pu, elle se serait bouché les oreilles.

L'officier s'avança vers le professeur et sortit un pistolet de l'étui accroché à sa ceinture.

— Nous sommes déjà allés chercher sa sœur, et ses parents attendent dans notre camion en bas. *Schnell!* hurla-t-il soudain.

Claude se leva, pâle comme la mort, et se dirigea vers la porte.

Un silence atroce régna dans la salle, un silence qui se prolongea bien après que les soldats et Claude eurent quitté les lieux.

5

Nous garons la voiture devant le portail ouvert de la propriété et nous nous engageons dans une longue allée perdue dans la végétation. Le parc est magnifique, planté d'arbres immenses probablement centenaires. Et soudain nous l'apercevons, cette maison que nous ne connaissons qu'à travers une vieille photo minuscule et abîmée. Elle semble en bien meilleur état aujourd'hui. Une dame âgée armée d'un sécateur taille de grands rosiers qui encadrent le perron. Nous l'appelons et elle se redresse pour nous accueillir.

Après nous être présentées, nous restons un long moment à discuter dehors et à admirer la façade de la maison en pierre blanche, brique rouge et moulures. M. Lartigue émerge du fond du jardin et nous rejoint. Il nous explique que la bâtisse date de la fin du XIXe mais qu'elle a été construite dans le style Louis XVIII. Je sors alors la photo de la maison à l'époque de ma grand-mère et la lui donne.

— Fabuleux ! s'exclame-t-il avant de la passer à sa femme. Nous n'avons aucun document aussi ancien.

— Je vous en ferai une copie, dis-je.

J'espérais que M. et Mme Lartigue pourraient m'aider à retrouver des gens de la génération de ma grand-mère, mais je suis déçue lorsqu'ils m'apprennent qu'ils ne sont pas de la région et ont emménagé ici dans les années 1950.

— Voulez-vous visiter l'intérieur ? nous propose Mme Lartigue.

— Avec plaisir !

Nous montons les marches qui mènent à deux portes-fenêtres et entrons dans un salon assez petit où peintures et sculptures décorent les lieux en abondance. Les murs sont recouverts de boiseries. Juste à côté, la salle à manger, où pend un lustre qui semble ancestral, est à peine plus grande. Une porte ornée d'un vitrail aux tonalités brunes et fauves sépare la pièce du couloir menant à l'escalier. Tout paraît ancien, et je suis sûre que cette maison n'a que peu changé depuis l'époque où Esther y vivait.

— Je me souviens que ma mère m'avait raconté, il y a très longtemps, qu'à l'époque la cuisine était en demi-sous-sol. Ça vous dit quelque chose ? demande Jeanne.

— Absolument, répond M. Lartigue. Quand nous nous sommes installés, il y avait en effet une cuisine très sommaire. Nous en avons fait faire une moderne ici, à la place de l'ancienne bibliothèque. Venez, je vais vous montrer l'emplacement de l'ancienne.

Nous ressortons de la maison, la contournons et apercevons un petit escalier en pierre.

— Voilà, c'est là, dit M. Lartigue en descendant les marches.

La pièce paraît minuscule tant elle est encombrée d'un bric-à-brac de meubles et d'objets. Elle est sombre, sans âme, les murs nus sont d'une couleur indistincte.

— Aujourd'hui, on s'en sert comme débarras.

Près d'un petit soupirail rouillé, un vieil évier blanc, immense et ébréché, demeure la seule preuve qu'un jour cette pièce a été habitée.

— J'imaginais ça plus grand, lance Jeanne. Connaissant la passion de ma mère et de ma grand-mère pour la cuisine… Ah, et ma mère m'avait aussi expliqué qu'ils avaient installé une grande carte avec des petits drapeaux, pour suivre les mouvements des armées alliés.

— C'était risqué de faire ça en ce temps-là, remarque Mme Lartigue. Cela dit, tout le monde le faisait.

Nous parlons longuement avec le couple. Puis, percevant leur fatigue, nous les laissons, regrettant de ne pas avoir pu visiter les étages.

En sortant, je m'aperçois que j'ai un message. C'est M. Pambrun. D'une voix joyeuse, il m'annonce que Roger Darbas accepte de me rencontrer samedi matin après le marché au café de l'Union.

*

Par un doux après-midi du début de juillet, Clara et Esther paressaient dans la chambre de cette dernière, allongées sur des coussins.

— J'ai quelque chose à te demander, commença Clara.

— Dis-moi.

— Est-ce que je peux t'emprunter ton vélo et ta remorque, samedi soir ?

— Pour quoi faire ?

— Tu sais bien que je ne peux rien te dire.

— Tes parents te laissent encore sortir le soir, après ce qui s'est passé avec Nathan ?

— Justement…

— Quoi donc ?

— Il faut que tu me couvres. Je vais dire à mes parents que je dors chez toi. Samedi après le collège, je viens ici, et en début de soirée, je dis à ta famille que je rentre chez moi. Je pars avec le vélo et la remorque que je te rapporterai dimanche.

— Tu veux qu'on mente à nos parents ?

— C'est pour la bonne cause. Tu sais que mon père ne dort presque plus chez nous ? On nous a dit que les Allemands arrêtaient surtout les hommes, alors la nuit il se cache chez des voisins. Et ma mère a peur de tout. Elle n'a plus aucune autorité. Je fais ce que je veux. Allez, dis oui.

— À une condition.

— Laquelle ?

— Que je vienne avec toi. Je suis prête, Clara, je veux faire ma part, moi aussi.

— Et tes parents ? Et ton avenir avec Marius ? Je croyais que tu voulais le préserver avant tout.

— J'ai mûri, Clara. Je suis une femme, maintenant. Et justement, si je veux un avenir pour moi et Marius, pour notre future famille, il faut que cette guerre s'arrête avant qu'il ne soit trop tard. Et puis la mort de Paulette m'a changée, elle m'a fait réfléchir. Paulette se battait pour moi aussi. J'ai comme une dette envers elle, tu comprends ? Sans compter tous ces gens, ces femmes et ces enfants qui disparaissent. Je ne le supporte plus…

— Écoute, je suis désolée, tu ne peux pas venir avec moi. Pas cette fois. Je ne peux pas t'intégrer comme ça dans une mission. Mais puisque tu es bien décidée, dès la semaine prochaine je te présente à mes amis.

— Promis ?

— Évidemment ! Je n'attendais que ça. Tu sais, avant je faisais équipe avec Paulette.

— Je sais.

Les deux amies demeurèrent silencieuses. Puis Esther demanda :

— Comment comptes-tu expliquer à mes parents que tu empruntes le vélo et la remorque ?

— Je ne leur dirai pas. Je passerai par le petit chemin à l'arrière de la maison, qu'en dis-tu ?

— Tu as pensé à tout !

En entendant leurs voix, Daniel, qui montait dans sa chambre, s'était arrêté pour écouter leur conversation derrière la porte. Ce qu'il avait entendu l'avait glacé. Cette fois, c'était trop grave, il fallait prévenir Fernand. Son frère empêcherait Clara de faire une bêtise et d'entraîner Esther dans sa folie. Et puis Fernand ne l'en aimerait que davantage.

Le samedi, les filles passèrent un délicieux après-midi. Elles allèrent se baigner dans le Salat, firent des jeux et lurent dans le jardin. Puis, un peu avant le dîner, Clara dit au revoir à toute la famille. Esther la mena ensuite discrètement dans l'abri à vélos et l'accompagna à l'entrée du petit chemin.

— Je ne sais pas ce que tu vas faire ce soir, mais bonne chance.

— Merci. On se voit demain !

Clara enfourcha la bicyclette, pédala énergiquement et, sans se retourner, disparut dans le sentier.

*

Installé au bord du Salat sur une grande place bordée d'immenses platanes, le marché de Saint-Girons est très animé. À cette heure, une foule dense déambule parmi les étals. Des gens s'interpellent, se font la bise et discutent au milieu des allées. Nous avons rendez-vous en face, à 10 heures, au café de l'Union.

M. Pambrun est assis avec un homme qui ne fait pas du tout son âge. Est-ce vraiment Roger Darbas ? Ce dernier me le confirme en se levant prestement et en se présentant. Nous nous serrons tous la main. Ma mère est radieuse. Ce voyage lui fait un bien fou, ce à quoi je ne m'attendais pas. Jeanne, cette amazone en guerre contre tout, y compris elle-même, semble étrangement apaisée depuis qu'elle m'a rejointe ici. Est-ce de découvrir enfin ce lieu si important pour sa mère, ou de renouer avec moi ? Je crois que tout est lié. Au fond, si elle est là aujourd'hui, elle qui n'a jamais eu l'envie ou la curiosité de venir à Saint-Girons, c'est parce qu'elle a accepté de faire un pas vers moi. Aujourd'hui, elle est prête aussi à se rapprocher d'Esther.

Nous nous installons autour de la petite table de bistrot et regardons Roger, ses yeux vifs, son visage plein de bonté. Roger est né à Saint-Girons et y a presque toujours vécu, nous explique-t-il. Élève au collège public pendant la guerre, il espère pouvoir nous renseigner.

— Je n'ai pas bien compris, votre famille a vécu ici ? nous demande-t-il.

— Ma mère, explique Jeanne. Pendant la guerre. Je crois qu'elle a à peu près votre âge. Elle s'appelle Esther et son nom de jeune fille est Brodsky.

Roger, soudain écarlate, se redresse sur son siège, bouche bée.

— Mon Dieu ! Esther ! C'est votre maman ?

— Vous la connaissez ? je demande.

— Oh, je suis tellement ému. Bien sûr. J'avais un an de plus qu'elle, mais je l'ai bien connue. On était très amis. Comment va-t-elle ?

— Pas très bien, répond ma mère. Elle est fatiguée et n'a plus toute sa tête.

— J'en suis désolé.

L'évocation de ces souvenirs remue visiblement Roger et je n'ai pas envie de le brusquer. Pourtant, je ne peux m'empêcher de lui demander :

— Parfois, quand elle est perdue dans ses pensées et ne sait plus trop ce qu'elle dit, ma grand-mère prononce le prénom de Clara. Cela vous dit-il quelque chose ?

Je n'aurais peut-être pas dû lui poser cette question aussi abruptement. Il semble totalement bouleversé. Mon intuition était juste : Clara existe bel et bien et ma grand-mère l'a connue pendant la guerre. Roger ne dit toujours rien.

— Ça va ? le questionne M. Pambrun, inquiet.

— Clara était notre amie, répond-il d'une voix méconnaissable. Si vous voulez bien m'excuser, je ne me sens pas très bien. Je vais rentrer.

Nous nous levons pour le saluer, mais il s'en va sans rien ajouter, tête basse. M. Pambrun, Jeanne et moi restons interdits en l'observant s'éloigner. Tout à coup, Roger semble avoir cent ans.

*

Clara venait juste de quitter Esther. Même si elle était anxieuse, elle se sentait heureuse et fière : enfin, on lui avait confié une mission importante. Elle devait récupérer des armes dans une ferme et les apporter, dissimulées dans la remorque du vélo, à un campement de résistants vers Rimont. Si elle croisait des gens, sa jeunesse et le sourire qu'elle tenterait de rendre le plus naturel possible lui permettraient de franchir tous les obstacles. Au bout du chemin, elle prendrait à droite, puis roulerait encore pendant quelques kilomètres selon un plan qu'elle avait parfaitement mémorisé. Quand elle raconterait ses exploits à Nathan, il…

À cet instant, un énorme choc à la tête la déséquilibra. Clara, à moitié assommée, incapable de comprendre ce qui lui arrivait, se retrouva au sol. Des bras la saisirent brutalement. Les frères Petit la regardaient d'un air mauvais.

Un cri sauvage sortit de sa gorge et Franck la fit taire en lui assénant une gifle monumentale. Sa tête fut projetée sur le côté tandis que sa nuque craquait violemment.

— Où tu allais comme ça, la Juive ? Je t'avais prévenue, cria Franck en la secouant par le bras. Allez, dis-nous, qu'est-ce que tu trafiques ? Tu réponds pas ?

Une autre claque retentit. Clara se mordit très fort la langue. Malgré ses jambes flageolantes, elle tenta de se dégager des doigts de Franck qui l'enserraient douloureusement.

— Lâche-moi ! cria-t-elle faiblement, puis elle cracha le sang qui avait empli sa bouche.

Fernand jubilait, comme si toute la scène n'était pour lui qu'un divertissement, mais Franck semblait galvanisé par sa propre violence et Clara, terrorisée, comprit qu'elle était réellement en danger. Elle cessa de se défendre, espérant qu'il allait retrouver son calme. Mais elle se trompait. Il la secoua de plus belle et déchira son chemisier. Puis il la jeta par terre.

Caché derrière un arbre, Daniel observait la scène, tétanisé. Non, ce n'était pas ce qu'il avait voulu. Fernand lui avait menti, Franck n'allait pas aider Clara. Pas comme ça. Sans s'en rendre compte, il poussa un cri d'effroi lorsque le jeune milicien se précipita sur elle, l'écrasant au sol de tout son poids, avant de lui arracher sa jupe.

Fernand se retourna, et Daniel ne fut pas assez rapide pour reculer à temps.

— Daniel, tire-toi de là ! cria Fernand.

Franck leva à peine les yeux de sa proie.

— Débarrasse-moi de cette merde, ordonna-t-il à son frère.

Daniel s'était lancé sur le chemin, courant à toutes jambes pour regagner sa maison et appeler à l'aide. Soulagé, il aperçut la façade du bâtiment entre les arbres. Mais soudain, il fut percuté par-derrière par un corps en pleine vitesse. Il culbuta et Fernand tomba sur lui.

Ils roulèrent sur le sol, Fernand s'efforçant d'immobiliser Daniel qui se débattait en frappant des poings et des pieds. Tous deux poussaient des grognements de rage – mêlés, pour Daniel, de désespoir.

— Arrête, arrête ! cria Fernand qui était parvenu à emprisonner le visage de Daniel entre ses mains.

Leurs nez se touchaient presque. Ils se scrutèrent sans parler, et leurs yeux exprimèrent tant d'émotions contradictoires qu'ils restèrent ainsi, muets et figés.

À cet instant, ils entendirent des bruits de pas saccadés. Quelqu'un venait vers eux.

— Fernand ! Fernand !

Ils se redressèrent. Franck apparut, haletant, rouge et dépenaillé.

— Viens m'aider, tout de suite ! Toi, dit-il en s'adressant à Daniel, tu rentres chez toi et tu la boucles, sinon t'es mort. Et ta famille aussi.

Daniel ne répondit rien. Il se leva et se sauva en courant.

— T'as rien vu, rien entendu, pigé ? hurla Fernand alors que Daniel disparaissait au bout du chemin.

6

Le dimanche matin, Esther attendit Clara, en vain. L'après-midi, Jacques Weiss vint leur rendre visite, affolé. Il cherchait sa fille.

— Elle devait revenir de chez vous en fin de matinée, mais elle n'est toujours pas là, expliqua-t-il à Mihaïl. Elle est restée ici ?

— Pas du tout ! répondit Mihaïl, troublé. Elle est partie hier avant le dîner, elle nous a dit qu'elle rentrait rue Saint-Valier.

— Elle n'a pas dormi chez vous ?

Leah, en entendant monter les voix inquiètes des deux hommes, les rejoignit dans le salon.

— Que se passe-t-il ?

Sans prendre le temps de lui répondre, Mihaïl cria :

— Esther ! Viens ici tout de suite !

Elle sortit de sa chambre et, saisie par l'angoisse et la culpabilité, descendit l'escalier.

— Dépêche-toi, insista Mihaïl, furieux.

Elle apparut dans l'embrasure de la porte.

— Où est Clara ? demanda son père. Qu'est-ce que vous avez trafiqué, toutes les deux ?

Esther, incapable de répondre, éclata en sanglots. Sa réaction ne fit qu'accroître l'inquiétude des adultes.

— Esther, tu dois nous le dire, sa mère et moi sommes morts d'inquiétude, intervint Jacques.

Mihaïl se retint de ne pas la secouer pour la faire réagir. Leah prit sa fille par les épaules et l'attira vers elle.

— Parle, Fegele, s'il te plaît. Où est Clara ?

— Je ne sais pas ! Elle avait promis qu'elle serait là ce matin.

— Qu'est-ce qu'elle t'a dit d'autre ?

— Elle… elle est dans un groupe de résistants.

— Ce n'est pas possible ! s'écria Jacques, on l'aurait su.

— Elle a commencé avec Paulette et Roger. Hier soir, elle m'a emprunté le vélo et la remorque pour une mission. Elle devait me les rapporter ce matin. Elle m'a demandé… Oh, je suis désolée ! dit Esther en pleurant de nouveau. Elle voulait que personne ne soit au courant.

— Où ça ? Où est-elle partie ? Que devait-elle faire ?

— Elle n'a rien voulu me dire. Elle devait juste revenir ce matin. C'est tout ce que je sais ! Pardon ! Pardon ! cria Esther en regardant tour à tour ses parents et le père de Clara.

Effondré, ce dernier s'affala sur un fauteuil et cacha son visage entre ses mains.

— Jacques, on va la chercher. On va se renseigner. Elle est peut-être partie dans le maquis et n'a pas pu revenir.

— Ou elle s'est fait arrêter, répondit sombrement Jacques. Où emmène-t-on les prisonniers ? demanda-t-il.

Personne ne lui répondit. Personne n'osa lui expliquer ce que Louis, depuis longtemps, leur avait raconté : il y avait la prison, mais aussi les quartiers généraux de la Gestapo et de la Milice où l'on torturait les captifs, quand ils n'étaient pas fusillés sur place.

— Je vais aller voir Paul Landron, déclara Leah. S'il y a eu des arrestations cette nuit, il est sûrement au courant. Rentre chez toi, Jacques, je passerai pour vous dire ce que j'aurai appris.

Au premier étage, penché au-dessus de la rampe de l'escalier, Daniel, hébété et tremblant, écoutait la conversation.

Leah avait décidé d'aller chez Paul sur un coup de tête. Louis n'était plus là pour les aider, et le conseiller municipal était son seul recours. Accepterait-il de la revoir ? La haïrait-il de violer sa promesse, celle de ne plus le voir ni le solliciter ? Leah se sentait fébrile. Elle appréhendait cette rencontre tout en la désirant, et elle se sentait coupable de ses sentiments tourmentés. Mais qu'importait ? Le sort de Clara était en jeu.

Elle sonna à sa porte. Attendit, de plus en plus anxieuse. Paul Landron apparut sur le seuil et écarquilla les yeux à sa vue.

— Leah, qu'est-ce que vous faites ici ? Vous ne vous rendez pas compte de ce que…

— Je sais, Paul, mais notre situation est désespérée, Louis n'est plus là et… Clara, Clara Weiss, a disparu.

Il ne la fit pas entrer. Son regard dur était indéchiffrable, mais Leah crut déceler une étrange lueur qui ressemblait à de la peur.

— Que voulez-vous, Leah ?

— Vous qui êtes au courant de tout, pouvez-vous juste me dire si une jeune fille a été arrêtée hier soir ?

— Non, personne n'a été retrouvé ni ne s'est fait arrêter hier. Mais que faisait-elle dehors, seule la nuit, pendant le couvre-feu ?

— Elle a disparu bien avant, Paul. Et ses parents sont fous d'inquiétude.

— Ils auraient mieux fait de s'inquiéter avant, vous ne trouvez pas ?

Leah n'insista pas. Paul Landron n'avait pas besoin de connaître les vraies raisons de l'escapade de Clara.

Paul lui signifia sèchement qu'il n'avait plus rien à ajouter. Leah, les yeux baissés, murmura un au revoir avant de se retourner pour partir. Blessée, le cœur serré, elle se rendit néanmoins chez les Weiss pour savoir si, de leur côté, ils en savaient plus.

Mais au 45 de la rue Saint-Valier, on était toujours sans nouvelles de Clara.

Alors que les familles Weiss et Brodsky se mouraient d'angoisse, Mihaïl rentra un soir avec d'autres mauvaises nouvelles. Il revenait de chez les Deumier : Louis avait été jugé dans un procès expéditif et avait été accusé de faits de résistance contre l'État français et l'occupant. Il avait été condamné à la déportation. Le proviseur du lycée avait reçu la même sentence. Leah se promit d'aller rendre visite à Madeleine dès le lendemain.

Mais elle trouva porte close. Madeleine était aussitôt repartie à Toulouse après avoir confié Lucie à une parente. Lorsqu'elle revint, le 19 juillet, elle était dévastée. La veille, Louis et M. Lebreton, avec bien d'autres compagnons d'infortune, avaient été embarqués dans des wagons plombés, direction l'Allemagne, plus exactement le camp de concentration de Neuengamme, où étaient déportés les prisonniers politiques.

*

Ce soir, ma mère et moi dînons à l'hôtel. Il y a peu de monde dans la salle à manger et nous pouvons discuter paisiblement. Nous parlons de toutes ces choses que nous ignorions sur la jeunesse d'Esther, de tout ce que nous ne connaîtrons jamais et qu'elle emportera avec elle.

— Mais malgré tout, me dit ma mère, tu as eu raison de faire ce voyage. C'est important. Pour toi, et pour moi aussi, je m'en rends compte. Et tout ça, c'est grâce à toi.

— Tu vois que je peux servir à quelque chose, parfois ! lui dis-je en souriant. Je peux même prendre de sages décisions pour la famille.

— J'avoue. Sur ce coup, tu as été beaucoup plus…

— Responsable. J'ai été bien plus responsable que toi, je pourrais même dire : plus adulte.

— N'exagère pas non plus, hein ? dit-elle.

C'est à son tour de sourire, un sourire amusé et joyeux. Et dans son regard, pour mon plus grand plaisir, je crois distinguer une pointe de fierté.

Comme si elle lisait dans mes pensées, elle ajoute :

— Mais c'est vrai, je suis fière de l'adulte que tu es devenue. Et de partager cette expérience avec toi.

Elle prend ma main sur la table et la serre. Pour la première fois depuis une éternité, depuis mon enfance peut-être, je sens une émotion sincère dans son étreinte, et non un geste mécanique dont elle était coutumière avec moi. Alors j'accepte cette démonstration d'amour maternel et laisse ma main dans la sienne.

Nous trinquons et commençons à dîner.

— Maman, tu crois qu'on devrait recontacter Roger ?

— Au sujet de Clara ? Oui, pourquoi pas ? Laissons-le récupérer un peu, et puis on le rappellera. Enfin, toi tu le rappelleras, c'est ton enquête, après tout ! C'est fou ce que tu me fais vivre, Deborah. Grâce à toi, j'ai l'impression de me rapprocher de ma mère.

Et moi j'ai la même impression avec toi, maman.

*

Quelques jours après la disparition de Clara, alors que Leah et les enfants dînaient seuls à la maison, on frappa à la porte-fenêtre du salon. Tous s'immobilisèrent, effrayés. Mihaïl était parti en tournée, Maria était rentrée chez elle, Leah était seule pour protéger ses enfants. Son esprit s'emballa. Elle regarda autour d'elle, mesurant les possibilités qui s'offraient à elle, réfléchissant à toute allure.

— Ne bougez pas, dit-elle en se levant. Si je crie, sauvez-vous par la porte de derrière et ne vous arrêtez pas. Compris ? Simon, va rejoindre ta sœur. Tu lui donnes la main et tu lui obéis, c'est bien compris ?

Il hocha la tête d'un air affolé avant de courir se jeter dans les bras d'Esther. Daniel ouvrit la bouche pour parler, mais Leah posa un doigt sur ses lèvres.

Puis elle passa la porte menant au salon.

Derrière la vitre se tenait un homme qu'elle reconnut, mais qu'elle fut stupéfaite de voir à Saint-Lizier.

— Kliatchko ! Que se passe-t-il ? Que fais-tu ici ?

Il se précipita à l'intérieur. L'élégant dandy de Salies était méconnaissable, avec son air hagard, ses vêtements sales et déchirés.

— Viens dans la salle à manger. Assieds-toi.

Les enfants, épouvantés, se levèrent.

— Restez assis, murmura-t-il.

Esther lui servit un grand verre d'eau qu'il vida d'un trait.

— Pourrais-je aller me nettoyer un peu, Leah, s'il te plaît ? demanda-t-il ensuite.

— Oh, mon pauvre ! Suis-moi. Ensuite, je te servirai quelque chose à manger. Les enfants, continuez votre dîner.

Elle accompagna leur ami à l'étage, versa de l'eau du broc dans une cuvette et lui tendit un morceau de savon et une serviette.

— Kliatchko, parle-moi, je t'en prie, dit Leah en le regardant se laver le visage.

— Je suis venu à pied de Salies. Je me suis enfui, Leah. Je ne sais même pas où sont Riva et les enfants… Les Allemands sont venus nous chercher.

— Oh, mon Dieu ! Et les Katzkoff ?

— Je ne suis pas sûr. Je pense qu'ils ont été raflés. À moins qu'ils n'aient eu le temps de se sauver. Qui peut savoir ?

Les jambes de Leah se dérobèrent sous elle.

— Oh, mon Dieu, répéta-t-elle. Que vais-je dire à Esther ?

— Je suis désolé. Je n'avais nulle part où aller. J'espère que tu ne m'en veux pas, je ne savais plus quoi faire.

— Bien sûr que non ! Tu as bien fait de venir.

— Je me suis caché et j'ai marché pendant des jours, je n'avais rien à manger ni à boire, mais ça, ce n'était rien. Ne pas savoir ce qui est arrivé à Riva et aux petits… c'est atroce.

— Tu vas te reposer et reprendre des forces.

— Je ne resterai pas longtemps, je compte passer en Espagne. Connais-tu des gens qui peuvent m'aider ?

— Oui, je connais quelqu'un, répondit Leah, qui songeait à M. Nantois. J'irai lui parler. Allez, viens manger.

Les enfants observèrent Kliatchko dévorer la nourriture. Tous les trois avaient envie de lui poser mille questions mais n'osaient pas. N'y tenant plus, Esther demanda :

— Excusez-moi, pourriez-vous nous expliquer ce qui se passe ?

— Esther…, commença Leah. On n'en sait rien, on sait juste que les Allemands ont arrêté des Juifs à Salies, mais on ne sait pas qui.

— Marius ! hurla Esther en se levant brusquement. Non !

Toute la tablée, impuissante, la regarda s'effondrer au sol.

Leah se précipita vers elle, la releva et la berça doucement dans ses bras.

— On n'est sûrs de rien, Fegele, il faut garder espoir.

Cette nuit-là, Esther dormit à peine quelques heures, épuisée par l'angoisse et les larmes. D'abord Clara, qui avait disparu. Était-elle encore en vie ? Avait-elle décidé de rejoindre le maquis après sa dernière mission, voire de partir pour l'Espagne retrouver Nathan ? Et maintenant Marius… Avait-il été arrêté ? Jusqu'à présent, aucun de ceux qui avaient été raflés et embarqués dans des trains n'était revenu. On ne savait pas ce qu'ils devenaient, on n'avait plus aucune nouvelle. Des rumeurs inquiétantes circulaient, mais on ignorait d'où elles venaient, si elles étaient fiables. Il restait cependant un espoir : comme Kliatchko, les Katzkoff avaient pu échapper à la rafle. Il fallait qu'elle sache.

Esther se réveilla très tôt et s'habilla. La veille, elle était entrée sans être vue dans la chambre de ses parents pour récupérer ses papiers derrière la commode de sa mère. À présent, elle les glissait dans son petit sac avant de descendre l'escalier. Elle avait ouvert la porte-fenêtre du salon quand elle entendit sa mère derrière elle.

— Où vas-tu ?

— À Salies. Je dois retrouver Marius.

— Non, tu ne sortiras pas d'ici ! Tu as perdu la tête ? En ce moment, les Juifs y sont pourchassés par les nazis. Ceux qui leur ont échappé sont tous partis se cacher. Tu ne trouveras personne en ville, mais par contre tu te feras arrêter. Je te défends d'y aller.

— Tu ne pourras pas m'en empêcher, Marius a besoin de moi.

Leah tira Esther par le bras avec force et claqua la porte.

— Marius veut plus que tout que je te garde saine et sauve. Tu restes à la maison.

Leah ne quitta pas sa fille pendant des jours. Esther, désespérée, retourna sa rage contre sa mère, mais Leah ne flancha pas. Lorsqu'elle alla rendre visite à M. Nantois, elle la confia à la vigilance de Kliatchko.

Ce dernier partit peu après pour l'Espagne. Ce jour-là, Leah eut l'impression de revivre le départ de Nathan. Sans la guerre, jamais elle n'aurait pu rencontrer ces personnes auxquelles elle s'était tellement attachée, mais à cause d'elle, aussi, elle risquait de les perdre définitivement.

Devant l'entrée de la maison, un sac passé à l'épaule, Kliatchko serra Leah dans ses bras. Durant un instant, ils se contemplèrent en silence. Leah savait à quoi songeait son ami, car ces pensées la hantaient tout autant : se reverraient-ils un jour ? Survivraient-ils même au mois prochain ? Et parmi toutes ces familles juives qu'ils connaissaient, lesquelles pourraient résister suffisamment longtemps pour voir arriver la paix ?

— Tenez le coup, toi et les tiens. Quand tout sera fini, je compte bien revenir vous voir.

— C'est tellement dur de devoir se séparer de vous tous, comme ça, les uns après les autres…

Kliatchko, ému, embrassa Leah sur les deux joues avant de s'éloigner dans l'allée. La jeune femme attendit sur le perron qu'il ait passé les grilles du portail pour rentrer, le cœur serré.

7

Un matin de très bonne heure, Leah, stupéfaite, vit surgir Paul Landron par la porte de derrière. Blême, les cheveux en bataille, il semblait affolé.

— Vous devez partir, Leah. Vous et votre famille êtes sur la liste de la prochaine rafle. Je suis désolé.

Leah se décomposa.

— Personne ne doit savoir que je suis venu vous voir, vous comprenez ?

Il marqua une pause, fuyant le regard de Leah, hésitant à poursuivre. Puis il lança :

— Je ne peux pas laisser faire ça, pas à vous !

— Et mes parents ?

— Ce n'est pas pour cette fois, mais ça ne saurait tarder. Eux aussi doivent s'en aller. La défaite approche, les Allemands sont acculés et ils deviennent fous. Ils veulent tout détruire dans leur fuite, se venger sur tout le monde. Alors ne tardez pas et faites très attention à vous, je vous en supplie !

Paul prit les mains de Leah dans les siennes puis, sans lui laisser le temps de réagir, l'attira contre lui. Sidérée, Leah le laissa faire et, dans un instant d'abandon, posa la tête sur son épaule, respira le parfum de son eau de Cologne.

— Si tout avait été différent…, commença Paul.

Leah se serra davantage contre lui et ferma les yeux.

Il enfouit son visage dans sa chevelure, la huma, puis recula.

— Je ne sais pas si nous nous reverrons un jour, Leah. Pardon si je vous ai blessée. J'ai été lâche. Je…

— Ne dites rien.

— Je ne vous oublierai jamais.

Il se précipita dehors.

— Paul ! appela Leah.

Il se retourna, attendit.

— Moi non plus, murmura-t-elle.

Depuis plusieurs mois, Mihaïl et Leah avaient commencé à réfléchir à un endroit possible où se réfugier en attendant la fin de la guerre. Si Guittla et Yankel refusaient de quitter Saint-Lizier à cause de leur fils, ils leur avaient néanmoins suggéré d'aller demander à de bons amis à eux de les héberger en cas d'extrême urgence. Ernest et Amélie Rougé, qui tenaient un hôtel-restaurant à Plaisance-du-Gers, avaient répondu à la lettre envoyée quelques mois plus tôt par Guittla : ils se tenaient prêts à recevoir toute la famille dès qu'ils en auraient besoin. Ce jour était arrivé.

Leah se précipita chez ses parents et leur répéta les paroles de Paul Landron. Mais, comme à l'accoutumée, elle se heurta à l'obstination de sa mère.

— Je ne bougerai pas d'ici, déclara Guittla, je préfère mourir que de ne pas être là pour accueillir mon fils. J'attends cet instant depuis trois longues années, et ce n'est pas au moment où il a toutes les chances d'être libéré que je vais partir. Ah, ça, non !

— Papa, insista Leah, dis quelque chose. Les Allemands vont venir vous chercher d'un jour à l'autre, c'est absurde de rester ici.

— Mais non, ils ne viendront pas, la guerre sera finie avant. Pars, ma fille, emmène tes enfants. Et quand la paix arrivera, dépêche-toi de revenir, nous serons là.

— Non ! cria Leah, furieuse et effrayée. Je ne peux pas vous laisser ici.

— Nous sommes vieux, notre chemin s'arrête là. Mais toi, tu dois veiller à la sécurité de tes petits. Allez, pars, laisse-nous, s'il te plaît.

Leah se résigna à obéir à ses parents. S'ils voulaient se faire arrêter, qu'y pouvait-elle ? En revanche, il était de son devoir de mettre ses enfants à l'abri.

Elle rentra chez elle bouleversée, se demandant si elle venait de leur dire adieu. Mais il fallait faire vite. Les bagages furent bouclés, un message glissé pour Mihaïl dans une cachette connue d'eux seuls. Ainsi, il saurait dès son arrivée que sa famille n'avait pas été arrêtée mais était partie se réfugier chez les Rougé. Comme Leah et lui l'avaient anticipé, il les rejoindrait alors immédiatement.

Munis de leurs valises, les Brodsky parcoururent à pied le chemin jusqu'à Saint-Girons. Par précaution, Simon tenait Paris en laisse, une simple ficelle qu'il avait passée au cou de l'animal. Ils débarquèrent chez les Deumier où ils furent accueillis par Madeleine et Lucie.

— Nous partons. Je ne sais pas quand nous reviendrons, expliqua Leah. Simon voulait demander quelque chose à Lucie, si vous êtes d'accord, Madeleine, bien sûr.

Simon s'avança vers la petite fille. Paris, la reconnaissant, lui fit la fête.

— Nathan m'a confié son chien, mais je dois m'en aller.

Il s'interrompit, leva la tête vers sa mère, cherchant un signe d'encouragement. Leah lui sourit en hochant la tête.

— Est-ce que tu veux bien le lui garder, s'il te plaît ? demanda le petit garçon dans un murmure.

Lucie, accroupie par terre, caressait le chien qui lui léchait le visage. Leah regarda Madeleine d'un air interrogateur. Celle-ci se tourna vers sa fille :

— Qu'en penses-tu, Lucie, tu veux le garder ?

En guise de réponse, la fillette hocha la tête, un immense sourire éclairant son visage perpétuellement triste depuis l'arrestation de son père.

— Je pense qu'on a besoin d'un bon gardien, poursuivit Madeleine gaiement. Paris fera l'affaire.

Lucie s'approcha de Simon, qui réfrénait un sanglot.

— T'en fais pas, Paris et moi, on t'attendra.

Les Deumier et les Brodsky se dirent au revoir, et Leah éprouva un nouveau déchirement. Où étaient les hommes de la famille à cet instant ? Louis, qui avait payé si cher l'aide qu'il leur avait apportée, était-il toujours en vie ? Madeleine et elle s'étreignirent un long moment, tandis que Simon, vaillamment, donnait à Lucie les dernières instructions concernant Paris. Puis il fallut partir.

Les Brodsky se rendirent à la gare et prirent le train pour Toulouse. Leah avait prévu qu'ils passeraient la nuit dans la ville rose et partiraient le lendemain pour le Gers. Le voyage serait long et complexe, avec plusieurs correspondances.

Lorsqu'ils arrivèrent à la station qui précédait Salies, Esther se leva. Elle prétexta qu'elle avait la nausée et voulait aller dans le couloir pour prendre l'air, puis elle se dirigea vers le dernier wagon. Au moment du départ, elle se posta près de la porte, regarda de chaque côté, puis l'ouvrit. Un vent violent s'engouffra, lui fouettant le visage comme une claque brûlante. Déséquilibrée, elle se retint à la paroi. Je ne vais pas y arriver, songea-t-elle, le regard rivé sur les rails qui défilaient. Une image de Marius surgit dans son esprit. Elle eut alors l'étrange certitude que si elle le retrouvait, il serait hors de danger, et que plus rien ne pourrait leur arriver.

Avant que le train ne prenne de la vitesse, Esther se jeta dans le vide. Elle atterrit au milieu des herbes et roula sur le talus sans se blesser. Se relevant avec souplesse, elle regarda le convoi poursuivre sa route. Sa mère serait folle d'inquiétude, songea-t-elle. Mais Marius l'attendait.

Esther marcha pendant une heure sous le chaud soleil d'été. Dans son sac, elle avait caché quelques fruits et un morceau de pain, avec un peu d'argent et ses papiers. Elle évita la route, préférant longer la rivière ou passer par les champs. Enfin, elle entra dans Salies.

La ville lui parut plus calme qu'à l'accoutumée. Était-ce à cause de la chaleur ? Les volets des maisons étaient tous clos et les rues tristes et désertes. Soudain, le bruit qu'elle redoutait plus que tous les autres se fit entendre dans son dos, se répercutant sur les pierres des maisons : le fracas des bottes qui martelaient le sol d'un pas cadencé. Une patrouille de soldats allemands avançait droit sur elle. Elle se jeta dans une ruelle et se plaqua contre le mur.

La patrouille n'était pas très importante et eut vite fait de s'éloigner. Esther attendit que les battements de son cœur ralentissent. Puis elle reprit sa route en passant par les ruelles et en rasant les murs, attentive au moindre son, au moindre mouvement.

Enfin, elle atteignit la rue où habitaient les Katzkoff. Elle s'arrêta devant la maison, écartelée entre l'espoir et l'angoisse. Elle revit Golda, la première fois où ils étaient venus leur rendre visite, qui descendait le perron, bras écartés et sourire aux lèvres pour les accueillir. Viendrait-elle lui ouvrir, cette fois-ci ? Puis elle se représenta Marius et son regard espiègle, sa mèche rousse tombant sur son front qu'il repoussait sans cesse. La prendrait-il dans ses bras pour l'embrasser passionnément ? Et Dora ? N'était-elle pas sur le point d'accoucher ? Et si le bébé était déjà arrivé ?

Esther leva les yeux sur la haute façade. La maison lui sembla soudain désolée. Elle inspira profondément, grimpa les marches et frappa à la porte avec le petit heurtoir.

Aucun bruit dans la maison. Personne ne répondit. Esther frappa encore, de plus belle. Rien. Elle eut envie de hurler.

Soudain, la porte des voisins s'ouvrit. Une femme aux cheveux gris apparut sur le seuil.

— Qu'est-ce que vous voulez ?

— Je cherche les Katzkoff.

— Ils se sont tous fait embarquer, ces sales youpins ! Tous ! Un beau coup de filet : il y avait la fille enceinte jusqu'aux yeux qu'était là avec toute sa belle-famille. Et ouste, du balai tout le monde !

Choquée, Esther se rendit compte que le collier qui ornait le cou de la femme appartenait à Golda. Et lorsque la voisine fit un pas dans sa direction, elle reconnut aussi les chaussures de Golda à ses pieds. Mais la femme s'approchait désormais d'Esther, qu'elle fixait avec insistance. La jeune fille, effrayée par les deux petits yeux qui la scrutaient méchamment, recula, se heurtant au battant.

— Mais je te reconnais, toi, t'es une des leurs ! Tu venais te pavaner chez eux tous les étés ! dit-elle en saisissant Esther par les bras. André ! hurla-t-elle, André, ramène-toi, y en a une autre ! Appelle la Milice !

Esther se débattit, mais la femme la tenait fermement. Ne parvenant pas à se dégager, elle lui donna un grand coup de pied dans le tibia. La femme poussa un cri et desserra son étreinte. Esther en profita pour lui échapper et la pousser avec rage dans l'escalier. La femme tomba lourdement en hurlant. À cet instant, un homme sortit de la maison des voisins. Il hésita un moment : devait-il se porter au secours de sa femme ou poursuivre Esther ? Celle-ci se mit à courir sans se retourner, de toutes ses forces. Elle courut sans savoir où elle allait. Puis, ne pouvant plus respirer, elle s'arrêta. Il n'y avait pas un bruit autour d'elle, la rue était vide. Elle était seule.

8

Anéantie, Esther erra dans la ville, marchant au hasard, indifférente au monde qui l'entourait. Elle pouvait bien se faire arrêter, elle s'en moquait à présent. Ses pas la ramenèrent vers les bords du Salat, à l'endroit où, tant de fois, elle était venue avec Marius, ou avec leurs familles et leurs amis pour des après-midi de baignade. Quels moments heureux, alors !

Esther ne ressentait plus la chaleur écrasante ni l'absence du moindre souffle d'air. Elle n'entendit pas le grondement de la rivière qui serpentait entre les pierres et ne remarqua pas l'immobilité des branches dont certaines baignaient dans le courant. Elle se laissa tomber dans l'herbe et se mit à hurler de désespoir, frappant la terre de ses poings. Puis elle sanglota longtemps, jusqu'à l'épuisement. Elle songea à Marius, disparu comme tant d'autres vers un inconnu dont, elle le savait, on ne revenait pas. Elle songea à Clara qui, espérait-elle, s'était sauvée loin d'ici. S'il était arrivé quelque chose à son amie, Esther s'en voudrait jusqu'à la fin de ses jours. Jamais elle n'aurait dû la laisser partir, ce soir-là. Si seulement elle avait pu revenir en arrière ! Marius,

Clara, Paulette. Et où était Dora, dont la grossesse avait probablement atteint son terme ?

Le regard d'Esther se perdit dans les eaux tourbillonnantes et son esprit s'évada, la laissant dans un état étrange de semi-conscience. Elle ne sut combien de temps elle resta ainsi, immobile et absente. Soudain, elle frissonna et sortit de sa torpeur. Elle regarda autour d'elle. Une légère brise s'était levée, le ciel se chargeait de nuages gris. Esther avait faim et soif, elle voulait rentrer chez elle. Elle quitta l'abri des arbres et le bruit hypnotisant de la rivière pour se diriger vers la gare. Elle ne croisa personne, ni patrouille, ni soldat égaré, ni voisin agressif. Mais les aurait-elle seulement vus ?

Le train pour Saint-Girons devait passer une heure après. Elle l'attendit trois heures.

Dès qu'Esther posa le pied sur le quai, elle se prit soudain à espérer : et si Clara était revenue ?

Elle se rendit au 45, rue Saint-Valier, grimpa les marches quatre à quatre et frappa à la porte du troisième étage. Un pas traînant se fit entendre de l'autre côté, le battant fut entrebâillé, un œil angoissé la scruta.

— Madame Weiss, c'est moi, Esther !

Louba, le visage défait et les yeux rouges, la prit dans ses bras.

— Clara n'est pas revenue, dit-elle dans un souffle.

— Vous n'avez pas eu de nouvelles ?

— Non, aucune. Tu sais quelque chose, Esther ?

— Non, je suis désolée. J'espère qu'elle est restée dans le maquis et qu'elle rentrera bientôt.

— Mais comment peut-elle se montrer si cruelle envers nous ? Nous laisser dans une telle incertitude ?

— Elle n'a sûrement pas le choix, c'est pour vous protéger, expliqua Esther, de moins en moins convaincue.

— Comment va ta maman ? lui demanda Louba.

Cette question la ramena à la réalité. Sa mère était partie avec ses frères, personne ne l'attendait chez elle. Où pouvait-elle aller ? Guittla et Yankel. Elle se rendrait chez eux dès qu'elle aurait quitté Louba.

— Elle va bien, merci, madame Weiss. Je vais vous laisser.

— Si tu as la moindre information…

— Bien sûr. Je viendrai vous voir immédiatement.

Après avoir parcouru à pied la distance jusqu'à Saint-Lizier, Esther entra à l'hôtel de la Tour, salua le gardien et gravit les marches du premier étage, étourdie, les jambes flageolantes. Ce fut Guittla qui lui ouvrit.

— Fegele ! Mais que fais-tu ici ? Où est Leah ? s'écria-t-elle.

— Laisse-la entrer, tu vois bien qu'elle est toute pâle. Viens, ma chérie, dit Yankel en la prenant par les épaules et en la guidant vers le canapé. Assieds-toi.

— Esther, que s'est-il passé ? Leah et les enfants vont bien ? insista Guittla.

— Oui, ils sont en route pour aller chez vos amis.

— Pourquoi n'es-tu pas avec eux ?

Esther leur raconta tout, depuis la visite de Kliatchko, que Leah avait tenue secrète afin de ne pas inquiéter ses parents, jusqu'à sa fugue à Salies et sa triste découverte sur place. Guittla, qui était prête à la gronder, devint livide lorsque sa petite-fille lui parla des Katzkoff. Elle fit son possible pour la réconforter, lui servit à manger, puis elle s'adressa à Yankel :

— Nous devons trouver une solution pour avertir Leah qu'Esther est ici.

— Il y a le téléphone chez nos amis. Je vais aller à la poste dès son ouverture demain matin pour les appeler.

Deux jours plus tard, Leah, échevelée et hors d'elle, débarqua chez ses parents. Elle s'en prit vivement à sa fille mais, soudain, sa voix se brisa et elle la serra dans ses bras.

— Ne me refais plus jamais ça, tu m'entends ? J'ai cru que je t'avais perdue… J'ai pensé à tellement de choses horribles qui auraient pu t'arriver…

Elle regarda sa fille.

— Tu vas bien ? Personne ne t'a fait de mal ?

— Les Katzkoff… Ils ont tous été arrêtés.

Le visage de Leah se décomposa, mais elle tenta tant bien que mal de se ressaisir.

— Écoute, Fegele, on n'a pas le choix, dit-elle d'une voix altérée. On doit tenir jusqu'à la fin de la guerre et attendre leur retour.

Elle prit le visage de sa fille entre ses mains et, l'attirant tout près du sien, elle poursuivit :

— Ils vont revenir, tu verras, et nous, on sera là pour les accueillir, d'accord ?

— D'accord, maman, répondit Esther, plus par épuisement que par conviction.

Leah, quant à elle, s'en voulait de mentir à sa fille : en vérité, elle nourrissait peu d'espoir. Des bruits atroces couraient, à peine croyables, des rumeurs d'assassinats de masse réalisés dans des conditions monstrueuses. Il devenait de moins en moins probable que ceux qui étaient partis reviendraient. Mais Esther devait garder la foi et Leah voulait encore y croire.

Elle se tourna ensuite vers ses parents et s'exprima avec toute l'autorité qu'elle put puiser en elle :

— Je suis venue vous chercher. J'ai loué une voiture et un chauffeur attend en bas. Vous ne pouvez plus rester ici, c'est devenu beaucoup trop dangereux.

— Ma fille, tu le sais, c'est hors de question. Georges sera bientôt libéré, il a le droit de trouver un foyer à son retour, et ses parents pour l'accueillir.

— Et si vous êtes raflés, ça servira à quoi, hein ? Dites-moi ?

— Je ne changerai pas d'avis, Leah. Emmène ta fille et restez chez nos amis jusqu'à la fin de la guerre. Allez, filez.

— Oh, maman, que tu es têtue ! Et toi, papa, pourquoi ne te montres-tu pas plus raisonnable ?

Yankel soupira mais ne daigna pas lui répondre. Quel que soit son avis, de toute façon, c'était Guittla qui commandait.

— Très bien. Viens, Esther, on s'en va. Dis adieu à tes grands-parents, ce sera un miracle si tu les revois un jour.

Leah, furieuse, sortit de la pièce en claquant la porte. Esther embrassa ses grands-parents, se demandant si sa mère disait vrai, puis elle courut pour la rattraper.

La voiture roulait depuis deux heures et ils avaient atteint sans encombre le plateau de Lannemezan lorsque, soudain, ils entendirent un bruit assourdissant.

— Baissez-vous ! hurla le chauffeur, on nous tire dessus !

Leah, assise à côté de lui, se tourna vers sa fille pour s'assurer qu'elle s'allongeait sur la banquette.

Au moment où elle allait se pencher en avant pour se mettre à l'abri, elle sentit une balle lui frôler la nuque avant de se loger dans la vitre qu'elle fit exploser. Leah et Esther se mirent à crier. À droite, Leah eut le temps d'apercevoir les partisans, embusqués dans les buissons longeant la route et munis de fusils, se dresser par à-coups pour riposter ; à gauche, face à eux, des soldats allemands en faisaient autant. Le chauffeur se recroquevilla sur son siège, appuya à fond sur la pédale de l'accélérateur, et ils roulèrent au milieu d'un déferlement de feu.

Une fois la voiture sortie de la zone des tirs, Leah se redressa et se retourna vers Esther.

— Tout va bien ?

— Oui.

Puis elle pivota vers le chauffeur. Celui-ci arrêta la voiture avant de s'affaler, la tête sur le volant. Dans son dos, une tache rouge s'élargissait, pareille à une immense fleur pourpre.

— Monsieur Brun ! s'exclama Leah.

L'homme ne bougea pas.

— Répondez ! Je vous en prie !

Elle lui saisit le bras.

— Monsieur Brun, dites quelque chose !

— Maman, il a du sang partout !

— Tais-toi !

Cédant à la panique, Leah le saisit par les épaules et le secoua violemment.

— Mais répondez-moi !

Elle sentit soudain le liquide chaud et poisseux coller à ses mains. Elle lâcha le corps du chauffeur et contempla, effarée, ses deux paumes écarlates. M. Brun bascula contre elle.

Leah hoqueta d'effroi tandis que sa fille hurlait.

— Esther, calme-toi ! Arrête, pour l'amour du Ciel !

Celle-ci fut incapable de se contrôler. Leah lui asséna alors une claque retentissante, lui coupant le souffle et la faisant brusquement taire.

Interloquée, elle regarda sa mère.

— Ressaisis-toi ! lui dit celle-ci, on doit filer d'ici avant que les Allemands n'arrivent. Viens m'aider, on va déplacer M. Brun sur le siège passager.

— Mais… Il est mort ?

Leah contempla les yeux révulsés du chauffeur.

— Oui, on ne peut plus rien faire pour lui. Allez, dépêche-toi !

Elles sortirent de la voiture, ouvrirent la portière du conducteur et poussèrent M. Brun autant qu'elles purent. Puis Leah passa de l'autre côté pour le tirer de toutes ses forces et le caler sur le siège passager. Elle claqua la portière, et la tête du chauffeur tomba contre la vitre.

Esther remonta à l'arrière tandis que Leah s'installait au volant.

— Qu'est-ce qu'on fait maintenant, maman ? demanda Esther. Tu ne sais pas conduire.

Sans lui répondre, Leah, marmonnant pour elle-même, posa les pieds sur les pédales, pencha la tête vers le tableau de bord puis tourna la clé de contact.

Le moteur vrombit, puis cala. Leah, gardant son calme, recommença. À la troisième tentative, enfin, la voiture démarra. D'abord tout doucement, puis Leah, concentrée, tendue, prit de la vitesse. Les quelques kilomètres qui les séparaient de Plaisance-du-Gers leur semblèrent extrêmement longs.

Leah se gara enfin devant l'hôtel de leurs amis.

— Va chercher Ernest, allez, dépêche-toi, lança-t-elle à sa fille.

Esther sortit de la voiture en vacillant légèrement et courut trouver de l'aide.

Leah regarda M. Brun. Il était livide, et du sang avait coulé sur le sol à ses pieds.

Enfin, Ernest arriva. Quelle surprise, Mihaïl était avec lui ! Leah se précipita hors du véhicule et se jeta dans ses bras.

— Tu es là ! Oh, merci, mon Dieu !

— Mihaïl, intervint M. Rougé, votre fille avait raison, M. Brun est mort. Je m'occupe de la voiture, rentrez, tous les deux.

Lorsque Simon, qui attendait dans l'entrée avec Daniel, aperçut sa mère, la robe et les mains couvertes de sang, il hurla de peur et partit se cacher.

— *Katzele*, reviens ! Je vais bien ! l'appela Leah.

— Laisse, maman, je vais aller le voir, dit Esther.

Amélie Rougé apparut.

— Leah, suivez-moi, il faut vous changer.

Un peu plus tard, lavée et vêtue de propre, elle appela son fils. Simon, la main serrée dans celle de sa sœur, s'approcha lentement d'elle.

— Tu ne saignes plus, maman ?

— Ce n'était pas mon sang, *Katzele*. Viens, j'ai besoin d'un gros câlin.

— Ma chérie, que s'est-il passé ? demanda Mihaïl. Où sont Guittla et Yankel ?

Leah, son fils blotti dans les bras, leur raconta leur terrible périple puis enchaîna :

— Quant à mes parents, ma mère préfère mourir plutôt que de risquer de rater le retour de son fils.

— Écoute, les nouvelles ne sont pas bonnes. Quand je suis passé voir Madeleine et Lucie, Paul Landron est venu. Il cherchait par tous les moyens à me contacter. Il m'a dit que tes parents étaient sur la liste de la prochaine rafle. Leur arrestation est imminente. Moi qui croyais que vous arriviez tous ensemble !

— Oh, non !

— Je vais aller les chercher. Toi, tu nous attends ici avec les enfants.

— Hors de question, ce sont mes parents. Reste avec Ernest pour t'occuper de M. Brun. Et je préfère que tu sois là pour protéger Esther et les garçons.

Dès le lendemain, Leah repartit pour Saint-Lizier. Infatigable, elle avait trouvé un nouveau moyen de transport avec chauffeur : une ambulance.

Cette fois, le voyage se déroula sans encombre jusque chez ses parents. Restait à convaincre l'intraitable Guittla. Leah eut l'heureuse surprise de trouver sa mère dans de meilleures dispositions, bien qu'elle semblât fatiguée et inquiète. Yankel expliqua à sa fille qu'ils avaient eu la visite de Mme Deumier, et que ce qu'elle leur avait raconté les avait troublés. Il y avait eu, en juillet, l'assassinat par la Milice et les membres du PPF du sénateur de l'Ariège Paul Laffont, qui vivait dans le village voisin de Rimont. L'homme avait été capturé chez lui en pleine nuit et torturé – on racontait qu'on lui avait cousu la bouche. Ses meurtriers avaient tué en même temps que lui l'un de ses amis, le docteur Labro, un médecin qui soignait les résistants. Si un vieux sénateur français et son ami médecin, âgé lui aussi, pouvaient être massacrés de la sorte, que pouvait-il bien advenir d'un couple de vieux Juifs sans défense ? De plus, Madeleine ne les avait pas épargnés. Elle leur avait rappelé que les Juifs de la région, qui avaient tous été recensés, étaient désormais systématiquement arrêtés et emmenés on ne savait où, et que ceux qui se cachaient étaient inlassablement traqués. Ces dernières paroles avaient enfin réussi à ouvrir les yeux de Guittla sur la réalité. Le danger, nourri de la sauvagerie et de l'inhumanité qu'elle et son mari avaient cru fuir en quittant la Russie pour venir vivre en France, était à leur porte. Désormais, si elle voulait avoir le bonheur de revoir un jour son fils, elle devait partir.

— Nous te suivons, Leah, déclara Guittla. Nos affaires sont prêtes.

Leah expira de soulagement en remerciant intérieurement Madeleine et guida ses parents jusque dans l'ambulance.

Ils arrivèrent quelques heures plus tard à Plaisance-du-Gers. Protégés et hébergés par leurs amis hôteliers, munis de leurs faux papiers, ils se sentirent de nouveau en sécurité et prêts à attendre la capitulation de l'Allemagne.

9

À 6 heures du matin, le dimanche 20 août, on vint frapper à la porte des Petit. Franck saisit son pistolet et se posta devant la porte.

— Franck, ouvre ! C'est nous, Eugène et Jean-Marie ! Dreyer nous demande de le rejoindre d'urgence !

Les deux frères Leroy se tenaient sur le seuil, en civil. Franck comprit aussitôt que la situation était en train de changer dangereusement.

— Les maquisards vont lancer une grande attaque ce matin, ces salauds croient qu'ils vont libérer la ville aujourd'hui. Mais on n'est pas à Foix, ici !

La veille, en effet, Foix avait été libérée. La roue était en train de tourner. Les Allemands l'avaient compris car, quelques jours plus tôt, ils avaient déserté Pamiers.

Suzanne Petit, inquiète, apparut dans son fin peignoir coloré.

— Maman, je dois y aller, l'informa Franck.

— Fais attention à toi, mon grand, dit-elle en l'étreignant, la gorge serrée.

Les trois garçons dévalèrent l'escalier et sortirent dans la rue. Au-dehors, l'air était encore frais, le ciel zébré de nuages roses. Franck garda la main plaquée sur son pistolet glissé dans sa ceinture. Ils se rendirent au pas de course à la Mosquée, où les attendaient Dreyer et ses hommes.

— Messieurs, d'après mes sources, les maquisards ont l'intention de reprendre Saint-Girons. Ils sont en route et on va les arrêter, compris ? Nous nous tiendrons en embuscade aux entrées de la ville et nous les éliminerons un à un à leur arrivée. Les petits Français restent avec moi. Vous serez ma garde personnelle, avec mes deux fidèles soldats.

Il divisa ses effectifs en quatre groupes qui se dirigèrent aux points d'entrée de Saint-Girons, tandis que les autres soldats étaient envoyés dans les lieux stratégiques de la ville, comme la prison, la sous-préfecture et la mairie. Une fois les troupes mises en route, Dreyer se tourna vers les cinq hommes qui demeuraient auprès de lui.

— On va voir le commandant Piersig à Beauregard. Franck, tu prends le volant.

Les deux soldats allemands grimpèrent sur leurs motos et escortèrent Dreyer et les trois Français montés à bord de la Citroën Traction avant du capitaine.

Franck regarda autour de lui sur le bref parcours jusqu'au château encore investi par la police des douanes, s'attendant à se faire tirer dessus à chaque instant. La sueur coulait de son front jusque dans ses yeux. Nerveusement, il passait son avant-bras sur son visage pour l'essuyer. Pourtant, rien ne bougea, la route était déserte.

À Beauregard, le commandant Piersig et ses hommes se préparaient au départ. Ils fuyaient la ville, persuadés que s'ils restaient ils se feraient arrêter le jour même par les résistants. Médusés, les trois Français écoutèrent les deux gradés nazis se hurler dessus. Aucun d'eux ne connaissait suffisamment l'allemand pour comprendre leur échange, mais ils devinèrent que Dreyer, lui, n'avait nulle envie de se rendre.

— Votre ville, dit-il en se tournant vers eux, fou de rage, je vais la détruire jusqu'à la dernière maison avant de partir d'ici. Allez, venez, on prend le camion que ces trouillards nous laissent et on va chercher les jerricanes d'essence que j'ai stockés à la prison en prévision. Mes hommes ramèneront les chiens. Une fois que toutes les rues seront en feu, je les lâcherai sur les fuyards, ce sera une belle fête ! Au moins, ces bestioles mourront cramées, mais avec panache !

Les trois jeunes hommes se regardèrent, n'osant s'interroger sur ce qu'ils devaient penser des projets de Dreyer. Tuer tous les traîtres, d'accord, mais brûler leur ville, là où ils avaient leur maison et leur famille ? Pourtant, la peur qui les avait saisis depuis les premières heures de la matinée les empêcha de réfléchir. Ils suivirent docilement leur chef, excité par ses plans de destruction.

Tandis que Franck, guidé par Dreyer, conduisait le camion, les frères Leroy le suivirent dans la Citroën jusqu'à la prison. Arrivés sur place, les trois jeunes hommes pénétrèrent à l'intérieur derrière Dreyer. Ce dernier les entraîna vers les sous-sols et, éclairant son chemin d'une puissante lampe torche, leur fit parcourir au pas de course un dédale de couloirs sinistres et déserts. Il s'arrêta enfin devant une solide porte en bois qu'il déverrouilla. Dans ce qui ressemblait à une cellule, les jeunes gens découvrirent une réserve impressionnante de jerricanes. Sous les ordres du capitaine qui vociférait, ils les transportèrent en plusieurs voyages jusqu'au camion.

Au même moment, à la lisière de la ville, on frappait à la porte de Madeleine Deumier. Un maquisard qu'elle reconnut patientait sur le seuil.

— Madeleine, surtout ne sortez pas de chez vous ! On va attaquer, on est en planque dans le champ derrière chez vous. Les Allemands ne savent pas qu'on est déjà là, ils arrivent par la ville et pensent nous attendre. Ça va tirer de partout, alors ne vous montrez pas, compris ?

— Compris. Merci, Pierre.

Madeleine verrouilla la porte. Dans la salle à manger, Lucie terminait son petit déjeuner. Paris, à ses pieds, la fixait de ses yeux implorants et quémandeurs. La fillette lui jeta un petit morceau de pain, qu'il attrapa en se redressant sur ses pattes arrière.

— C'est bien ! Allez, on recommence. Prêt ?

— Lucie, on monte immédiatement dans ma chambre. Emmène Paris, vite !

La fillette se leva prestement.

— Viens, mon chien, suis-moi, allez !

Paris ne se fit pas prier, et la mère, la fille et l'animal grimpèrent l'escalier. Comme s'il avait compris, le chien se glissa sous le lit en couinant et n'en sortit plus. Lucie s'assit par terre à côté de lui et lui tendit le morceau de pain qu'elle n'avait pas eu le temps de lui donner.

— N'aie pas peur, les gentils vont venir nous sauver ! Et après, papa va revenir et il sera très content de te connaître.

Un peu plus tard, ce matin-là, dans le centre-ville encore silencieux, Jacques Weiss décida de se rendre chez le coiffeur. Il sortit de son immeuble et eut à peine le temps de faire quelques pas lorsqu'il entendit les premières balles siffler autour de lui. Mme Dumont, la bouchère, sortit de sa boutique et le héla :

— Monsieur Weiss, vous êtes fou, vous allez vous faire tuer ! Entrez vite !

Jacques se précipita chez la commerçante qui l'emmena à l'arrière du magasin pour le mettre à l'abri. Le fracas des tirs redoubla, M. Dumont baissa son rideau. Jacques ne pouvait plus rejoindre sa femme et sa fille restées chez eux. Il n'avait plus qu'à prier.

Lorsqu'on toqua de nouveau à la porte des Deumier, Madeleine ordonna à sa fille de ne pas bouger et descendit l'escalier.

— Qui est là ? demanda-t-elle.

— Votre voisin, M. Bourdieu.

Madeleine ouvrit à contrecœur.

— Madame Deumier, je vous en supplie, laissez-moi me cacher ici, les maquisards sont après moi !

— Certainement pas, vous avez perdu la tête !

— S'il vous plaît, ils vont me tuer…

— Vous n'étiez pas là pour aider mon mari, quand vos amis de la Milice l'ont emmené. Vous étiez même plutôt content, non ?

L'homme, tremblant, ne répondit pas, se contentant de baisser la tête.

— Il est hors de question que vous entriez chez moi. En revanche, si vous voulez vous cacher dans la remise, libre à vous.

Madeleine claqua la porte qu'elle ferma à double tour et remonta rejoindre sa fille.

Le voisin, apeuré, retourna chez lui.

— Regarde, maman ! dit Lucie. Il y a plein d'hommes armés dans le champ.

Madeleine se précipita à la fenêtre. Les maquisards couchés dans l'herbe, leurs mitraillettes en position de tir, leur firent de grands signes de la main pour leur ordonner de s'éloigner des vitres. Elles se dépêchèrent d'obéir et attendirent.

Soudain, le bruit des bottes se fit entendre et s'amplifia. Madeleine attrapa sa fille, s'agenouilla sur le sol et la serra dans ses bras, protégeant sa tête contre sa poitrine. Sous le lit, Paris gémit de plus belle. Puis, au moment où la colonne allemande passait devant chez elles, un crépitement de mitraillettes retentit. Des cris furent lancés, suivis immédiatement par une riposte. Le feu des armes se déchaîna, et Madeleine et Lucie eurent l'impression de sentir trembler leur maison. La mère jeta sa fille sur le sol et s'allongea sur elle de tout son long. La tête tournée vers le pied du lit, elle aperçut les yeux terrifiés du chien et une rigole d'urine couler entre ses pattes.

Dans la cour de la prison, le camion était déjà rempli de jerricanes d'essence quand les soldats et les chiens arrivèrent. Le capitaine Dreyer ordonna aux trois jeunes gens de l'emmener en voiture à l'hôtel de France où il logeait, afin qu'il y prenne sa valise.

Saint-Girons étant en proie aux combats et envahi de barricades, Dreyer demanda à Franck de se garer quelques rues plus loin. Les quatre hommes descendirent. Le capitaine, poussé par une rage croissante, marcha d'un pas furieux, escorté par les trois jeunes Français de plus en plus terrorisés. Ils prirent la rue Gambetta qui avait l'avantage d'être couverte par de grandes arcades protectrices en pierre.

Juste en face, un jeune maquisard de seize ans dissimulé derrière une pissotière attendait. Il tenait fermement un vieux fusil Lebel dont, faute de temps et d'entraînement, il savait à peine se servir. Comme beaucoup de très jeunes gens, en cet été 1944, il venait de rejoindre le maquis. Le Débarquement avait suscité en lui un immense espoir, stimulé par le déferlement de messages envoyés par les Alliés appelant la jeunesse à prendre les armes. Lorsqu'il aperçut un officier allemand avançant dans sa direction rue Gambetta, il n'hésita pas une seconde. Il le mit en joue et fit feu. Était-ce la chance du débutant ? Il atteignit sa cible du premier coup : Dreyer reçut une balle en pleine tête.

Le crâne du chef de la Gestapo explosa, éclaboussant Franck. Celui-ci hurla de terreur. Il porta les mains à son visage et contempla ses doigts barbouillés de rouge et de fragments écœurants. Sa chemise était souillée, elle aussi. Eugène, posté de l'autre côté de Dreyer, était dans le même état. Mais déjà les balles crépitaient autour d'eux. Sans un dernier regard sur le cadavre de leur chef, les trois garçons rebroussèrent chemin et s'enfuirent en courant.

— Je suis touché ! hurla soudain Jean-Marie.

Franck tourna la tête dans sa direction. Le jeune homme se tenait le flanc.

— On va chez moi ! cria-t-il.

Franck n'arrivait pas à croire à ce qu'il était en train de vivre. Lui qui avait régné en maître sur sa ville se sauvait comme un animal traqué. Submergé par une peur immense, il n'eut plus qu'une envie : retrouver sa mère et se cacher.

Ils parvinrent rue Saint-Valier et coururent en rasant les murs. La rue semblait calme. C'est alors qu'ils virent une femme avancer vers eux en agitant un drapeau français. Elle leur cria :

— Le monsieur du 45, il est chez la bouchère ! Le monsieur du 45, il est chez la bouchère !

Franck et les frères Leroy se consultèrent du regard.

— Restez faire le guet, j'y vais, annonça Franck en dégainant son pistolet. Et vous, madame, rentrez chez vous, ça tire dans toute la ville et ces salopards seront bientôt là.

— Mais vous allez les arrêter, pas vrai ? Et on les fusillera tous, avec tous les youpins !

— Rentrez chez vous, je vous dis ! s'emporta Franck.

— Ah, ça non, je ne vais pas rater le spectacle.

Eugène et Jean-Marie, dont le sang tachait à présent le pantalon, se placèrent de part et d'autre du rideau de fer, arme au poing. D'une blancheur de spectre, la sueur ruisselant sur leurs visages, les deux frères étaient en proie à la même terreur que Franck. Celui-ci entra par la porte cochère voisine. Là, il le savait, il y avait une autre entrée pour pénétrer dans le magasin. Il frappa contre le battant de la crosse de son pistolet, jusqu'à ce que M. Dumont lui ouvre, tenant un grand couteau à la main.

— Ne faites pas ça ! cria une voix derrière lui. Ils viennent pour moi, pas pour vous.

Jacques apparut, livide. Il se mit devant M. Dumont, redressa fièrement la tête en un geste de bravoure désespérée.

— C'est moi que vous voulez, pas vrai ? Alors allez-y, tuez-moi.

Franck regarda le petit homme brun aux yeux noirs, cet homme dont il avait déjà pris la fille. Il pointa son arme sur le front de Jacques Weiss, libéra le cran de sûreté et posa le doigt sur la détente. Mais soudain, un grand dégoût mêlé de tristesse l'envahit.

— C'est bon, dit-il en baissant son pistolet. Refermez cette porte et ne bougez plus d'ici.

Il leur tourna le dos et sortit de l'arrière-boutique.

— Il s'est sauvé, annonça-t-il à ses deux compagnons et à la femme, qui attendait toujours. Allez, venez, on va chez moi.

Sans demander leur reste, les deux garçons le suivirent, tandis que la femme s'éloignait à regret.

Suzanne et Fernand les accueillirent, soulagés de les voir revenir vivants, mais effrayés par les tirs qui claquaient dans toutes les directions. Suzanne se précipita pour donner une serviette à Jean-Marie, qui la plaqua contre sa blessure.

Le salon donnait sur la rue, les chambres sur la cour.

— Maman, Fernand, allez dans la chambre, nous on va les canarder depuis la fenêtre du salon. Allez, filez !

— Je veux rester, moi, s'insurgea Fernand.

— Non, tu viens avec moi, tu es trop jeune ! cria sa mère.

— Non, maman, il a raison. Il a l'âge de se battre et de défendre sa famille et ses idées. Tiens, prends ça ! dit Franck à son frère en lui tendant un pistolet qu'il était allé chercher dans sa chambre avec des réserves de munitions. On a besoin de tous les garçons disponibles. Laisse-le, maman !

Soudain, des bruits de pas montant à vive allure résonnèrent dans l'escalier.

— *Macht auf*, ouvrez ! *Schnell!*

Deux soldats nazis firent irruption dans l'appartement : des hommes de Dreyer qui l'avaient souvent escorté chez Franck, lorsque le capitaine avait envie de passer du bon temps avec Suzanne.

— On a besoin d'avoir accès à votre fenêtre, déclara le plus grand des deux soldats. Laissez-nous passer.

— Attendez ! s'écria Jean-Marie, qui était posté devant la vitre. On dirait qu'ils négocient.

Tous s'approchèrent. On entendit alors, venue de l'angle de la rue, la voix d'un Français qui s'exprimait en allemand.

— Qu'est-ce qu'il dit ? demanda Franck.

Ils écoutèrent le discours du partisan.

— Il demande aux soldats qui sont embusqués dans la rue de se rendre, expliqua sombrement le grand nazi. Il dit que la guerre est finie, qu'on a perdu.

L'homme continua à discourir en allemand puis, brusquement, plusieurs soldats sortirent de leurs cachettes en levant les bras.

— Ils se rendent ! cria Franck, terrorisé.

— *Nein*, répliqua le soldat, braquant son fusil vers l'angle de rue où se dissimulait le Français.

Voyant venir vers lui les soldats qui se rendaient, André Marty, le chef de la Résistance, secondé par une poignée de maquisards, s'avança vers eux. Mais à cet instant, un coup de fusil retentit. Le soldat dissimulé chez Franck venait de tirer dans un dernier acte aussi fanatique qu'inutile. André Marty s'effondra, raide mort.

Alors que la dépouille encore chaude du dirigeant allemand de la ville reposait quelques rues plus loin, les camarades de Marty se précipitèrent vers le cadavre de leur chef et le tirèrent respectueusement sur le sol pour le mettre à l'abri. Les deux camps ennemis étaient décapités.

En dépit de leur disparition, les combats se poursuivirent. Mais si les résistants n'hésitaient pas à payer de leur vie pour obtenir cette libération à laquelle ils avaient tout sacrifié depuis des années, les soldats allemands, eux, se savaient bel et bien perdus. En fin d'après-midi, Saint-Girons fut libéré. Les deux soldats nazis qui s'étaient cachés chez Franck furent abattus dès qu'ils quittèrent l'immeuble. Les frères Leroy attendirent la venue de la nuit pour sortir. Ils comptaient faire soigner la blessure de Jean-Marie, qui paraissait sans gravité mais saignait beaucoup, chez un médecin milicien avant de quitter la ville. Franck refusa de les suivre. Il prétexta vouloir rester pour protéger sa famille. En réalité, il avait pris le temps de réfléchir. Il avait trop peur pour se retrouver de nouveau au milieu des combats et se battre. Il ne voulait pas mourir. Et s'il restait et se rendait, il montrerait ainsi sa volonté de coopérer.

Tandis que les frères Leroy s'éloignaient de la rue Saint-Valier, Jacques retrouvait sa femme et sa fille qui, comme beaucoup dans la ville, étaient restées cloîtrées chez eux. Leur joie d'être de nouveau réunis et de savoir la ville libérée explosa. Mais une heure plus tard, M. Dumont vint frapper à leur porte.

— C'est une catastrophe ! Il paraît qu'une colonne de deux mille soldats allemands se dirige vers Saint-Girons. Ils tuent tout le monde ! Ils brûlent les fermes et les maisons !

— Oh, mon Dieu ! s'écria Louba. Mais qu'est-ce qu'on va devenir ?

— Venez, on est déjà plusieurs voisins à se cacher dans notre cave, dit M. Dumont. Elle est assez grande.

Louba, aidée de Francine, ramassa leurs objets de valeur et de quoi manger, et tous trois le suivirent.

En bas les attendaient quelques voisins affolés.

— Des sauvages, je vous dis ! s'écriait une femme en pleurs. De vrais assassins qui vous découpent avec leurs sabres. Ils ont la peau foncée, les yeux bridés, de longues moustaches, ils sont horribles et…

— Vas-tu te taire ! hurla son mari, fou de colère.

— Mais de quoi parle-t-elle ? demanda Louba, affolée.

— On dit que parmi les soldats qui arrivent il y a des Russes enrôlés de force. Ce sont des Mongols et ils sont très cruels, expliqua Mme Dumont, tremblante.

— Ils vont tous nous tuer ! Ils vont violer toutes les femmes !

— Arrêtez, vous voyez bien que vous effrayez les enfants ! s'exclama Francine qui, elle aussi, était tétanisée de peur.

La femme se mit à sangloter, son mari l'emmena dans un coin de la cave et la serra contre lui. Tous s'installèrent, prêts à vivre les heures les plus terrifiantes de leur vie.

Cette nuit-là, Saint-Girons tout juste libéré fut repris. Les soldats allemands et russes pillèrent, il y eut des viols et des meurtres. Les habitants furent terrorisés une bonne partie de la nuit par le grondement des chars, les cris et les coups de feu.

Au matin, alors qu'un silence sinistre régnait, ils sortirent un à un de leurs abris. La boucherie des Dumont avait été mise à sac, toute la viande emportée. Les vitres d'appartements vandalisés avaient été brisées. Au coin d'une rue, un cadavre gisait, face contre terre.

Malgré ce spectacle de désolation, les gens se sentirent soulagés. Les Allemands étaient partis, définitivement, et la maudite colonne poursuivait ailleurs ses atrocités. Saint-Girons était libéré pour de bon.

10

À Plaisance-du-Gers, la famille Brodsky faisait ses valises. Mihaïl était pressé de rentrer pour s'assurer que leur maison n'avait pas été saccagée. Et il ne comptait pas abuser de l'hospitalité de ses hôtes, qui avaient généreusement ouvert leur porte à une famille de sept personnes. Il fallut deux voitures à gazogène pour ramener tout le monde à bon port. Sur la route, ils traversèrent des villages en liesse et furent parfois obligés d'attendre, bloqués par des attroupements et des défilés où des femmes tondues étaient exhibées, et où des groupes de prisonniers étaient emmenés pour être fusillés. La foule surexcitée riait et tuait, devant les yeux médusés des enfants que l'on faisait assister à la fête.

Dans un village, peu avant Saint-Girons, la voiture fut une dernière fois contrainte de rester à l'arrêt. Mais cette fois, un sinistre cortège passa devant eux. Depuis l'habitacle, le visage collé à la vitre, Simon observa le plateau d'un pick-up sur lequel se tenaient quatre femmes tondues. Son petit visage se fronça. Il ne sut s'il fallait rire ou pleurer.

— Maman, qu'est-ce qu'elles font ? Pourquoi elles n'ont plus de cheveux ? demanda-t-il, mal à l'aise.

— Tais-toi ! cria Leah, paniquée. Ne regarde pas. Esther, cache-lui les yeux.

Tremblante, la jeune fille obéit. Le camion passa, entraînant à sa suite la file de badauds hilares, et la voiture reprit sa route.

À Saint-Girons aussi, la haine se déchaînait. Parmi ceux qui forçaient les portes pour déloger les traîtres, beaucoup étaient des résistants de la dernière heure ou des collaborateurs venant tout juste de changer de camp.

Dans l'appartement des Petit, les deux frères et la mère, tremblants, étaient assis en silence dans le salon. Des larmes de peur coulaient sur les joues de Fernand et de Suzanne. Franck, lui, regrettait d'être resté. N'aurait-il pas dû suivre ses amis et tenter de s'enfuir ? À présent, il était piégé ici. Qu'allait-il lui arriver, à lui qui avait tué tant de gens sans aucun remords ? Seul l'incident avec la petite Juive le contrariait. Cette fille lui plaisait. Pour être honnête, elle le rendait dingue. Il avait été incapable de calmer ses pulsions quand, enfin, il l'avait eue là, devant lui, pour lui, et qu'il avait pu enfin la posséder…

Soudain, une clameur se fit entendre dans la rue, un brouhaha de voix qui s'amplifia ; des cris sauvages, des rires qui se rapprochaient. Puis un vacarme assourdissant résonna dans la cage d'escalier, des bruits de pas qui montaient lourdement. De nouveau, des cris retentirent, accompagnés de coups frappés contre la porte – des coups de plus en plus violents. Le battant céda et une horde furieuse envahit l'appartement. Quatre hommes se jetèrent sur Franck qui n'opposa aucune résistance. Aussi pâle que son frère et sa mère, il avait perdu toute arrogance. Parmi les hommes qui s'étaient précipités pour les arrêter, certains étaient d'anciens amis des fils ou d'anciens amants de la mère. Un homme s'approcha d'elle et elle se mit à hurler. Il lui décocha alors une claque magistrale, provoquant les rires de l'assemblée. Le regard de son agresseur était obscène, une lueur de convoitise brillait dans ses yeux. Visiblement, il faisait partie de ceux qui regrettaient de n'avoir pu profiter des faveurs de Mme Petit et il le lui faisait payer.

Tandis qu'il la traînait par les cheveux jusqu'au bas des marches, les deux frères, des revolvers pointés dans leur dos, étaient poussés à sa suite. Sur le palier du troisième, les Weiss, effarés, observaient la scène.

— Je dois intervenir, dit Jacques, tremblant légèrement. Franck m'a épargné, hier.

— Non, tu n'iras pas ! s'écria Louba en s'accrochant à son mari. Ces hommes sont aussi fous que nos voisins. Ils vont t'emmener avec eux. Non ! Non !

Jacques tenta de se dégager.

— Louba, laisse-moi, ils vont les tuer !

— Et alors ! Ils ont fait assez de mal comme ça, c'est bien fait pour eux.

— Fernand n'est qu'un enfant ! intervint Francine.

— Venez, je vous en supplie, rentrons chez nous. Quand les gentils ont soif de sang, il vaut mieux que les Yidds ne se trouvent pas sur leur chemin, déclara Louba.

— Mais on n'a rien fait ! s'exclama Francine.

— On est juifs, ça leur suffit, répondit-elle. Tu le sais bien, Jacques.

La horde quitta l'immeuble, et les Weiss rentrèrent chez eux. Louba avait gagné.

Une fois dans la rue, le groupe qui avait emmené les Petit se divisa en deux. Suzanne fut conduite sur la place du marché où elle fut assise brutalement sur une chaise. Lorsqu'elle leva la tête, elle fut surprise de découvrir non loin d'elle d'autres femmes dont la tête avait été rasée. Elle cligna des yeux. Oh, non ! songea-t-elle. Elle vit alors un homme se diriger vers elle, un rasoir à la main. Tandis qu'un autre l'attrapait violemment par les cheveux, il leva son instrument et s'activa sur son crâne. Elle contempla ses longues mèches blondes tombant à ses pieds, ses cheveux que tant d'hommes avaient caressés, où tant de mains affamées s'étaient perdues. Suzanne pleura silencieusement. Elle songea à ses fils, se demanda où ils étaient et ce qu'on leur faisait subir, se dit que Fernand, qui n'avait que seize ans, avait dû être épargné. Mais Franck… elle préféra ne pas y penser.

Quand on la traîna dans la rue, l'obligeant à défiler au milieu d'une foule hurlante, son humiliation était si forte qu'elle se sentit soudain comme engourdie et absente ; elle s'enferma au plus profond d'elle-même, insensible à l'horreur qu'elle subissait. Un homme maintenait de force sa tête levée afin que tout le monde la voie, rie et lui crache au visage, pendant qu'un autre donnait de lourdes claques sur son crâne rasé en souriant avec fierté, comme s'il accomplissait un acte héroïque. Suzanne, qui avait vendu ses charmes au plus offrant – qu'il soit allemand, collaborateur ou résistant –, mourut un peu ce jour-là. Elle s'éteignit, comme la petite flamme d'une bougie sur laquelle on aurait soufflé.

Lorsque les Brodsky rentrèrent chez eux, Maria les accueillit en leur annonçant que Jean Rouvière était passé. Il avait découvert le vélo et la remorque d'Esther un peu plus loin dans un sous-bois et les avait rangés dans la remise. Mihaïl et Leah, déboussolés, se rendirent chez le fermier pour le remercier et tâcher d'en savoir plus. Mais Jean n'avait trouvé aucun indice sur place, aucune trace de Clara. Que lui était-il arrivé ? Où était-elle ?

L'esprit d'Esther bouillonnait, elle voulait continuer à espérer.

— Et si elle avait abandonné le vélo pour rejoindre le maquis ? suggéra-t-elle à ses parents. Elle est peut-être rentrée, maintenant que Saint-Girons est libéré ! Si ça se trouve, elle a participé aux combats ! Papa, maman, laissez-moi aller en ville pour voir si elle est là.

Ils n'eurent pas le cœur de la retenir.

— Bon, je me change et je prends mon vélo, j'irai plus vite ! s'écria-t-elle sans attendre leur réponse.

Alors qu'elle fouillait dans ses affaires pour retrouver sa jupe longue, Daniel entra dans sa chambre.

— Esther.

Elle se retourna, alertée par la voix grêle de son frère. Il semblait bouleversé.

— Qu'est-ce qui se passe ? demanda-t-elle en se précipitant vers lui. Qu'est-ce que tu as, mon Daniel ?

Il hésita, baissa les yeux. Il semblait vouloir parler, mais les mots résistaient, bloqués dans sa gorge.

— Il faut que je te dise quelque chose, commença-t-il.

Il se tut de nouveau.

— Quoi ? Parle, tu m'inquiètes !

— J'ai vu Clara, le soir de sa disparition.

— Moi aussi.

— Oui, mais je l'ai vue après toi, quand elle est sortie de la maison. Au bout du chemin, il y avait Franck. Il l'attendait.

— Franck ? Qu'est-ce qu'il faisait là ?

Daniel ne parvint pas à lui dire la vérité. C'était au-dessus de ses forces.

— Il l'avait suivie. Et ensuite… je ne sais pas.

— Franck. Il n'a pas arrêté d'agresser Clara, mais je crois qu'elle lui plaît, ou qu'il est amoureux d'elle. Peut-être qu'il l'a laissée filer ? Je vais en ville. Je les chercherai tous les deux. Si je ne vois pas Clara, lui pourra peut-être me dire ce qu'il s'est passé.

Esther enfila rapidement sa jupe, mue par un nouvel espoir. Elle ne vit pas le visage de Daniel s'affaisser. Il ressemblait à un vieillard, il était brisé.

Elle sauta sur son vélo et prit la route qui longeait le Salat. Passant le petit pont de pierre à la sortie de Saint-Lizier, elle rejoignit la route principale menant à Saint-Girons. Avant d'atteindre l'entrée de la ville, elle aperçut sur sa gauche, dans la prairie de Miguet, un immense attroupement autour d'une bétaillère, un grand camion dont le plateau dénué de toit était entouré de hautes barrières. Ce n'étaient pas des vaches qui s'y agglutinaient, mais de jeunes hommes qui se tenaient debout. Tout autour, d'autres hommes armés, la plupart aussi jeunes qu'eux, montaient la garde. À côté était stationné un corbillard rempli de cercueils.

Esther posa son vélo dans l'herbe et s'approcha. Au bout du pré, on avait aligné une dizaine d'individus. Face à eux, des maquisards les tenaient en joue. Au grand effroi d'Esther, ils tirèrent. Les hommes s'écroulèrent, et les hurlements de la foule explosèrent.

Sous le choc, elle détourna les yeux, qui se posèrent sur la bétaillère. Stupéfaite, elle y aperçut les frères Leroy. À côté d'eux, une épaisse silhouette brune : Franck Petit !

— Franck ! cria-t-elle en s'élançant vers lui.

Il ne se retourna pas. En revanche, son voisin pivota vers elle, et elle reconnut Fernand, le visage déformé par la peur. Troublée, elle ralentit le pas. Fernand n'était pour elle qu'un sale gamin, il ne pouvait pas être ici, avec des prisonniers. Puis elle songea à Clara et reprit sa course.

Mais les maquisards étaient en train de faire descendre les prisonniers de la bétaillère et les menaient, sous les huées de la foule, vers les dépouilles gisant au bout du pré. Esther les suivit.

— Franck ! cria-t-elle de nouveau. Où est Clara ? Tu sais où elle est. Je t'en prie, dis-le-moi !

Le jeune homme refusa de croiser son regard. Il continua de marcher, tête basse.

Esther vint se mettre à sa hauteur et l'appela plus fort.

— Réponds-moi, je t'en supplie !

— Mademoiselle, ne restez pas là, lui dit l'un des maquisards qui escortaient les prisonniers.

Elle se précipita alors vers Fernand. Celui-ci lui jeta un regard mauvais et, de son pouce, traça un trait imaginaire en travers de son cou.

Esther s'arrêta net. Les condamnés continuèrent d'avancer, jusqu'à ce qu'ils parviennent devant les cadavres. Puis, toujours sous la menace des armes, ils les ramassèrent et les portèrent jusqu'au corbillard, tandis que la foule scandait :

— Pas de cercueils ! Pas de cercueils !

Alors, ils les jetèrent pêle-mêle à l'intérieur, avant d'être reconduits au fond du pré où ils furent à leur tour alignés. Les jeunes maquisards les mirent en joue.

— Non ! hurla Esther.

Une salve de coups de feu retentit.

Comme si elle avait été frappée de plein fouet, elle s'effondra au sol.

— Clara, Clara, murmura Esther, secouée par les sanglots. Comment vais-je te retrouver ?

*

Jeanne et moi quittons Saint-Girons demain matin, et je suis obligée d'admettre que notre voyage se termine sans que j'aie pu découvrir de nouvel indice sur l'histoire de Clara. Après un déjeuner dans un excellent restaurant vietnamien au décor incroyablement kitch, nous déambulons dans la ville. Alors que nous buvons un Coca à la terrasse ensoleillée du Madison, sur une placette située en haut de la rue Villefranche, ma mère me reparle de Roger.

— Je m'inquiète pour lui. Notre conversation l'a vraiment ébranlé, j'ai envie de savoir s'il va bien. Appelle-le, s'il te plaît, j'aimerais prendre de ses nouvelles.

Après de nombreuses sonneries, sa femme décroche et je lui explique qui je suis.

— Comment va Roger ? Pourrais-je lui parler ?

— Il n'est pas en forme, me répond-elle, légèrement sur la défensive. Il est rentré si bouleversé de votre rendez-vous qu'il en a perdu la voix. Il est complètement aphone.

— Oh, je suis désolée !

— Ça passera... Écoutez, il a besoin de récupérer, maintenant, vous devez le laisser tranquille.

Tandis que j'écoute l'épouse de Roger, Jeanne m'observe d'un air interrogateur.

— Alors ? me demande-t-elle lorsque je repose mon téléphone. Tu en fais une drôle de tête. Il n'a pas eu une attaque, quand même ?

Je lui répète les paroles de sa femme.

— Il ne rappellera pas, affirme-t-elle. Finalement, il est comme Esther, il ne souhaite pas parler de cette période de sa vie. J'ignore ce qui est arrivé à Clara, mais si j'en juge par la réaction de ma mère et de Roger, ça a dû être horrible. Ma chérie, je sais que tu meurs d'envie de savoir, mais nous allons respecter leur volonté et ne pas chercher à troubler leurs fantômes. C'est mieux ainsi, tu ne crois pas ?

— C'est dommage, quand même.

— Deborah, c'est comme ça. Moi aussi, j'aimerais savoir, mais on ne va pas faire souffrir ta grand-mère et Roger pour satisfaire notre curiosité.

— Oui, tu as raison, dis-je, même si je suis profondément déçue.

— Et, Deborah... ?

— Quoi ?

— Ce voyage, tout ce qu'on a vu, ce qu'on a compris – même s'il reste des grands blancs –, tout ça, c'était formidable. Mais maintenant…

— Oui ? Maintenant ?

— Eh bien, tu ne crois pas que ta vie actuelle, ton avenir méritent aussi toute ton attention ?

Je soupire bruyamment.

— Peut-être. Mais peut-être aussi que j'avais besoin de venir jusqu'ici pour pouvoir le faire.

Le lendemain, après avoir réglé notre note d'hôtel, nous montons dans la voiture de location de ma mère, direction Toulouse. Dans quelques heures, nous rentrerons à Paris, qui sonnera la fin de cet étrange voyage dans le temps. Nous arrivons suffisamment en avance à la gare pour rendre la voiture et nous acheter des sandwichs. Je m'apprête à payer lorsque j'entends sonner mon téléphone. Un numéro de la région.

— Allô ?

J'entends quelqu'un tousser et se gratter la gorge.

— Bonjour, mademoiselle, c'est Roger Darbas, annonce-t-il d'une voix rauque.

— Oh, monsieur Darbas, comment allez-vous ? J'ai été tellement désolée d'apprendre que notre conversation vous avait rendu malade. On n'aurait jamais dû venir remuer tout ça, pardonnez-nous.

— Eh bien, j'ai presque retrouvé ma voix, c'est le principal. J'ai été très surpris par vos questions, voyez-vous. Je n'avais pas entendu prononcer ce prénom depuis la fin de la guerre. Ça a été un choc terrible.

— Excusez-moi. Je n'aurais pas dû…

— Non, non, vous ne pouviez pas savoir. Et puis j'ai repensé à tout ça, depuis hier. Voyez-vous, je ne peux pas tirer un trait comme ça, Clara comptait beaucoup pour moi. On était en classe ensemble et très amis. Elle, moi… et Paulette, mon premier amour. Je me suis dit que, puisque votre grand-mère n'avait jamais rien su, vous aviez droit, vous, de connaître la vérité. Parce que Esther adorait Clara, elles étaient inséparables.

— Comment se fait-il que ma grand-mère n'ait rien su, ou qu'elle n'ait pas cherché à savoir ? Elle souffre vraiment quand elle évoque Clara.

— Je ne sais pas, je ne peux vous dire que ce que je sais.

— Attendez, je vais mettre le haut-parleur pour que ma mère puisse vous entendre aussi. Voilà, nous vous écoutons.

Mais je n'entends que le silence. Roger ne parle plus. A-t-il perdu de nouveau la voix ? Ou changé d'avis ?

— Monsieur Darbas, vous êtes là ?

J'entends un nouveau raclement de gorge. Des murmures. La voix inquiète de Mme Darbas.

— Ça ira, lui répond Roger. C'est important pour moi.

Comme Jeanne, je reste immobile, figée dans l'attente. Enfin, Roger reprend la parole.

— Clara, Paulette et moi, nous faisions partie d'un groupe de résistants. Paulette servait de contact à un couple qui hébergeait des réfugiés, et ils l'ont trahie. Elle s'est fait abattre par la Milice à la sortie du collège. Votre grand-mère a tout vu, contrairement à moi : le principal du collège avait pensé que j'étais la cible, et il m'avait caché. Si j'avais su…

Ma mère et moi nous regardons, médusées.

— Je suis désolée, monsieur Darbas.

Je l'entends soupirer tristement.

— On ne se remet jamais de ce genre de choses. On le porte en soi toute sa vie. Le pire, c'est que le couple n'a jamais été puni pour ce qu'il avait fait. On n'a pas pu prouver leur responsabilité dans l'assassinat de Paulette. Comme beaucoup d'autres collabos, ils ont réussi à se débrouiller pour finir tranquillement leurs jours à Saint-Girons.

Roger se tait à nouveau. Ma mère et moi gardons le silence, lui laissant tout le temps dont il a besoin après une telle confession.

— Mais ce n'était pas fini, reprend-il. Un an plus tard, après le débarquement en Normandie, Clara a disparu pendant une mission. Moi, j'avais rejoint le maquis et j'ai participé à la libération de Saint-Girons. Les jours qui ont suivi ont été une période très trouble. Il y a eu pas mal d'exécutions sommaires, puis les procès ont commencé. Je n'ai jamais revu Esther, je pense qu'elle a quitté Saint-Girons avec sa famille à la fin du mois d'août. Mais en septembre, la dépouille de Clara a été découverte dans un sous-bois. On avait visiblement essayé de la cacher au milieu des fourrés. Il faut vous dire qu'à cette époque on en a retrouvé, des cadavres. Ce n'était pas beau à voir. Son père est venu reconnaître le corps. Ils l'ont enterrée ici, puis quelques mois plus tard ils sont partis s'installer à Toulouse. Ils ne voulaient pas trop s'éloigner de leur fille défunte, vous comprenez ? Et là-bas, leur aînée a pu reprendre ses études.

— Vous êtes sûr qu'Esther n'était pas au courant ? Il me semble qu'elle est revenue à Saint-Girons quelques années plus tard.

— J'ai en effet entendu parler de sa visite, mais à ce moment-là je ne vivais plus ici. Elle n'a pas cherché à me contacter, ni moi ni personne de ses amis. Au fond, qui restait-il ? Tous ceux qu'elle avait aimés étaient morts, moi j'étais parti.

La conversation touche à sa fin. Mais, prise d'une impulsion, je me souviens qu'il reste encore une zone d'ombre sur cette histoire et demande :

— Et Daniel, le frère d'Esther, que lui est-il arrivé ? Comment est-il mort ?

— Daniel ? Que voulez-vous dire ?

— Il est mort à la Libération, d'après ce que nous savons. Que s'est-il passé ?

Nouveau silence. Est-ce encore une histoire trop douloureuse à supporter pour Roger ? Je me tourne d'un air inquiet vers ma mère, qui garde les yeux braqués sur le téléphone.

— Je n'en ai pas entendu parler. Je ne savais pas. Attendez… Non, je ne pense pas que Daniel soit mort à la Libération. Je n'ai pas le souvenir d'un drame qui ait frappé les Brodsky à ce moment-là et je suis sûr que toute la famille est repartie pour Paris à la fin de la guerre. Vous faites erreur, à mon avis.

Je suis si stupéfaite que je ne trouve pas les mots. J'entends Mme Darbas qui s'impatiente auprès de son mari. Je balbutie quelques formules de politesse quand ma mère me prend le téléphone des mains avec autorité.

— Roger, c'est Jeanne, dit-elle avec bien plus de sang-froid que moi. Merci d'avoir accepté d'évoquer ces souvenirs traumatisants avec nous. Avant de vous laisser tranquille, je voulais vous demander :

accepteriez-vous que nous vous recontactions, au moins pour prendre de vos nouvelles ?

— Oui, rappelez-moi. Mais vous savez ce qui me ferait plaisir ?

— Dites-moi.

— Pourriez-vous demander à Esther de m'appeler un de ces jours ? Quand elle sera en forme ?

Après que ma mère a coupé la communication, elle lève vers moi de grands yeux interloqués.

— Tous ces secrets…, commence-t-elle.

— Tu crois que la vérité pour ton oncle est pire encore que pour Clara ? C'est pour ça qu'on nous a toujours menti ?

— Je ne sais pas. Comment te sens-tu, ma chérie ?

— Pas très bien. Jusqu'à présent, je me posais des tas de questions sur Daniel, mais je me rends compte que ce n'était même pas les bonnes. C'est incroyable ! Où est la vérité ?

— J'ai l'impression qu'elle s'éloigne de plus en plus, c'est tellement bizarre.

— Et pour Clara, j'avais voulu espérer que… Je ne sais pas. Qu'elle avait été séparée d'Esther par la guerre, mais qu'elle était en vie, quelque part, et qu'on allait la retrouver. Qu'on allait les réunir.

— Allez, viens, allons prendre notre train et rejoindre Esther.

11

Quand nous arrivons en fin d'après-midi, Esther brode dans sa chambre pendant que Nadia lui fait la lecture. Elles ont l'air si paisibles. Grand-mère ne lève pas la tête de son ouvrage quand nous pénétrons dans la pièce.

— Regardez qui vient d'arriver ! s'exclame Nadia. Votre fille et votre petite-fille !

Esther nous dévisage longuement puis son visage s'anime.

— Vous êtes là ! Merveilleux !

J'ai eu si peur un instant qu'elle ne nous reconnaisse plus. Je me dépêche d'aller l'embrasser et de la serrer dans mes bras. Elle est habillée, aujourd'hui, et elle s'est mis de l'eau de Cologne. Ma mère dépose deux baisers sur ses joues.

Nadia se lance dans un grand monologue animé pour nous expliquer ce qu'elles ont fait toutes les deux pendant ces quelques jours, ce qu'Esther a mangé, dit ou accompli. La jeune auxiliaire a été fantastique. Ma mère la remercie et elles quittent la pièce. La valise de Nadia est prête, la jeune femme va pouvoir rentrer chez elle.

Je m'assois en face d'Esther et songe à tout ce que je viens de découvrir, à ce qu'elle ignore et que, désormais, je sais. Depuis mon retour, j'ai l'impression de porter le fardeau de son passé, comme si elle s'en était déchargée sur moi ; l'impression d'être très âgée tandis qu'Esther retourne vers l'enfance, ignorante et insouciante. Mais je fais erreur. Le regard que ma grand-mère pose sur moi est soudain plein de lucidité.

— Ça t'a plu, Saint-Girons ?

— Comment tu sais qu'on était là-bas ?

— Vous me prenez vraiment pour une vieille gâteuse, toi et ta mère, répond-elle avec un sourire malicieux. Et je ne suis pas sourde, tu sais. Vous en avez parlé pendant des jours derrière mon dos en pensant que je n'entendais rien.

Je lance des coups d'œil désespérés vers la porte. J'aimerais bien que Jeanne soit là pour m'aider.

— Alors, qu'as-tu vu, là-bas ? C'est joli, hein ?

— Très.

Je me lance. Commencer par quelque chose qui ne va pas la choquer, me dis-je.

— J'ai vu ta maison. Elle est intacte. Elle semble d'ailleurs en bien meilleur état que sur ta photo.

— Oh ! Formidable. En meilleur état ? Eh bien, heureusement. Tu veux dire qu'ils ont l'eau courante, maintenant ? Et tout le confort moderne, comme on dit ?

— C'est ça. Et oui, c'est une très jolie ville.

— Tu as rencontré des gens ?

Maman, à l'aide ! me dis-je.

— Ne prends pas cet air apeuré, Petit-Oiseau, je ne vais pas m'évanouir, j'en ai vu d'autres, tu sais.

— Oui, je le sais, grand-mère.

Jeanne nous rejoint enfin, à mon grand soulagement. Quand Esther lui demande des nouvelles de Saint-Girons, elle ne se démonte pas.

— On avait envie de découvrir la ville de ta jeunesse. On s'est dit que peut-être tu voudrais nous en parler, un jour ?

Esther se replonge dans sa broderie en marmonnant indistinctement.

Cette nuit-là, je suis réveillée par des bruits venus de la chambre d'Esther. On dirait qu'elle déplace des meubles. Je me dépêche de me lever et d'aller frapper doucement à sa porte. Malgré l'absence de réponse, j'entre.

Photos, lettres et cahiers ont été étalés sur le parquet, comme si Esther avait tout jeté au hasard. Ma grand-mère est assise dans son fauteuil, une boîte posée sur les genoux. Elle y attrape une poignée de photos et les jette devant elle.

— Grand-mère, qu'est-ce que tu fais ?

— Je cherche mes amis. Je ne les trouve pas. Tous ces visages… Je ne sais pas qui sont ces gens.

— Je vais ranger, ne t'inquiète pas. Mais d'abord, il faut que tu te recouches.

Je guide Esther jusqu'à son lit, rabats sa couverture tandis qu'elle se laisse docilement faire. J'attends qu'elle ait fermé les yeux, que son souffle ait repris un rythme régulier avant de m'éloigner. Le sol est jonché de papiers. Je me baisse et saisis tout ce que je peux ramasser. Je regroupe les photos d'un côté, la correspondance et les cahiers de l'autre. Tout en rangeant, je ne peux m'empêcher de sélectionner les clichés où

Esther figure avec des jeunes filles ou des groupes de jeunes gens. À présent, il doit être 2 heures du matin, et je doute de pouvoir me rendormir tout de suite. Aussi vais-je étudier les photos dans ma chambre. Peut-être trouverais-je Clara ? Car bizarrement, je suis persuadée que je la reconnaîtrai. Une petite voix en moi me dit que je manque honteusement de scrupules, à fouiller ainsi dans les affaires personnelles de ma grand-mère. Mais quel mal lui ferai-je, puisque je ne lui dirai rien ?

Alors que je prends la boîte contenant les clichés que j'ai mis de côté, je pose les yeux sur une autre où j'ai rangé de vieilles lettres et quelques carnets. J'hésite, mais je me décide à l'emporter aussi. Qui sait ? Une lettre de Clara s'y trouve peut-être ?

Parmi toutes les photos que j'étudie, j'aurais bien du mal à deviner qui est l'amie de ma grand-mère. Je me suis trompée. Je n'ai ni lien avec elle ni intuition qui me permettraient de la reconnaître au premier coup d'œil. D'ailleurs, je n'ai aucun indice. Est-elle blonde ? Brune ? Jolie ou disgracieuse ? Quand Roger sera rétabli, je lui poserai la question.

J'abandonne ma recherche et étale le paquet de courrier sur la table. Ce sont des lettres d'amour de mon grand-père à ma grand-mère ! Je les referme, c'est bien trop gênant. Je prends un vieux carnet de croquis. Entre ses pages remplies d'ébauches au fusain de visages tristes et mélancoliques, une lettre a été glissée. Elle est adressée à Esther mais elle n'est pas de mon grand-père. Le cachet de la poste indique le 13 mai 1952.

Elle est signée par le frère d'Esther, Daniel.

Je m'assois sur le lit, déplie la lettre. L'écriture est très belle et parfaitement lisible, le papier à peine jauni par les années. Les battements de mon cœur s'accélèrent, ils frappent à coups sourds jusque dans mon crâne.

Ma sœur chérie,

Quand tu recevras cette lettre, je ne serai plus de ce monde. Après tout le mal que j'ai causé, je ne supporte plus de vivre. Je paye tous les jours pour mes actes, moi qui croyais bien faire, qui croyais te protéger.

Clara est morte par ma faute. Voilà ce qui me ronge depuis huit ans sans que je parvienne à te le dire. Ce n'est pas ce que j'ai voulu, tu le sais. Alors pourquoi l'ai-je livrée à Franck, ce jour-là ? Parce que c'est ce que j'ai fait, Esther, je l'ai livrée à son bourreau. Le jour où elle t'a demandé de lui prêter ton vélo et ta remorque, je vous espionnais. Ensuite, j'ai prévenu Fernand pour qu'il informe son frère. Mais j'ai agi en pensant bien faire, quel idiot j'ai été ! Parce que Fernand m'avait trompé. Il m'avait demandé de surveiller Clara pour qu'elle ne t'entraîne pas dans des histoires qui auraient pu te coûter la vie. Voilà ce qu'il m'avait dit, et je l'avais cru. Parce que je l'aimais. Le savais-tu ? Je l'aimais, et cet amour que toute la société aurait condamné, y compris toi, nos parents, tout le monde... cet amour a causé la perte de Clara. Je ne supporte plus cette culpabilité et je ne supporte plus de vivre. Tu me comprends, Esther ? Quel autre choix me reste-t-il que de mettre fin à mes jours ? Je serai à jamais un meurtrier doublé d'un paria. Je n'ai pas de place en ce monde. Un jour, peut-être, on acceptera qu'un tel amour existe, on comprendra qu'il peut être pur, comme celui que j'ai éprouvé pour Fernand.

J'espère que tu me pardonneras.

Où que je sois, je t'aimerai toujours.

Daniel

J'ai attendu que ma mère se réveille et je lui ai donné la lettre. Je l'ai avertie qu'elle allait être sous le choc. Et elle l'a été. Il y a des secrets de famille que l'on aimerait laisser enterrés tant ils sont douloureux. J'ai le cœur brisé pour Daniel, ce gamin empli de culpabilité et manipulé, ce gamin qui a payé si cher la découverte de l'amour.

Alors, contrairement à ce que croit Roger, Esther sait ce qui est arrivé à sa meilleure amie. Et elle n'a jamais rien dit sur la fin tragique de son frère. Le silence qu'elle a gardé, le secret qu'elle n'a jamais divulgué l'ont probablement torturée toute sa vie. Et maintenant que son esprit perd de sa vigilance, les souvenirs remontent, faisant resurgir l'atroce vérité. À présent, Jeanne et moi la prenons en pleine figure, seules face à ces décennies de mensonges et de déni.

Je vais rendre à Esther ce que je lui ai emprunté avant qu'elle ne se réveille. Au fond, je ne lui en veux pas de nous avoir caché l'histoire de Daniel, et Jeanne non plus. Nous en avons longuement discuté : autres temps, autres mœurs, avons-nous conclu. Et l'amour d'Esther pour son frère est demeuré intact. À sa façon, elle a honoré sa mémoire et a continué à le chérir.

J'entre dans sa chambre et marche sur la pointe des pieds jusqu'à sa petite table. Alors que je pose le carton, la voix de ma grand-mère résonne dans mon dos.

— Petit-Oiseau, c'est toi ?

Je me retourne et m'approche d'elle.

— Bonjour, grand-mère, tu as bien dormi ?

— Je crois. Il me semble que j'ai eu la visite de beaucoup de fantômes, cette nuit.

— Oui, tu t'es levée pour regarder de vieilles photos.

— Ah, je comprends mieux, alors. Mais toi, tu as passé une bonne nuit ? Tu es toute pâle, ce matin.

— Tout va bien, grand-mère, ne t'inquiète pas pour moi.

— Petit-Oiseau, je t'observe depuis que tu es rentrée d'Italie. Tu es malheureuse.

— Moi ? Mais non, je...

— Tu es malheureuse, je le sais et tu le sais.

Esther se redresse dans son lit et me prend la main.

— J'ai beaucoup pensé à toi, ces derniers jours, et je veux te dire quelque chose. Je veux que tu m'écoutes très attentivement, d'accord ?

Surprise, j'acquiesce.

— Quand je vivais à Saint-Girons, j'ai perdu des personnes qui étaient très chères à mon cœur. J'ai vu mourir beaucoup de très jeunes gens et jeunes filles. Ils commençaient à peine leur vie et elle s'est brutalement achevée. Ces personnes n'ont pas eu le temps de découvrir le monde, de fonder une famille, de vieillir. Mais moi, j'ai survécu. Et c'est parce que j'ai été sauvée que tu es là aujourd'hui. J'aimerais que tu te rendes compte de la chance que j'ai eue, et que tu as.

— Oui, grand-mère.

— Parfois, je pense à tous ces enfants et ces petits-enfants qui n'ont pas pu naître parce qu'on a assassiné leurs aïeux. Tu comprends ?

Je hoche la tête.

— Il y a ceux qu'on a tués parce qu'ils luttaient pour sauver des familles comme la nôtre, parce qu'ils défendaient leurs convictions, et d'autres parce qu'ils étaient juifs, comme nous.

Esther plonge ses yeux au fond des miens. Son regard bleu est d'une telle vivacité, d'une telle intensité ce matin.

— Tu es vivante, Petit-Oiseau, et je te le répète, tu as cette chance. Alors saisis-la, et vis ! Fais-le pour eux, pour moi.

— C'est promis, grand-mère.

Les larmes au coin des yeux, je l'embrasse et serre sa petite main dans la mienne.

Nous restons là, longuement, immobiles et silencieuses.

Je médite sur les paroles de ma grand-mère et songe à Marco, au bonheur que je refuse de partager avec lui. Et je comprends mieux : je crois que les émotions les plus fortes, les plus violentes, se transmettent de génération en génération, comme un héritage destructeur. Ma grand-mère crevait de peur pendant la guerre, et moi je crève de trouille ; ma mère aussi, à sa manière, elle qui s'est réfugiée toute sa vie dans le travail et a gardé ses distances avec ceux qu'elle aimait… Voilà ce qu'une guerre est capable de faire sur plusieurs générations : détruire l'espoir et la confiance.

Malgré cela, ce qu'Esther veut me transmettre, ce n'est pas ce sentiment de terreur qui l'a habitée si longtemps ; au contraire, c'est le bonheur d'être en vie.

Alors, pour rompre enfin cette chaîne du malheur, je vais appeler Marco. S'il est d'accord pour nous accorder une seconde chance, je retournerai vivre auprès de lui. Et je m'en fais la promesse : l'enfant que nous aurons ne connaîtra pas notre peur.

Épilogue

1952

À la mairie de Saint-Girons, une jeune employée lui avait indiqué l'endroit où se trouvait la tombe. Esther la retrouva après un long moment d'errance entre les sépultures. Elle lui parut petite et modeste, tout le contraire de son amie.

Clara, Bluma Weiss (1926-1944)

Elle s'effondra sur la pierre grise et éclata en sanglots. Comment croire que Clara, si vive, si rebelle, reposait ici depuis huit ans, sans qu'Esther en sache rien ? Alors c'était donc vrai, Franck Petit l'avait assassinée ?

— Clara, murmura Esther. J'ai toujours espéré que je te retrouverais. Jusqu'à cette lettre qui a tout détruit. Je t'ai perdue, j'ai perdu Daniel. Je ne me pardonnerai jamais le jour où je t'ai laissée partir.

« Tu sais, Marius n'est pas revenu d'Auschwitz. Ni lui ni aucun membre de sa famille. Mais qui était capable d'en revenir, dis-moi ? J'ai passé des jours au Lutetia à l'attendre, à espérer à en crever. Et tout ce que j'ai appris, finalement, ça a été la confirmation de sa mort.

« Clara, je voulais te dire quelque chose : pour toi, pour Paulette et pour Marius, je promets de tout faire pour être heureuse, de vivre pleinement ma vie afin que votre sacrifice ne soit pas vain et que nous ayons notre revanche. Ce sera mon acte de résistance à moi, d'être heureuse pour vous, en l'honneur de votre mémoire, mes chers disparus dont on a volé la vie.

Ce qu'ils sont devenus

Nathan a réussi à passer en Espagne et s'est battu avec les FFL en Méditerranée. À la fin de la guerre, il a découvert que sa famille était morte en déportation. Plus rien ne le retenant dans son pays natal, il a émigré en Israël. Il a fait carrière dans la police avant d'intégrer les services secrets. Il est resté célibataire. Il a écrit aux Brodsky, jamais à Francine, et n'est pas revenu en France.

Francine a repris ses études de pharmacie et, n'ayant plus de nouvelles de Nathan, a fini par faire le deuil de ce premier amour. Elle a rencontré un étudiant sur les bancs de la faculté, l'a épousé et, avant de mettre au monde trois enfants, elle a ouvert avec lui une belle pharmacie à Toulouse.

La famille Katzkoff a été déportée. Après être passés par Drancy, ils ont été envoyés à Auschwitz à bord d'un des derniers convois, le convoi n° 77 du 30 juillet 1944. Golda, Mendel, Robert, Dora et Marius, tous ont été gazés, tout comme Serge et sa famille. Le bébé de

Dora est mort dès sa naissance à bord du train. C'était une petite fille.

Kliatchko a survécu à la guerre et s'est démené pour retrouver la trace de Riva et de ses fils. Il a réussi. Parvenus eux aussi à s'enfuir à temps, ils sont restés cachés chez des amis jusqu'à la fin du conflit. Kliatchko et Riva se sont mariés.

Louis Deumier a survécu au camp de Neuengamme. Il a été libéré en mai 1945 et est rentré chez lui en même temps que le principal du collège, M. Lebreton. Il avait perdu trente kilos.

Paul Landron s'est fait arrêter à la Libération puis il a été jugé. Le témoignage des Brodsky l'a sauvé de la peine capitale. Il a été condamné à la perte de ses droits civiques pendant dix ans. Comme toutes les autres personnes déclarées coupables de collaboration, sa sentence a été affichée à la porte de la mairie.

Lucien Reznik a échappé à la rafle qui a mené à la mort la plupart des Juifs de Salies. Il est devenu journaliste avant de créer son propre journal.

Maria est retournée vivre dans son village de pêcheurs près de Gijón. Beaucoup de membres de sa famille étaient partis ou avaient été tués pendant la guerre civile. Elle s'est remariée et a eu deux enfants.

M. Papernot est resté à Saint-Girons après la guerre. Il ne s'est jamais marié et a continué à donner des cours d'allemand jusqu'à sa mort, en 1958.

Micky a rejoint l'Espagne et s'est battu auprès des Alliés. À la fin de la guerre, il est rentré en France où il a pu réaliser son rêve : devenir vétérinaire.

Georges, le fils de Yankel et Guittla, est rentré sain et sauf du stalag.

Bibliographie

Renée Poznanski, *Être juif en France pendant la Seconde Guerre mondiale*, collection « La vie quotidienne », Paris, Hachette, 1994.

Michaël R. Marrus & Robert O. Paxton, *Vichy et les Juifs*, nouvelle édition, Paris, Calmann-Lévy, 2015.

Jean Estèbe, *Les Juifs à Toulouse et en Midi toulousain au temps de Vichy*, Toulouse, Presses universitaires du Mirail, 1996.

Parmi les ouvrages de Louis Rivière, que l'on peut trouver au musée du Chemin de la Liberté à Saint-Girons, pour en savoir plus sur les passeurs : *Chemins interdits, 1940-1944*, 1986.

Gaston Massat, *Voici ma voix*, poèmes, Toulouse, Le Pas d'oiseau, 2009.

—, *Capitaine Superbe*, Saint-Georges-d'Oléron, Éditions Libertaires, 2009.

Sur les Justes et les déportés

www.memorialdelashoah.org
www.ajpn.org

Sur la Résistance en Ariège
www.resistance-ariege.fr

À visiter :

Musée du Chemin de la Liberté, Saint-Girons
https://chemindelaliberte.fr

Remerciements

Je remercie toutes les personnes qui, par leurs témoignages, m'ont permis d'écrire cette histoire. Dans l'ordre des rencontres : ma mère, ma tante Myriam, Blanche, Jean-Claude, Roger, Fanny et Luce. Ce roman est pour vous.

Ce livre veut aussi rendre hommage aux parents de Fanny, et en particulier à son père, Henri Poujol, résistant et déporté, qui a sauvé ma famille.

Un grand merci à Jean-Claude Rivière, qui m'a aidée à retrouver les amis de la famille et m'a fait découvrir le Saint-Girons de la guerre. Je le remercie également de m'avoir offert les livres de son père, Louis Rivière, résistant saint-gironnais, qui ont été pour moi de précieux documents.

Merci à Pierrette, toujours si gentille et souriante, de m'avoir laissée discuter au téléphone pendant des heures avec son mari Roger !

Merci à Dominique, du musée du Chemin de la Liberté, de m'avoir mise en contact avec M. Rivière.

Merci enfin à François Massat qui m'a autorisée à citer le poème de son père, Gaston Massat, *Voici ma voix*, pour ouvrir ce livre, ainsi que quelques vers de *La Grève des mineurs*.

Merci à Mario, mon grand lecteur et ami, toujours si patient ! À Hélène, dont la lecture généreuse a été essentielle ; à Katharina pour la traduction des mots et dialogues en allemand ; à Carole pour la graphie yiddish et à Florence pour sa lecture amicale.

Merci à l'équipe des éditions des Escales, tout particulièrement à Sarah Rigaud, directrice littéraire unique, qui a confié mon roman aux bons soins de Caroline Laurent. Un immense merci à Caroline de m'avoir guidée avec tant de subtilité et de sensibilité. C'est une grande chance d'avoir pu travailler avec vous deux.

Enfin, merci à ma chère famille qui n'a cessé de m'encourager, en particulier ma mère, qui m'a accompagnée tout le long de l'écriture de ce récit, si personnel pour elle, à mes sœurs, premières lectrices, dont Lorraine, pour sa relecture approfondie et ses conseils ; et à ma fille Niamey pour sa bienveillante patience.

Composition et mise en pages
Nord Compo à Villeneuve-d'Ascq

Imprimé en France par

MAURY IMPRIMEUR
à Malesherbes (Loiret)
en juin 2023

Pour plus d'information :

#lisez engagé !
www.lisez.com
Imprimé sur du papier issu de forêts gérées durablement.

POCKET - 92 avenue de France, 75013 PARIS

N° d'impression : 271018
S32967/03